U0922903

走不出的门

从上世纪初到本世纪初

呐喊之后的徘徊与挣扎

孙郁 著

山西出版集团　山西人民出版社

图书在版编目（CIP）数据

走不出的门：从上世纪初到本世纪初 / 孙郁著.—太原：山西人民出版社，2011.1

ISBN 978-7-203-07150-1

Ⅰ.①走… Ⅱ.①孙… Ⅲ.①散文—作品集—中国—当代 ②随笔—作品集—中国—当代 Ⅳ.①I267

中国版本图书馆 CIP 数据核字（2011）第 002355 号

走不出的门：从上世纪初到本世纪初

著　　者：孙　郁
特约编辑：李佳庆　印志凤
责任编辑：武　静
装帧设计：后声设计
策划出版：北京汉唐阳光

出 版 者：山西出版集团·山西人民出版社
地　　址：太原市建设南路 21 号
邮　　编：030012
发行营销：0351-4922220　4955996　4956039
0351-4922127（传真）　4956038（邮购）
E - mail：sxskcb@163.com　发行部
sxskcb@126.com　总编室
网　　址：www.sxskcb.com

经 销 者：山西出版集团·山西人民出版社
承 印 者：北京市通州兴龙印刷厂

开　　本：655mm×965mm　1/16
印　　张：15
字　　数：250 千字
印　　数：1-10000 册
版　　次：2011 年 2 月第 1 版
印　　次：2011 年 2 月第 1 次印刷

书　　号：ISBN 978-7-203-07150-1
定　　价：26.00 元

目 录
Contents

01 旧京的漂泊者

一

北京是有点胡气的地方，写好它并不容易。明代以来，谈北京的著作一直很多，有的已成经典。我历数那些有趣的文字，觉得写得最好的有两类人，一是客居那里的士大夫，二是有过异乡经验的北京人。刘侗、龚自珍、陈师曾都是外地人，他们对北京的描述，传神里透着哲思。老舍是在远离北京的地方写下了《二马》、《骆驼祥子》、《四世同堂》。叶广芩移居西安后，京味作品才越发淳厚起来。类似的例子我们可以找到许多。记得是邓云乡在一本书里写北京的风俗，好像一幅幅画，真的美丽。邓先生常年生活在上海，并不久居京城。于是便得到结论：北京的形象是由那些诸多非北京的因素构成的。

非北京的因素是什么呢？大概是漂流于此或移居此地的人吧。我与邓云乡先生只见过一面，知道他一直出出进进于帝京，感慨自然不同于别人。那是在湖广会馆的一个堂会上，友人祝贺季羡林米寿，许多人聚在一起。那一天上演的是《空城计》，颇为好看。邓云乡特地从上海赶来，并写了旧诗一首。大家都说这诗好，我便把它拿到晚报刊出来。对邓先生的学问我知之甚少，但他对北京历史与风俗的表述，都很有意思。他人在上海，却对旧京充满感情。久居北京的老人对此不太服气，觉得他对古城的理解有点皮毛。可是就文化沿革的记载而言，邓先生是不可多得的人物。北京的人文地理，在他那里是有点色彩和味道的。

邓云乡在北京的时间不长，对帝都的特色比一般人敏感。倒是久居城里的人，对此不太在意了。他的许多文章，代表了曾在京城居住者的心思。说起来真可以写一部大书。也由于他，我常常注意那些外乡人初入北京的文字，这或许与我是个异客有关。北京这个地方，因为外乡人的涌现才有了它特别的格局。异客笔下的北京总有一点不同的调子的。

多年前看到孙犁的一篇文章，写初到北京时的感受，被电了一般地触动了神经，发现他刚来此地时的心情，仿佛自己也有过。身处异地，举目无亲，要坚持自己的梦里的路，是大不易的。那是三十年代，北京已改叫北平，年轻的孙犁怀着抱负来此，大约也是寻异路的。可是环境毕竟太坏，自己并不适应，便悄然溜回故土，作别一种选择。我想起了我的父亲，也是这样的，从内蒙流浪到古都，他生前和我谈到那时苦楚的样子，对己身多是嘲笑，而遗憾的感叹也是有的。类似的情况在民国不知道有多少，那个时代一些人走向革命，不是没有原因。在没有出路的地方，地火要烧出来的。有一年读到梁斌的回忆文章，发现了类似的经历。他在那时候也是到旧京寻梦的人。似乎也遇到问题，碰壁是必然的。梁斌在文章里写道：

> 一九三二年，母校解散，失学失业了。一九三三年，正是我二十岁那年，流浪到北京，住在二姐家中，还是想入学读书。有人介绍了一个私立中学，我搬去住了几天，那简直不像个中学；教员少，学生也少，是才成立的。有人建议，叫我上郁文大学，混个文凭。考了一下，还真考上了。可是郁文大学是当时有名的野鸡大学，共青团员上野鸡大学，觉得很不光彩，混个文凭又有什么用？我没有那么多钱，也上不起。想来想去，还是走我自己的路，到北京图书馆自学，专攻文学。

梁斌的选择在那时候有代表性。失业是大痛苦，现在的青年人也多少感受到这些。所以要留在城里，必须要有靠山，或投亲，或靠友。一无所有者，只能回到故里。勉强留下来的，都挣扎着。偶有幸运者，也是遍体伤痛。现代文学这样的描写，实在是不胜枚举。

那些在北京客居的人，很少去写礼赞北京的文章，虽然喜欢千年的老屋和古树，却也对其莫测的世界有无名的感慨。即便是名校的学生，在幸运里也含着失落的记忆。他们毕业后，一般能在一个地方找到工作，教书或做职员、记者之类，都是一种选择。但对旧京的一切，似乎也难以进入，隔膜的地方也是有的。汪曾祺在四十年代来到北平时，颇不习惯。他在午门工作的几个月里，心情是寂寞的，对这个深不可测的宫殿一隅，竟生出悲凉的感觉。待到解放军南下的热潮卷来，也就随军而去，不再与古董们为伍了。

离开北平的愤怒的青年后来写到自己的经历，对胡同里的人生都有着怪怪的感受。高长虹就厌恶京城里的老气与市侩气，他在其间得到的多是失败的记忆。而丁玲则是另一种眼光，好像对上海的感觉更好一些。三十年代的青年，毕业后厌恶做官，以为是没有出息的选择。冯至先生谈那时候的择业理念，是宁可到境外偏僻的地方当老师，也决不苟且在官僚社会里。他从北大毕业后就去了黑龙江教书，自以为是快乐的。那时候的冯至在里尔克的诗情里，绝不眷恋京都的好处，仿佛精神高于一切，虽然自己不掩饰对红楼的怀念。我看他与废名、杨晦的通信与交流，感到了他们的忧郁里的诚恳。那些友人也正在流浪般的寻觅里，快乐地写着自己的诗文。

在诸多青年的诗文里，漂流的感觉是苦而乐的。无论是从外省到帝京，还是从帝京到外乡。中国的读书人在流动着。以台静农为例，忽而厦门，忽而北平，忽而四川，忽而台北。居无定所，精神一直游荡着。我读他晚年在台北写下的那篇《辽东行》，看到他对唐代远征辽东的士兵的描述，心想，或许是其个人经验所致，其间未尝没有内心的投影。

在路上的人，是深味无所归心的烦恼。而那时候的人，是没有家的定所者多。即便是生于斯老于斯的新文人，大抵也以欣然的眼光去看那些四海为家的人。而出走，在那时候真的有时髦的一面。

与这个古老的地方隔膜的人，倒是为其留下新的痕迹，成了日后京都的美妙的瞬间记忆。陶醉于古城历史的那些墨客，则因士大夫的自恋，有点遗民的味道，遂不被现代青年关注了。没有被记载的北京，可能更贴近真实，无语的民众更知道世间的凉热。可惜那些气息都流散到时光的空洞里，不易被察觉到。只是漂泊在此的青年，看到了士大夫们不一样的所在。他们的感受似乎穿透了夜里的世界，溅出了丝丝血色，这把沉郁的古都，变得有温度了。

二

漂流在北京的青年是这个城市诗意的一部分。那是从民国初就已经开始了的。

一部分是求学来的，一部分乃经商或谋职于机关者。还有些毕业即失业的艺术求索者。帝京老气横秋，而旧宅与街市也不乏时髦的院所。废园之外，欧风偶可感到，西交民巷与教会大学，还是吸引了诸多学子的。

张中行写老北大的生活时，谈到寄宿于此的各类青年，都很特别。他同班的就多是外地人。毕业失业了，也挤在校外的民房里，留下诸多故事。有做学术梦的，有的是行吟的诗人，印象是潦倒者居多。他自己就因为没有工作，从外地回到古城，在同学的宿舍借住，和朋友们都在惶惑里等着明天。这种没有工作的苦，他晚年叙述起来依然是怅然难去的。

年轻的时候读到韦素园译过的诗，寒气习习，有点恐怖的味道。那样寂寞惨烈的文字，似从安德列夫、陀思妥耶夫斯基那里流出来的。他也算是漂在北京的文人，在挣扎里给昏暗的旧京带来诸多可以感念的思想。可怜死得太早，惜乎不得展示才华，流星般地沉落了。

关于他的身世我一直好奇。这个短命的青年有着一般人少有的迷人的气质。韦素园是安徽人，1921 年曾去俄国，不久回到北京。他在北京开始了俄国文学的翻译。那时候他还是个学生，与弟弟韦丛芜一起在北京求学。他们的生活，主要由其兄资助。1924 年，长兄突然逝世，断了他们的经济来源。按哥哥的遗嘱，希望兄弟两人结束在北京的漂流，回到老家过日子。然而韦素园、韦丛芜坚持在北京苦读，以微薄的资金，维持着他们的生活。

在最清贫的时候，他们结识了鲁迅，而且很快组建了文学社团——未名社。那时候他们沉浸在翻译的快感里，许多有分量的作品得以出版发行。韦素园、李霁野、台静农、曹靖华、韦丛芜在这个平台上做了许多趣事。在北京荒凉的地方，那些文字像一豆烛光，在无边的黑暗里闪烁着。

不善言语的韦素园，在译介上用力很勤。他自己写的文字不多，但所译果戈理、契诃夫、柯罗连科、索洛古勃、屠格涅夫、安德列夫等人的作品，都很传神。那些作品的特点都有些苦楚，气息是冰冷的，而背后却有一丝丝热流涌动着。他那么喜欢陀思妥耶夫斯基，连自己的气息都有类似的味道，以致鲁迅对他都有些喜欢，觉得是未名社里最真的人。

译介的出版给他们带来了一点收入，彼此也可以在京城站住脚了。但不久就是不幸的事情出来，韦素园患重度肺结核住院，几乎无法工作。我读到他在西山养病时给李霁野的信件，内容十分的沉重。比如劝大家节俭，注意身体。也担心这些漂在城里的青年因经济问题而无法生存。他在西山养病时的文字极为肃杀，有着俄国诗人的灰暗与忧伤。我看了他和友人那时候的文字，快活的不多，差不多都染上了类似的伤感。为什么如此，或许与经历有关？总之，他们的清冷的文章是有末世的哀凉的。

未名社聚集着一些有信仰的人。他们漂在北京，各有不同的原因。李霁野是文学青年，韦素园有着翻译家的梦，台静农大概要成为作家吧。唯有李何林不同，是因为参加暴动失败而流浪到这里，有政治避难的一面。他们知道北京不是自己的家，可是它的开阔和混杂，能够接受异样的东西，人不分南北，心不管东西，都可以存在。

但韦素园并不乐观。当李霁野慢慢和周作人靠拢，台静农的士大夫气出现的时候，韦素园却依然在索洛古勃的世界里。在致李霁野的信里，他的内心是极为苦楚的：

> 我的病不是我个人的亏损，却是新生活的小团体的全部的损害，没有鲁迅先生和你们的努力，团体固然破灭，即我个人二十余年的生命，大概也要作一个短短的终结。现在还好，我们都还依然存在着，不过刊物改了一个名。但改名之后，据说要减少八面，每面再多加两行，实际是和以前数字差不多，不过薄些。但是我想，总算薄了，像人家那样开本加厚，大吹大擂，我们这真够冷静得多了。有什么办法呢，丛芜也在病着。
>
> 我自得病以来，你们是知道的，精神改变得多了。我卧病在法国医院的时候，每日话不准说，身不准动，两眼只是闭着，医生叫我静静地睡养，但我脑子却停止不了作用。那第一个突然印在我脑子里的，是陀思妥耶夫斯基的苦脸；但这只是苦脸，并不颓丧，而且还满露着坚毅慈爱的神情，我直到此刻尚未忘却。我那时曾托霁野转请俄女士里丁尼古拉耶夫娜为我雕塑一个托氏的铜像，她居然应允了，我真衷心鸣谢。①

---

①《韦素园选集》第106页，安徽文艺出版社，1985年版。

在另一封信中，他写道：

> 我所要向你们说的，乃是我觉得将来你们还存在的人，生活一定是日趋于苦。现在社会紊乱到这样，目前整理是很无希望的了，未来必经过大破坏，再谋恢复。但在此过程中，痛苦和牺牲是难免的，为着这，我觉得你们将来生活也多半不幸。在此无望中，老友们，我希望你们努力，同时也希望你们结成更高深的友谊，以取得生活的温暖。①

我最初读韦素园的信，恰是他当年那个年龄。他好像说出了我的某些感受。他所翻译的诗文都很美，是忧郁里的美。记得他在描述北京城时，灰蒙蒙的感觉，没有一点生气。他甚至说像勃洛克笔下的俄国的城，希望地火烧毁这个古城。文字虽抱怨北京，却希望新的北京的出现。那个北京属于自己，是新生命的摇篮。那摇篮是什么样的呢？他未必说得清楚。自己去了，却不属于曾有的世界，临终的苦态，我们是忘不了的。

三

鹤见佑辅在《思想·山水·人物》里写到对北京的感受。这个日本人在从东北赶到北京时，从远远的地方看着这座神秘的城，遂叹道：大而深，似乎有无数的掩埋。这句话对我一直是个深切的印象，好像里面有许多难言的秘密在。因为那其中有历史的感怀和别的什么吧。

北京的大，的确可以藏龙卧虎。政客、商人、学者都在此混日，并不显得拥挤。而且是各行其道，得天乐而存活。漂在这里的人，各有梦想。唯新式青年居多。自然，有的怀抱文学之梦，有的逃难于此，心境

①《韦素园选集》第130页，安徽文艺出版社，1985年版。

大不相同的。

我现在居住的地方，是旧时椿树馆所在地，如今依然是晋人的会所。有时走在那会所旁，总想起一个人来，那就是高长虹。他在北京时，就住在这里，一时红红火火。高长虹因办“狂飙社”而闻名。受到鲁迅的鼓励，遂有了来京发展的渴望。他率性、激烈，也有文采，模仿着鲁迅写那些诗意的短文和呐喊的篇什。他的来北京，给鲁迅以不小的刺激，鲁迅最初是欣赏这位血性的青年的。在鲁迅看来，中国要有希望，是应有这类反叛的学子在的。

与老气的北京比，狂飙社的几个诗人，是一股强烈的风。他们的文字在摧毁着士大夫的营垒，也一面闪着尼采的光芒。我读到他的文章，遒劲、奔放，是无边的游荡。他们似乎不喜欢这个古老的东方，全不把旧式的存在放在眼里。但他们一些人后来过于坚硬，与环境竟无妥协的地方，遂遭挫折，于是不久就解体了。

那时候北京的文学社团很多，出现得快，也解散得快。激烈的青年们不喜欢象牙塔里的东西。他们厌恶士大夫的时文，写异文，寻歧路，也把新文学的影响扩大了。

高长虹一辈子没有摆脱流浪的苦命。从北京到巴黎，从香港到延安，后不得志地彳亍于东北的冰天雪地，竟客死他乡，真有点尼采的样子。不愿意随波逐流，高扬着个性，和鲁迅、毛泽东都闹翻，真真成了孤独者。在庸常与毁灭间，选择的也只有后者。当漂泊而无所归属的时候，生命是无色的。在而不属于世界，谁能承担得了呢?

和高长虹这样的诗人比，李何林的北京之旅是另一个色调。他的左翼心态不亚于高长虹，但却显得安宁。记得李何林先生生前讲到他逃难到北京时的语气：1928 年，因参加霍邱暴动失败，只好外逃。到哪里去呢？他想起了在北京的李霁野、韦素园等。于是投奔京城。那时候的未名社经济紧张，韦素园在生病，台静农等还被捕过。但李霁野还是接纳了他，使他在此度过了平安的日子。

在北京流落的人形形色色，形成了各种文化小团体。许多外省人进入古城，老北京多了异样的声音。但外来的人口，很快湮没在胡同与街市之间。在夹缝中还能存在下来是要有智慧和本领的。李何林后来回忆道：

在未名社避难，不但增加了他们的经济负担（素园患肺结核住西山病院，静农做点小事，李、韦都是在校学生，靠微薄的稿费维持生活），他们当时担当的政治风险也很大的。霁野、丛芜在我到北平前两个月，因出版一本禁书被北洋军阀逮捕坐牢刚刚释放出来，又隐藏一个暴动后被通缉的共产党，实在是冒着不小的风险。但他们毫不迟疑地让我住下去，素园在病床上还为我的生计操心。[①]

漂在北京，必须要有经济的支撑和事业。李何林那时候面临着生活的调整。他知道不再可能回到战场上，选择的是编书工作。他极为细心，也颇为认真。在景山东街一个旧房前，挂起了“未名社出版部”的牌子，把鲁迅等人的译作与新出版的作品推向社会，一时得到一些收入。但时间一久，便感到如此生存不易，在常惠的帮助下到了北平图书馆。可还是不如意者多多，要不是顾随的帮助，到天津找到了一个教职，其运之苦也可想象出来的。

李何林后来的命运一直多舛。因为他上课时总不自觉地流露出左翼的倾向，便一再被校方驱逐。从一所学校到另一所学校，更迭之频，实属罕见。他走了许多地方，像只飞鸟，没有固定的巢穴。他的友人王冶秋、王青士都是这样。或走到烽火里，或死于厄运，真的坎坷不已。民国的文人们习惯于被放逐与自我放逐，是寻路者的苦命。类似的人物，我们一时是举不完的。

---

① 田本相：《李何林传》第 53 页，河北教育出版社，2003 年版。

四

京城里的外来女性的漂流，也是一番风景。

知识女性在那时候来到北京，都非弱者。但留下感伤的人多多，这在文学史里的记载为数不少。五四后，女性可以到大学读书，于是一批有才华的女子来到古都。女子师大、北大、燕京大学等，都开始接收女性。不过，不是所有的女子都可以得到求学的机会。萧红、丁玲都来到这里，结果是失望而归，留下的是挫折的记忆。丁玲当年在北京的生活很是可怜。她靠着家里的资助，勉强混着。那时候她投考美术学校未果，只好四处求助，一会儿想去国外，一会儿要做公司秘书，但都因经济与机缘的关系空手而归。她在自述里不隐瞒拮据之苦，生存在那时候成了问题。于是她写信向鲁迅求救。鲁迅并没有回信，据说是听到荆有麟的挑拨，误以为是无聊之人，便把那信置之一边。与自己心慕的人擦肩而过，使其有一种破灭的悲哀。她对北京失望起来，甚至怨恨着这样的生活。丁玲写自己在北京的生活都很凄惨。要不是胡也频的出现，其境之苦是可想而知的。有人因此说，救人于苦海者，唯有爱情，她和胡也频的故事真的可书可叹，不知学者们对此是如何解释的。其实爱情也离不开凡俗，他们还不时到当铺里当东西，为生计发愁。每每购置物品都盘算再三，实在不敢潇洒。靠着家里的一点资助在外生活，自己又没有通天的本领，收获的只能是困苦。她在独处时不乏忧戚的面色，常常自问：难道就这样漂泊下去吗？

我常常想：那时候的革命，虽然有哲学的理由，其实与人们生存不下去大有关系。德国的顾彬先生说，忧郁症者大概选择革命的路的很多，也许是对的。当社会无法提供那些生存的机会时，左翼的存在也许是必然的。革命有时来自漂泊者的冲动。不知有人统计过没有，凡参与左翼文化者，有多少来自富豪之家，多少是都市的漂泊者，那数字背后一定有文章在的。知识阶级的漂泊与游民的力量一旦结合起来，是巨大的力量。而这些，我们过去不太去说。北京的流浪者与现代文学和革命的关系，说起来也大可深究的。

和丁玲不同的另一些青年，也非牧歌的生活。我注意到北京高校里的女性，向来也是有叛逆性格的。许广平、陆晶清、苏雪林都有胆气，文章也各有特点。自然，其间也有孱弱感伤者流，比如石评梅就是。石评梅从山西过来，很快露出写作的才华。在外人看来有浪漫的情调，风范是美的。但你看她的文字，却留下了痛楚的记忆。石评梅在京读书、写作，可是日子却颇为孤寂。其文风里的无奈与大的悲凉，是丁玲那样的作家也写不出来的。

我在年轻时读过石评梅的许多文章，很震惊于她对京城的描述。她好像受到鲁迅的影响，显得异常肃杀。她用"灰城"、"死城"这样的字眼来形容这个古老的都市，对街市与人间之情是怨怼的时候居多。石评梅自称她是这个古城的漂泊者，一直没有家的感觉。天地之间，已无法逃逸，大家陷在死境里，有什么光热在里呢？她在《花神殿的一野》中写道：

> 回想这几年漂泊生涯，懊恼心情，永远在我生命史上深映着。谁能料到呢！我依然奔走于长安道上，在这红尘人寰，金迷纸醉的繁华场所，扮演着我心认为最难受最悲惨的滑稽趣剧……
>
> 我偶然来到这里的，我将偶然而去；可笑的是飘零身世，又遇着变幻莫测的时局，倏忽转换的人事；行装甫卸，又须结束；伴我流浪半生的这几本破书残简，也许有怨意罢！对于这不安定的生活。[1]

石评梅的感伤，固然因为和高君宇爱情的悲剧，思亲过重所致，但

---

①《石评梅作品集》第151页，文物出版社，1983年版。

京城压抑的氛围，和社会风景的漠然，也是导致其早早离世的原因吧。知识女性写北京，凄婉的故事里是生命的绝唱。北京的贵族与世俗之风下的人生，乃无边的苦海。那些民国间的文字透出的气息，实在是让人们气闷不已。

在读那些陈旧的文字时，我也常常想，像许广平这个青年女子，如果不是爱上鲁迅，会如何选择路径呢？她的漂泊之苦，很快得以终结，来到大树之下，命运就完全变了。而石评梅则只能死亡。她不及冰心与陈衡哲的运气，难以躲到象牙塔里存活。和她相似的还有萧红，那客死香港的惨相，比起她天才的文本，更让我们这些读者感伤不已。

一部现代女性写作史，是泪流成的。不像当代的女子那么潇洒。民国的女子也许只有张爱玲出离了单线条的感伤，她即使独居纽约，也能冷冷地看着他人，冷冷地看着自己。忧戚之色早被自嘲与戏谑消解了。

五

去留之间，大不相同。久居京城的人，一旦离开这里，有时连命运也变了。自然，好坏都有。老舍因为久别京城，才成了作家，而另一些人则泥牛入海无消息了。

民国北京青年的生活，可谓五花八门。有一段时间我梳理周作人的材料，对他的学生沈启无发生了兴趣。这个人在进出古城之间，留下了诸多故事，似乎代表了混在江湖的另一类人物。沈启无 1902 年生于江苏淮阴，祖籍浙江吴兴。后来在燕京大学读书。那时候恰好周作人在此任教，一时成为周氏的崇仰者。但他毕业后没有留在旧都，到南开中学去了。后来还是靠关系，回到燕京大学。这个选择与周作人大有关系，所谓周氏有四大弟子，也是那时候传出来的。一个外乡人，在这个地方因为老师的缘故而得以立足，应当说能看出中国式生存的隐秘。

周作人的弟子多多，亦步亦趋地模仿老师的思想与文笔，也仅此一人。汪曾祺有一次和我谈到沈启无，很不以为然，那原因是吃老师的剩饭，没有出息，文章是无生命力的。沈启无的学术基本从周氏那里来，也学到一点鲁迅的小说史观，别无创建。他的小品文在韵律上暗袭周作人，连句式都是一样的。

沈启无后来在北平颇有些名气，办报、成立文学组织，活跃得很。日伪时期几乎成了古都最红的文人。周作人走在前，他紧随在后，并高举着老师的旗帜。可是后来因为周作人疑其搞鬼，将其逐出师门，遂在学界无法混日，失业了。他在“文化大革命”交代的资料里说：

> 1944年4月间，周作人公开发出《破门声明》，免去我在文学院的职务，一时陷于失业，靠变卖东西生活。由于周作人的封锁，我在北京无法立足，当时武田熙要拉我到武德报做事，被我拒绝。以后我便离开北京，到南京谋生，胡兰成约我帮他编《苦竹》杂志。[①]

从北平漂到南京，沈启无不无孤独之感。胡兰成开始对他是赏识的，后来却也有微词。张爱玲对这个周作人弟子亦印象深深。《小团员》里影射到胡兰成与沈启无的关系，印证了胡兰成对这位新结识的文人的看法。我读到沈启无初到南京时的文字，觉得默然得有点孤寂，文章不像得意时的样子。显示了他良好的才华。人只有被抛到孤苦之境，大约才能直面苍天，心绪里的东西是静谧的。

南方的气候潮湿，四季不及北地爽快。秋天是沉闷的，他似乎并不

---

①《苦雨斋丛书·沈启无卷》第227页，辽宁人民出版社，2009年版。

喜欢。在新的城市里只有不适，一切均不及北方爽朗与快意。他便想起京都的风来：

十月的天气
南来的秋空
苍苍茫茫的
黄河的古道无水
我的眼睛遂有风沙的饥渴①

这是从他《南来随笔》中引的诗，内心的不安还是浓烈的。置身于陌生的世界，他忽地有无所适从的感受。人在中年还在漂泊，总是可叹的事情。然而世道无测，也只能如此。

谈京派文人，沈启无算不上重要人物。他在帝京写的文章都不能算好。但到了南京，文章似乎有所放开，甩掉了周作人的某些影子，于是自得天际，遂出佳句，那与精神的震动不无关系。比如因为胡兰成而结识了张爱玲，对待这位女性的作品，见识是独有的，文字亦好。他说：

张爱玲的文章，我读过的没有几篇，北京的画坛上还没有《传奇》卖，这次到南京，同兰成去建国书店买了一本再版的《传奇》，里面小说一时还没有工夫读，仅仅把再版的话读了，接着我读她在《苦竹》月刊上的《谈音乐》，使我又联想起她谈画的文章几乎每一篇都有她的异彩，仿佛天生的一树繁花异果，而这些花果，又都是从人间的温厚情感里洗练出来的。她不是六朝人的空气，却有六朝人的华赡。六朝也是一个大而破的时代，六朝人的生是悲哀的，

---

①《苦雨斋丛书·沈启无卷》第 207 页，辽宁人民出版社，2009 年版。

然而对六朝人的描写，落于平面，把人生和文章分开，没打成一片，生活的姿态，即使描成种种形形色色的图案，生命还是得不到解放。因为没有升华作用，虚空的美，不透过感情，终归要疲倦的，所以只能沉入枯寂。枯寂的人生，世界是窄小的，他只能造成自己的格律，用自己的理性筑成藩篱，自己不愿意冲破，也不愿意被人家冲破，没有智慧的灵光，只有严肃的知识是可怕的，人生到此，是要僵化了的，要僵化了的，不是平静而是死灭。①

我疑心作者也是借着别人在讲述自己。先前的唯知识而知识，与生活的隔膜，至少使自己失去了什么的。张爱玲没有京派文人的静谧，虽然是彻骨的冷意，也卷着市井里的风，是我们活的人生的一部分。沈启无意识到了活的人生的不可确定性。过去讲六朝，不过象牙塔里的吟哦，哪有什么鲜活的血的流动？而现在，他忽地明白了张爱玲、鲁迅文章的意义。只有在漂泊无根的时候，心才通往上苍，听到天籁。失去导师的人，回到了自己。这也是他南行的收获。

晚年的沈启无，靠关系回到了北京，内心暗喜。他被安排在大学教书，生活宁静多了。教书中对鲁迅颇多心得。他校注的《中国小说史略》，用力颇勤，很可一阅。那时候他闭口不谈周作人，对鲁迅倒有诸多感受。鲁迅被周作人逼走，自己也是这样。只是情形不同而已。倒是周作人一生，喜欢宁静，绝不游走。除了入狱几年，一直在苦雨斋里存活。我曾想，他的文字好，固然与安宁的选择有关。但其文字缺乏变化，也与没有逃逸与流浪的体验有关？这个想法，有点可笑。但从人生的巨变与生活的游弋里考察作品的内蕴，也实在是不能放过的视角。可惜这样的文章，我们看得还是不多。

---

①《苦雨斋丛书·沈启无卷》第178页，辽宁人民出版社，2009年版。

六

也是由沈启无引起的话题，读他的遗墨，忽想起废名先生。

好像是在一本诗集里，沈启无写到了对废名的怀念。那时候正是抗战时期，周作人在北京苦住，沈启无热衷于办刊与社会活动。但他们突然觉得身边少了可爱的人物废名，彼此都有点怅然。

北大南迁的时候，废名没有被安排在名单里。恰好母亲病故，他便匆匆赶回老家湖北乡下。但他一去就是多年，似乎很安于这次的回迁。在周作人、沈启无看来，废名本不该走，留下来也许并不坏吧。不喜欢出离，是京派的许多人的心理。但那时候常态的人还是一走了之。人在只剩有被奴役的路时，还有什么安于固定的选择么？漂泊是重生的可能。老舍、巴金都选择了到异地去抗日的路。废名则回到了自己的故乡黄梅。

那是个很美的地方，水光漫漫，山有秀色。其中四祖寺与五祖寺就在其间，佛气缕缕中藏着无量的神奇。有一年我去黄梅，特地与友人去寻找废名的旧居。那一天的天气很好，我们乘船涉水，河泊阔大而有趣。后登一青山，山多古迹，前人石刻偶能见到。印象深的是这里的名字，苦竹镇、古角山，都带诗味。于是恍然悟出，废名的文好，乃天地所染，非做作之笔。废名教书的地方给我的印象很深，那里幽闭清静，竹林茅舍如画般安宁。在一个山坳边，昔日的小学校还保留着。那是一座孤独的老房，很坚实，上下两层。孩子们上课在一层，二层是废名休息的地方。房子高大，四周是天地与树木，真的是远离城镇的清静之所。据说日本人曾炸了学校，这是他后来选择的地方。有点隐蔽，不那么引人注意。他在这里教书，很认真，与世是隔绝的。而那本著名的《阿赖耶识论》就是那时候写出来的。

废名是周作人最欣赏的学生。沈启无对其也喜欢得很。但我总觉得他和周作人周围的人有隔膜的地方。那就是有真的山林野趣。俞平伯、江绍原、沈启无写山水，都是书本里的影像，或者说是士大夫情调里的东西。废名却是仙气与佛性的流盼，且有野店的泥土气，加之五祖寺的禅风。他内在的气息绕着周身，有生命的盘诘。废名就多年住在五祖寺，与红尘真的是远的。周作人、沈启无称自己在北平是苦住，其实是染有杂色的，那是没有办法的事情。倒是远离都市的他保持了清洁的精神。他在山林间隐住，不以俗世之乐为乐，连旧京里的友人都不可思议。在那样的时代，以这样的方式来选择对抗，独自对着山林与孩子，无疑的是苦涩里的诗意。

日本战败后，废名被北大教授朱光潜等人力荐，得以返回红楼。他在北去的途中，还专门去南京的老虎桥监狱看过周作人。那一天他的心情想来一定复杂，或许为老师的苦住京都而遗憾。但他自己未能陷于泥潭，总是幸运的。废名不相信自己的老师那样坏，心里照旧感念着他。所以后来周氏返京后，废名依然对老师照顾多多。据说过年的时候，他曾送周家一车煤炭，以解冬日之难。自然还有亲近的交往，似乎先前的一切都未发生过一般。这引来意外的变故，待到 1952 年院系调整时，他竟从北大分出，被发配到东北的一所学校去了。

那时候的他已经人近老年，此次漂泊，真的意外。长春的冬很冷，饮食单调，并无浓厚的学术气息。在四面空旷的校园，一定有诸多困难。他喜欢北京，怀念那里的学术氛围。然而命非己定，漂流是自然的了。不久就是视网膜脱落，只好返京医治。北京已经无家，他借住在亲戚那里。这时候他感到了自己的无用，被抛弃了一般，内心是无奈的。人至暮年，精神郁闷，是生之大苦。他的文章越来越少，已经没有先前的幽玄迥远了。生活状态也在改变人。最终也没有躲过受辱的命运。

废名几乎和周作人同时去世，一个在东北，一个在北京。都寂寞地辞世，没有几个人知道。天地匆匆，人也匆匆。看那些旧事，我总有难言的感慨。在过往的岁月里，他们的以不变应万变，及变中的不变，都隐含着生之无奈。在那个时代，没有多少人推崇他们的文字，可是现在我们想想历史，在文字上给人惊喜的往往是这样的人物。但他们是寂寞的。也缘于此，心就可能贴到泥土，听到了上苍的声音。于是学会了无声的表达。或是无法表达的表达。

从韦素园到废名，时空差异是大的，人的审美亦毫不相同。但他们生前的孤寂和惨烈的影，我们这些后人能体会多少呢？在传统里，有的人一直在走，四处漂动着，似乎什么也没有找到；有的人一生原地不动，却参禅悟道者多多。可惜这两者在民国都不易做到。我记得李叔同从浙江到闽南的路上，见兵匪之乱与生民之乱，颇为痛苦，在那次漂泊中，影响了他对尘世的印象，内心经历着罕有的波动。民国是大动荡的时期，殊乏静气。文人在变故里进进退退，遭难者为多，遂有了多样的人生。那时候人们喜谈六朝之文，不是无缘故的咏叹，实在机遇如此，凄风苦雨里，面对的只能是狭窄的空间。空所依傍，时无居所，在无路的野地，他们蹒跚地走着。我每每读到这些人的文字，觉出隐隐的痛，而这些，是精神史里的隐秘，要弄清它的幽曲之路，也并不容易。人生不过一种漂泊，谁也难测自己的终点。也由于此，诱惑着一代代人在没有路的地方艰难地走着。死于路上，总比老于寓所要悲慨、壮烈。古之人如此，今人亦复如是。那与人类的天性有关还是无关呢，就不太好说了。

02 苦行者之路

一

有一个时候，我常从宣武门内大街走过。一次在街旁遇到一个熟人，询问北洋时期的教育部地址。我一时怔住。依稀记得是在西单的对面，然而现在一点痕迹也没有了。人在一个地方住久了，对身边的旧迹往往会麻木的。朋友发现我对地形与他一样陌生，觉得诧异。我支吾道：本无多少旧物，无甚可观览的。那一天见到高楼下林立的街市，不禁有点感伤。哪还有什么旧时街景呢？

我在宣武门附近住了多年，知道这里是民国初期会馆林立的地方，许多文化的事件，都在这里发生的。现在我们要找那时候的遗迹，只能到博物馆里，其他的已经看不到多少了。只有那些有历史癖的人，偶在文章里提及这里，闪着几分昔日的余光。然而到实地看看，多是要失望的。

后来因工作的原因，参加了文物普查小组，便有了到附近的祠庙与旧宅看看的机会。一个人骑着自行车转，几乎跑遍了所有的街道，几天下来，收集了一点点资料。总的印象是，凡有价值的存物，多已破损，有的翻修后，已少旧貌。比如琉璃厂，古风虽有，而味道已失，要看到好的善本书与精妙的艺术品，真的难了。

这勾起了我打捞历史的兴趣，我曾从绍兴县馆步行到老教育部旧址，似乎想找找鲁迅当年上班时的距离。这是一种窥测日常起居的心理作用，还是别的什么，我也说不清楚。好像是一种久蓄的愿望，因为要了解鲁迅，没有衣食住行的打量，总是缺少什么的。从绍兴县馆到教育部，不长的路，却已找不到线路。往日的故事只在纸上，别的什么也没有了。

而那时候突然感到，关于城南的教育部时期的鲁迅，我的印象多是空白，除了几篇小说，几册抄录的乡邦文献，余者寥寥。日本的竹内好曾神秘地说那是沉默的几年。既然沉默，我们能找到的东西自然是少的。对于那些远去韶光里的人与事，渺茫得很。中国研究鲁迅的人很多，可是那沉默的近十年的日日夜夜，他如何度过的，多是无法猜测。于是想，要是做一本《鲁迅在教育部史实考》，也许会有点趣味吧。

我试着想写一点东西，在我刚动笔的时候，就觉出了它的难度。

二

好像是雅斯贝尔斯的一本书上说的，在深切地感到无意义的岁月到来的时候，他其实拥有了一种意义。这是对耶稣世界进行描述时的一段话，用到鲁迅那里也有契合的地方。实际的情况却是，北京的生涯弥漫着无聊之气。他来到这里不久，新奇的心一下子就冰冷起来了。

过了三十岁，他进入了官僚阶层，从世俗的眼光看，俸禄很高，是不错的选择。他来北京是 1912 年，住的地方就是宣南的绍兴会馆（编注："会馆"为泛称）。关于那段生活，许寿裳与周作人都有记载。那时候鲁迅一个人生活，时间很是充裕。教育部的工作并不复杂，他开始在社会教育司，任佥事。负责的工作如下：图书馆、博物馆、动植物园、美术馆及美术展览会事项运作，美术、音乐、演剧事宜，调查收集古物等。这些都是新的事物，与帝京的氛围颇相反对。部里的不俗之人多多，蔡元培推荐的一些人，多有留学的背景。可谓是精英的人物。后来这些人对现代教育、博物馆、图书馆、出版等事业，都有建树。只是那时候人们并未意识到工作的价值，事情不多，有时枯坐在办公室里，无聊至极。而打发时光的，只是旧书与古董。

那时候鲁迅的样子和年龄不太相符，显得有些苍老，身上已暮气缠身了。他感到了一种莫名的无聊和痛楚，可是又不安于这样的无聊与痛楚。时光一点点流逝着，自己能做的仅是读书，别的占据的时间并不太多。

白天的有些工作也不无刺激。撰写公文，调查文物，筹备会议，有的内容是好玩的。比如他曾对《教育纲要》作过签注，行文有趣，亦见滑稽语，对世风与法律条文的理解，与一般人不同。他通晓失与得的关系，谙熟江湖之态。偶去参观文物、到外地考察戏剧等，难说没有意思。看当时蔡元培、许寿裳、傅增湘等人文字，新事物层出，教育部的工作都有开拓性质。公园之开启，博物馆之建立，图书馆之筹备，都可说是一种挑战。同事间懂西学者，不乏其人。康德哲学、世界语、欧洲绘画，都是闲时议论之话题。而且鲁迅后来文章的用语，亦有与同事相近者。说他们彼此影响，那是无疑的。

教育部内部是有新的风尚的。那就是社会风俗调查与美育普及。这与蔡元培的思路有关。刚到部里，鲁迅就多次作美术讲演。日记所记，听者甚少。大概人们对此并不了解，或兴趣寡淡也未可知。我猜测那对鲁迅大概是一个刺激，他与同事所主张的美育理念，能深解其味的不多。

而唯有访书是快乐的。陪他逛琉璃厂看古董最多的是钱稻孙、许寿裳、陈师曾、许季上、齐寿山等。这构成了一个小圈子。诸友之中，许寿裳与他关系最近，可谓情同手足，一生中与他一直保持着密切的关系。其余几位，性格都好，这些人都有学问，为人亦忠厚，在一些专业上，都业绩不俗。我看过诸人的一些文章，印象是温文尔雅，通文史，精于版本，嗜书如命。这样的高素质的公务员，在现在的机关里，已很难见到了。

和人交往的时候，他显得大方而有趣，情商很高。许寿裳、齐寿山、张协和、徐茗伯都对其印象很好。他和钱稻孙的友谊是值得一提的。这个人物很有意思，对钱氏，我一直抱有兴趣，觉得是个神秘的文人。他是钱恂的儿子，而钱恂的胞弟钱玄同与鲁迅是同学。彼此可谈的话题是很多的。钱稻孙早年随父亲在日本生活，日语很好。也去过欧洲，是颇有见识的人。又善绘画，对旧文物颇有研究。鲁迅在教育部最初几年，与其过从甚密。往来无非是谈谈字画，饮酒聊天，乐不思蜀的日子也是有的。

不善于言谈的钱稻孙，没有留下关于鲁迅的回忆文章。他只是在接受采访时讲了一些片段。鲁迅在教育部时不太愿意说话，别人打牌，他从不参加。精力都用到读书上去了。钱稻孙在日本时就认识鲁迅、许寿裳，但没有什么往来。后来在教育部成为同事，才发现鲁迅的特异。印象是有学问、热情，但也有点威严。那时候鲁迅喜欢和他一起参加一些活动，出点主意等。鲁迅搞展览的时候，也拉他去过，包括选定国徽，两人也是主要负责人。钱稻孙绘图，鲁迅撰文。那文字曾震动过钱氏，在他看来，真的是难得的作品。他似乎有点怕鲁迅，在后来的交往里，鲁迅许多选择他都觉得怪异，自己并不反对，但疏远还是有的。什么原因，就不太好说了。

他们谈天的时候，都用方言，南人的音律，彼此更熟悉。但在公开场合，他们的言论则是蓝青官话吧。鲁迅的发音虽带绍兴方言味，而大抵是听得懂的。钱稻孙为人热情，知识上更偏向于美术等。因为懂得意大利文，后来译过但丁的《神曲》，鲁迅对他的才华是认可的。

在最初几年里，他们交往极为频繁。1912 年至 1915 年，钱稻孙在鲁迅日记里出现的频率很高，几乎每周见面，有时几乎天天相见。比如 1912 年 9 月初的日记：

4日

上午以一小包寄家，内桃、杏、苹果脯及蜜枣四种。晚稻孙来，遂同饮于广和居。

5日

上午同司长及数同事赴国子监，历览一过后受午饭，饭后偕稻孙步至什刹海饮茗。

6日

阴。上午赴本部职员会，仅有范总长演说，其词甚怪。午后赴大学专门课程讨论会，议美术学校课程。下午稻孙来，晚饮于季巘之室。

7日

雨。下午赴钱稻孙寓。

8日

阴。星期休息。上午同季市往琉璃厂，在直隶馆书局购《式训堂丛书》初二集一部三十二册，价六元五角。会微雨，遂归。收九月一日《民兴报》一份。午后晴。翻《式训堂丛书》。此书为会稽章氏所刻，而其版今归吴人朱记荣，此本即朱所重印，且取数种入其《槐庐丛书》，近复移易次第，称《校经山房丛书》，而章氏之名以没。记荣本书估，其厄古籍，正尤张元济之于新籍也。读《拜经楼题跋》，知所藏《秋思草堂集》即近时印行之《庄氏史案》，盖吴氏藏书有入商务印书馆者矣。下午雨一阵即霁。晚稻孙招饮于便宜坊，座中有季市与汪曙霞及其兄。

在钱稻孙眼里，鲁迅一是学问高，二是见识深，对家庭是负责的。八道湾的房子购买的前后，钱氏也是知道的。鲁迅在为人上的特点，钱稻孙比一般人要明白得多。至于鲁迅如何看他，没有什么文字记载，不得而知。日记的信息，多是破碎的。一是两人一起淘书时，为谁得书而讨价还价，很是有趣。还有一件事，是钱氏收藏的文物很有价值，鲁迅与陈师曾还亲自到其寓过目，其眼光的不俗是一定的。再者，钱氏的文字功底不错，遣词造句间是有气象的。只是写得太少，不被世人明了。周作人就佩服他的文字，以为能传神地表达日本的风俗人情，对西域的诗文亦有功底，译笔不俗，是那时很少有的人才。

周作人来京后，钱稻孙渐渐和鲁迅疏离起来。我猜测有钱玄同的影响，也有周作人的原因。他们都不再与鲁迅交往，周作人甚至写过绝交信。一些熟人突然散去，鲁迅一定有些失落，表面上对此淡淡的，内心是难言的痛。在气质上，钱氏更接近周作人与自己的叔父钱玄同。象牙塔里的事情比较单纯，而后来的鲁迅野性的东西流出，多奇异之举，与士大夫之流的风韵颇相反对，那种超出常人的眼界与为人风格，钱氏是深领其意，但跟他不上，后来便不太往来了。

三

来北京最初的几年，在美术上能与之交谈的，是陈衡恪。陈衡恪，乳名师曾，1876 年生。他们是南京时代的同学，也一同在日本留学。钱稻孙等人都不能在深的领域与陈师曾相比。而后来鲁迅讨论中国小说史时，也受到了陈氏的美术史观念的影响的。

我看过陈衡恪的几幅画，都是作者送给鲁迅的。画风已大异于清代之前的山水作品，有一点灵动的东西，那是现代诗的意蕴，枯涩的老气是不见的。他的运笔甚好，石涛的神韵多少有一些，古朴而不失现代气息，与一般的作品是不同的。

陈师曾对西洋绘画与日本绘画颇有心得。其父陈三立对他绘画多有赞誉，说他在诸多孩子间是才华出常的人。他从日本回国后一直在南通师范任教，后被介绍到教育部工作。鲁迅很早就知道他绘画上的天赋，许多拓片、画册的收藏也受到陈氏的欣赏。鲁迅出版的《域外小说集》，最初就是陈师曾设计的封面。有几幅陈氏刻的印章，都有特点，鲁迅一直用着。陈师曾为人热情，喜欢助人。比如亲自到寿石工家里为鲁迅求印，主动为在远边的周作人作画。齐白石出名，与他的推荐有关。是他催促了齐白石的衰年变法，把其画作推介到日本，一炮打响，影响甚巨。齐白石有多首诗写到对陈师曾的感怀。我们现在看这些诗句，依稀能体验出陈氏的纯情与大度。

在许多方面鲁迅与陈师曾颇能谈来。比如对艺术的看法上，都有新的眼光。喜欢从风俗、心理、环境上把握文化。鲁迅在专心看洋人的小说时，陈氏则潜心于西洋与日本美术渐变之途。他们对艺术史的看法，思路有时是重复的。两人都偶被大学找去讲学，遂有《中国小说史略》与《中国美术史》的问世。我总觉得两者多相似的地方。他们在对历史遗迹的态度上，着眼点是一致的，都能从非正宗的文化里找到精神的亮点，在宗教、民俗、士大夫文化之间，发现艺术演进的规律。至今没有学者对这两部书进行对比研究，实在是个憾事。就我而言，因为知识结构的限制，对此也只能望之生叹而已。

陈师曾的绘画真好。他是现代文人画的鼻祖，在一些地方受到吴昌硕的影响，又参之日本漫画，清秀而灵动，那是林纾这样老气的画家所不及的。他对绘画在理论与实践上，都有套本领，不是空头的理论家。可惜活得太短，不然会有巍然的大气象是肯定的。后来齐白石独傲江湖，总使我想起陈师曾的影子。而鲁迅对齐白石的喜爱，也是别的中国画家所无法取代的。在这个脉络上去摸索现代的艺术史，我们的收益一定会不同于别人的。

可以说，陈师曾是个睁着眼睛看世界的人。1911 年在《南通师范校友会杂志》上，曾发表译文《欧洲画界最近之状况》。译后记云："今译之以介绍于吾学界，借以知其风尚之变迁；且彼土艺术日新月异，而吾国则沉滞不前，于此亦可以借鉴矣。”还译过东京大学大村西崖的《文人画之复兴》，大村的文章，带有一点东方本位的特点，文中对日本画界趋于西洋绘画的功利主义，颇多不满，而对王维以来的中国文人画传统赞美有加。这个看法和周作人欣赏的永井荷风很像，回到了传统的路径上。陈师曾后来提倡新文人画，多少受到这个思想的影响。但又非复古主义，只是注重对己意之发挥，不被自然主义所囿，所谓疏淡旷远者正是。而那时候陈独秀等人对传统绘画一概否定的观点，他是大不以为然的。

其实，鲁迅对陈师曾的看法未必都认可。他那时候只是在对六朝等人的作品的看法上与陈氏比较接近，即认为宋之前的艺术多有创造，那是否有胡气的原因也未可知。鲁迅说魏晋是文学自觉的时代，陈师曾论画时亦持相近之论。他说：“六朝以前之绘画，大抵为人伦之补助、政教之方便，或为建筑之装饰，艺术尚未脱束缚。迨至六朝，则美术具独立之精神，审美之风尚因以兴起，渐见自由艺术之萌芽，其技能顿进。”这样的看法，我们在鲁迅的文章里亦可见到，彼此的心是相通的。而陈师曾后来潜心文人画，将现代人的感觉用到作品里，使绘画跃进到个性主义的世界，鲁迅是心以为然的。

在他们的心里，中国文化有趣的部分，不是在经书中，感性的文本与画面散出的却有珍贵的东西。陈独秀在文章里骂中国画，那是理论上而言，自然会漏掉感性的闪光。而文化恰恰不可以理性之尺简单衡量，因为那是生命里的折射，诸多非理性的自由的梦痕，是超越于伦常的。久在牢笼里的精神的突围，常常从艺术开始。大凡回望远去的路，那些湮没的、个体的私语的片段，大概更能闪现我们先人的智慧，有意味的存在也在那里。鲁迅后来在小说里说传统吃人，那是理性根基上的自语，却并未抹杀艺术的灵光。他自己其实就是古老文明的受惠者。陈师曾在这一点上的体会，可能更深一些。

我一直想，在教育部的日子里，鲁迅能和钱稻孙、陈师曾那么投入地研讨字画，总有相近的心态使然。他们似乎也觉得，中国古老的文化中，许多有趣的存在消失了。打捞那些遗存，也真的有意义的。比如六朝造像，在气韵上要高于明清的艺术；汉人的想象，总比宋元后的作品高远。艺术的历史不都是后来者居上。进化论与此无关。人类的精神漫游的宽广靠的是机缘。久在樊笼的民族，需要一次精神的突进，他们那时候复兴旧梦的意识，还是多少有一点的。

后来，当陈师曾去世多年后，鲁迅与友人编辑《北平笺谱》，在书的序言上写到了陈师曾，对其艺术多有夸奖。他们的友情，在静静的文字间闪烁着，那段交往留下的痕迹，还是依稀可辨的。亡友的细腻、体贴，严明的现实情怀及童心，使其对艺术的新生有了确然之感。古风之中还有新梦，以聪灵之笔点化旧迹，木然的世间便重新蠕活起来，那该是明快的。亡友的劳作已让这个机缘变为了可能。

陈师曾的死，是鲁迅丧友经历的一个特例。在教育部期间，他曾失去多位友人，尤以范爱农之死为意外，反应亦强烈得很。范氏之死乃自杀，是无路后的自灭，他对鲁迅的刺激是大的，以至鲁迅多次写诗文悼念他。陈师曾的陨落则是意外，因回家探母不幸染上疾病，真的无可奈何。在遭遇了友人的病故后，他的精神蒙上了灰色。几乎可以肯定地说，他喜好的艺术，都有点人与鬼之间的色调，或者说是冷的意象。而宿命的观点则是，这些热爱艺术的人，在生死之间，是洪荒大化，无所归心的。他们在死前对美的臆想，就有几分灰色与忧郁的成分。咀嚼过死亡的人，也许对诗神的态度，总要过于常人的。

四

但是鲁迅绝不像别人想象的那么悲观，也非那么快乐。他曾让陈师曾为自己刻了一封印，取名“俟堂”，即等死的意思。教育部时期他正在读佛经，内心的黑暗感显然是浓烈的。不过日常生活中的他，又喜欢以幽默的语句反讽自己。部里的许多人领略到他的神采。一个既悲观，又能拿自己开涮的人，生活中是个什么样子呢？他喜欢吸烟，酒也喝一些的。重要的是对书籍有种特殊的趣味，那些苦寂的日子因为此而泛出了几丝色彩。

这时候与他往来颇多的还有许季上。在日记里，许季上出现的频率很高，彼此的关系是非同寻常的。

许季上小鲁迅十岁左右，毕业于复旦公学，对佛学研究很深。1912年2月，蔡元培召集教育部人员赴京的电报名录里，就有他的名字，他几乎和鲁迅同时到教育部的，在社会教育司工作。因为喜爱佛学，且有成绩，也在北大任教。后因有病，梁漱溟取而代之，来到了北大。这都是有趣的故事。谈到他们的友情，我觉得是超出钱稻孙与陈师曾的。彼此似乎有诸多呼应的地方。在鲁迅日记里，能感到他们的亲密度是别人不及的。他们互赠佛经，读书甚勤。鲁迅对一些典籍的认识也得到了这位老友的帮助。

许寿裳曾说，民国初，鲁迅读佛经，别人跟他不上。那其中和许季上的存在亦有关系。不过两人的出发点不同。一个是信徒，一个乃学术好奇。许季上对佛典很熟，他多次赠书与鲁迅。其中有《金刚经论》、《十八空百广百论合刻》、《集古今佛道论衡》、《广弘明集》、《劝发菩提文》、《金刚经嘉祥义疏》、《等不等观杂录》等。他读经心是热的，鲁迅则冷气习习。在佛的思想里穿行，得到的多是枯寂的气息。1917年春节，鲁迅在日记里记载了许季上的到访，那是许为他送过年的礼物。古道热肠历历在目。但鲁迅寥寥几字，是另一番心情：

> 晚许季上来，并贻食品，旧历除夕也，夜独坐录碑，殊无换岁之感。

佛的思想，在鲁迅看来深切无疑。信其道，则有纰缪处。因为佛不是偶像，而是思想者，是无奈世界的闪光。其心大苦，却愿普度众生，可爱的地方在此。而顶礼膜拜，则把他矮化，世俗化，那是不好的。佛到中国后，消解了许多功利之思。关于佛的艺术，也很不错。所以他更多是从思想的角度与艺术的角度来看佛教的。许季上知道这一点，他未必想影响朋友，鲁迅身上有佛性，他大概是能够看出来的。奇怪的是鲁迅读得多，自己却深进缓出，跳到了经书的外面。在广泛涉猎旧的典籍时，思想不是粘在上面，经常因为有别的参照而滑动着。读佛经的时候，他其实已有了尼采那样的经验，在超然的视角下，精神是难以定于一尊的。

有一件事情很奇怪，鲁迅的母亲过生日的时候，曾请许季上联系熟人，刻了《百喻经》三十部。李敖曾对鲁迅此举颇有微词，以为迷信云云。此书去掉劝诫，独留寓言。在鲁迅看来，佛书的寓言部分很可取，是有审美的力度的。说到审美，鲁迅那时的眼光很锐利。有一次，许季上在地摊见到一幅佛教画像，上有狰狞之神。便告之鲁迅，说疑似明人手迹。鲁迅却说，那可能是喇嘛庙的作品，不是明代的。因为明以前的佛教画像没有青面狰狞之作。鲁迅的论断，让许氏颇为佩服，在对美术品的看法上，鲁迅有着异样的眼光。那时候的教育部，讨论过美术教育的话题，他后来与林风眠、徐悲鸿都认识，但却没瞧上这几个画家。鲁迅的哲学是悖于常理又颇具有常理的，而那时候深知他的也只有几个人而已。

许季上喜欢佛学，信仰释迦牟尼。但偏偏多病，家庭亦多灾多难。1917 年，他不幸患上伤寒，病得很重。鲁迅日记记载了他探病的情形，近二十次，可以想见感情之深。不久，许季上夫人染病去世，鲁迅又亲自吊唁，对其一家人甚为同情。在给友人的信中，鲁迅叹道：

> 诸友中大抵如恒。惟季上于十月初病伤寒，迄今未能出动；其女亦病，已痊，其夫人亦病，于年杪逝去，可谓不幸也矣。

佛学里的灵光，未能给他们幸福。宣武门内的枯寂的时光，分明流着死灭的影子。唯有苦楚是真的，而且就在这样的日常之间。在漫无边际的夜色里，人们在默默等待着生命的消逝。鲁迅甚至感到了体内消亡的青春的气息。消亡、消亡，一切皆在消亡，大家都在可怜的世上。只是那苦痛有早有晚，有轻有重，谁能逃离呢？

鲁迅的近佛，诗心得以熏染，他从经文里倒是常常看出艺术之维。佛对于他，是一次精神的突奔，时空忽地开阔了。汉译的佛经，在词采上是高妙的，句式也多精美之态。重要的是表述的方法，对汉文明来说是一种冲击，思维不再趴在地下，而是腾飞起来，有了超我的境界。他在那里学会了迂回反复，返转不已的盘诘，否定，否定之否定；逆反，逆反之逆反。空无里的有和有里的空无，那是多么惬意的漫游。在他看来，如果不是佛学的东移，汉文明可能还是在旧路里蹒跚呢。

几年后，在遭遇了兄弟分道之难时，他在《野草》里多次运用了佛经的句式。移用后还有再造，文字水洗了般的灵秀。有时候连语气也有点佛经的样子，只是加了些现代主义的词采，不易被人注意而已。我觉得那是苦读佛经的结果。曾经有过的阅读经验，现在成了他生命的一部分。与一般读书人不同的是，他常把旧有的死句活化，那些沉睡的叙述经由他的笔，有了温度，活起来了。

人在沉默的时候，心里有岩浆般的激流。这是怎样的人生呢？在城南的风尘的土路和暗淡的油灯下，一个走向中年的人，听到了生命之外的声音。

五

只有在抄碑文的时候，他的心是宁静的。自己也形容是沉到国民中去，在远去的世界驻足，得片刻之乐。他抄碑文的方式很讲究的，先用尺子丈量，再一一笔录。字工工整整，六朝的灵秀、清俊之气扑面而来。还买来罗振玉所编的《秦汉瓦当》，夜里描摹，整整描绘了一册，其精细巧美，与原书一样。甚至还买来日本人在朝鲜半岛的考古报告，思考汉文明之外的东西。接触古物，都有新学的眼光。比如民俗学、社会学、考古学等，在他看来是整理国故的参照。而他认识历史旧迹的方式，和他的老师章太炎已经很是不同了。

查教育部时期的日记，他购书的目录多是造像、画册。对古代的碑文兴趣浓浓。蔡元培回忆说，鲁迅搜集的汉碑图案的拓本，很有价值。先前人们搜集拓片，注意的是文字，鲁迅却看重图案里的花纹。有一次鲁迅致信蔡元培，说日本的浮世绘受到了中国汉画像的影响，是独特的目光。在鲁迅看来，远古的中国艺术，也有奇异的存在。那些朗然大气、直冲霄汉的无累的诗意，乃精神的逍遥，今人已不复有这样的存在，真的可叹也夫。

他最初接触汉代画像，是 1913 年。那一年 9 月，友人胡孟乐带来山东武梁祠佚存石拓本，看后大为惊异。其间的装饰雕刻与西洋雕塑相比，毫不逊色，还有着深沉雄大的气魄。1915 年起，他开始大量收集汉代画像，除山东外，河南南阳汉画像吸引了他，对其影响很深。在一些造像说明文里，鲁迅以现代考古学的眼光叙述沉寂，每每有卓识在里。那些文字后来外化到他的创作里，成了他作品内在的底色之一。

在频繁地搜集古董的同时，他还在大量阅读域外的作品。我注意到他译介的几篇儿童教育与美育的文章，以及尼采的短文，都有不小的张力。在表面看是与读古书不同。可是细细打量，还是一致的地方居多的。他介绍的上野阳一《艺术赏玩之教育》、《社会教育与趣味》，高岛平三郎《儿童观念界之研究》，都是难得的好文章。他在内心是赞佩这些观点的。这些文章的特点是挖掘人的好奇心，主张艺术鉴赏的趣味。而他那时候不正是历史的好奇心与把玩艺术的情调的浓厚期？他的这种内心，对友人们影响很大。许寿裳也收藏过一些艺术品，我看过后颇为感动，各种书法与绘画，不乏智慧的闪光。我猜想鲁迅在和他的交往中，一定也分享了其中的快慰的。

也可以说，在沉默的多年间，他的快慰我们不甚了解，似乎古老的遗存不能给其带来慰藉。恰恰相反，在他最无聊和寂寞的时候，他的内心依然保留着一丝丝暖意。那些古老的艺术之光，召唤着他的内心，使之有着活下去的勇气。黑暗的洞穴里，倘若生命还能燃烧，那么暖意的光，怎么能消失呢？

比他小几岁的齐寿山很能理解这样的心情。齐寿山与齐如山性格不同。他是齐如山的弟弟，德文很好，关于德国艺术，了解很多。鲁迅那时候购置最多的是德文美术作品。仅 1913 年就购得德文图书《卢那画传》、《有形美术要义》、《鬼怪奇觚图》、《近世画人传》、《历代艺术中的裸体人》、《印象派述》等。还与齐寿山合译过荷兰作家望·霭覃的《小约翰》。齐寿山在德国留过学，知道德文的用法。两人一个口述，一个笔译，遂成佳作，在译文史上是不可多得的存在。他们是在深味西学的基础上开始反观古艺术的。鲁迅辑校古籍时，对历史的理解就别于前人。虽说是玩玩古董，心情大抵是别样的。

德文传递来的信息，是哲思与诗文的美。那个聪慧的民族在对自然与上苍的理解上总有伟岸的一面。一切神启的都来自于生命自身的闪烁。远走的漂泊者也恰是精神的开启者。里尔克在《有关寂寞者的片段》里说过，那些去世已久的寂寞者的体验至今还以不同的方式存在于后人的思想中。鲁迅在域外的文字与本土古老的遗产里，呼吸到了自由。在西学背景下走进先贤的过去，是不会被旧有的一切俘虏的。

一方面是尼采式的飞扬，一方面是沉寂到荒古里的冥思。这仿佛是一个矛盾。但真的是很妙地结合在一起的。这是鲁迅艺术起飞前的准备。在现代主义的潜语和古老的碑文拓片间，最灵动的与最幽秘的存在走到一起了。他后来的小说一直有这样的特质。杂文亦复如此。齐寿山、陈师曾、钱稻孙大约看到了鲁迅精神的这种异质。但要真的走进这个小个子的绍兴人的世界，也不那么容易的。

六

帝京旧俗对读书人的影响颇深，老京派文人一直以学理与诗文自耀，觉得已通天人之眼。这个风俗鲁迅是厌恶的。城里的京剧演出那时候很火，他一直远离这些。连弟弟周作人那时也说，听到京剧总想起抽大烟者，是迷糊人的作品，与现代人的感觉远了。齐寿山的哥哥齐如山嗜戏如命，还送给鲁迅一本戏剧研究的著作。但似乎并未引起他的兴趣。

教育部的环境他也并非喜欢，那原因是官场的灰暗与荒诞。连蔡元培都说："无论专制、共和，一官吏，便不能免俗。"许多人是"做事的虚无党"。办公室外的世界，倒是有点意思。所以他的日记很少记录公事，环境和他并未构成亲昵的关系。这在他是一个宿命。后来不论到哪里，从未说过身边环境的好话。

林斤澜先生在世时曾对我说，鲁迅对北京的描述一直是怪怪的，所写的胡同几乎都是死气，殊为可怕。从读书人到小职员，灰色的居多。林先生甚至说，北京的文化和鲁迅没有关系。这是对的。

可是北京新的文化载体里有许多他的痕迹。天坛公园的建立，图书馆与历史博物馆的建立，都有他的心血。他甚至是最早提倡建立美术馆的人。为这个古老的地方增些新的存在，算是教育部时期的一种劳绩。这些在后来的文章里很少提及，以致现在的年轻人已不太知道了。

有一段日记很让我感动。他和同事为了展览，从外地运来一批文物，因为害怕意外，整整一夜和文物厮守在一起，不曾合眼。这是敬业心使然无疑。历史博物馆成立之始，文物不多，就把自己藏的汉代铜镜和泥塑等捐赠出来。那些古物，在鲁迅看来折射着精神之光。保存旧物，非回到过去，开辟新的生活是重要的。

考察鲁迅的古籍整理与文物搜集，发现他都有奇异的眼光。他对敦煌文物很有感情，自己就藏有唐人写经多幅。景教在中原留下的碑文，他也喜欢，搜求了拓片多多。教育部同事知道他的爱好，出差时也为其搜求拓片。比如杨莘士到西安后，就为其代买一些石刻拓本。像《梵汉合文经幢》、《摩利支天等经》、《田僧敬造像记》，都是难得的。许多拓片都有胡风，是多种文明交汇的产物。在鲁迅看来，中国历史中稍有出息的艺术，大抵是与域外文明杂交的结果。开阔的空间里，才有精神的自由。他对历史片影里闪动的慧能，多有注意。而这些有趣的东西，现在已经被湮没掉了。

这是不矛盾的。从玩古董到白话文写作，在他是有一个一以贯之的东西。即在流动的、创造性的、有飞的欲望里开启精神的远航。于是古老的存在与现代性的思想在此联手了。他以为好的艺术与好的思想，是混血的产物。尼采、罗丹、凡·高都流淌着多种文明的血液。而中国要腾飞起来，需要这样的参照无疑，只是做这样工作的人，还是太少了。

旧式的文人，大概就没有这些眼光。他的佩服王国维，就因了其世界的眼光。王氏在德国哲学视角下的思想沉思，以及考古学的功底，意味着学理的更新。同样是面对传统，王国维思绪里的爱恨、美的精神，为我们俗人所无。鲁迅觉得要做国学，就应是这个样子，虽然路径是多条的。

于是我理解了他何以看不上北大一些教员，包括胡适那样的人。在他看来，文明是动态的，永远在奔流里展示着自己的姿容。汉译的佛经，遂催出了六朝奇文；唐代的胡调，便唱出了中原的妙句；晚清的杂曲，流出章太炎的奇音。可惜中国的做学问的人，把本来湍急的河流，变成了湖泊；将鲜活的思想，做成了木偶。我们看鲁迅后来对复古的文人与留洋归来的绅士的讥讽，也可以从此找到原因。

后来的京派文人，多少有一点类似的取向。不过和鲁迅的区别是，止于欣赏，而非苦行中的拓路。鲁迅晚年的激进和参与社会运动，其实是想造就一个新的混血的时代，把多样的艺术引入国中。你看他的编辑书刊，推介版画，无不是催促新的艺术，在杂取他人融为己身中律动着。他译介俄国小说，引进西方版画，推销日本作品，都有一种精神的渴望。这些，我们在他沉默的几年里，都能够感受到。或者不妨说，一切均来自于这近十年的沉默。这个发酵期里的一切，细细考量，都是大有意思的。

鲁迅一生是个苦行者。即便后来在上海那样的热闹，你看不到孤独的影子？他在教育部的日子，蕴涵了诸多文化的奇想。有时也消沉地想到：这些沉默的智慧有什么再生的可能呢？还不如从速地消失为好吧。可是，时代变了，天地之色已非昨日。他出来了，从那间铁屋子里。他沐浴了光，看见了爱。但那光与爱一个个地远去、失落，便又落入苦寂的大漠里。一个人走着，喊着，把苦楚吞到肚子里。他不是耶稣，但却死于所爱。也就是先前所引的雅斯贝尔斯叙述的看法，在没有意义的时代，他预示了新的寓言。

03 风动紫禁城

一

1924年11月，溥仪出宫，紫禁城一时清空，遗老的圣地已不复往年之色。次年，故宫博物院成立，几百年的皇宫的功能开始变化。百姓对深宫大宅多好奇之心，而读书人关注的却是那里的文档遗产。有意思的是，新文化运动的参与者们，都对此地发生兴趣，胡适、钱玄同、刘半农不说，连俞平伯、魏建功也多次造访旧宫，写了感慨的文字。此后围绕故宫出现了诸多趣事，学术、诗文、艺术等缭绕此间，成了那时候一道特别的风景。

前几年读过紫禁城出版社的一本小册子，发现最初进入故宫的几个人都很特别。当时成立了清室善后委员会，一些文化人都列名其间。我注意到李玄伯这个人物，他和故宫的关系很深。在《溥仪出宫记》里，他细致介绍了其间的情况，已成了珍贵的资料。溥仪离开故宫的第三天，李玄伯就入宫清点文物，那时候作为清室善后委员会的成员，初入紫禁城时，感情复杂是一定的。一年后他成了故宫博物院的秘书，位置重要，从他的文章里，能感觉到彼时的心态。他们第一次进入宫殿的藏品地时，有点紧张，毕竟是当年重地，财物又多，只得小心翼翼为是。还没有从旧梦里醒来的宫中旧人，及狼藉于地的字画，暗示着这个地方的神秘与离奇，这些参加清点文物的人，都意识到了任务的重大。

随同李玄伯同去清点文物的魏建功，后来写了一篇《琐碎的记载清故宫》，所谈颇细，记载了诸多旧事。毕竟是文字学家，史学眼光也十分锐利，他看人看事，处处留心，笔下的信息在今天显得弥足珍贵，文中介绍的文物颇多，器皿、旧书、国玺等都在，所记亦详。真有点统计学的意思。另一个学者庄尚严先生也和魏建功一样，参与其间的工作，在《故宫杂记》里记录了大内藏书的情况。他在书库里走了一圈，虽然颇有收获，但不及自己想象的那么丰富，一些善本书早就被人偷走或赏赐给人了。那么多的珍本秘籍，宫里人未必都珍惜，作为学者的庄尚严，其感受是五味杂陈，一言难尽。初入宫里，庄氏颇为新奇，比如在军机处遇到一个七十岁的老人苏拉，知道他在宫里五十年，却不识字，问其内要，一概不知。庄氏方感到积习的厉害。在宫里生存，与世隔绝，不为外物所动，对人而言是活命的条件。那么多的珍品落入空房，蒙尘久久，可叹的岂仅是明珠投暗？

参加点查的人都有收益，主要是开了眼界。1925 年 4 月 11 日，俞平伯在景阳宫御书房翻到大量文献，一时兴奋不已。他没有料到在此竟看到了朱元璋的谕旨。这是明宫的密件，清朝的人还那么好地保存着，一定有隐含在吧。两天后，他在《记在清宫所见朱元璋的谕旨》中写道：

> 书名：《太祖皇帝钦录》——明代抄本。
>
> 书的样子：蓝面，黄签，经折式，文皆楷书，有红圈断句。
>
> 这本书里载的都是朱元璋的谕旨，以口旨密旨居多；但亦有长章大篇的，如《祭秦王文》之类是。所记的如分析之，不外下列四项：
>
> 1. 他的家务（训谕诸王）。
>
> 2. 杀戮臣子。
>
> 3. 关于军政等国事。
>
> 4. 不有重大意义的杂事。

这不是正式的官文书，乃是明宫的密件。看他训诸王的话，都无非是叫他们怎样防臣下谋逆，尤以对秦王死最为寒心。他说秦王是大约被进樱桃煎毒死的，究竟是否如此固是疑问，而他的疑鬼疑神的心理却全然流露了。他在那边告诉诸王说，仿佛是这样的："你们看榜样罢！你们小心些罢！"史称明祖雄猜，是不曾冤枉他的。他的多疑亦非得已，只是骑虎之势不得不然耳。疑今先生说："古之警跸，人民之畏其上也；今之警跸，在上者畏其人民也。"（见《京报副刊》第一一七号）如他之所谓古，只是太古，我不得而证明其非是；若他把秦汉迄明清亦包括在"古"里去，那位疑今先生未免专门会疑今，太不解疑古了。古之皇帝岂能远胜于我们之执政，他正在那边抖瑟瑟的害怕着呢！①

俞平伯很少写这类文章，读此我们会觉得亲近得很。朝代更迭之际，王权的伎俩早已不是隐秘，读此我们也只能大发感慨而已。俞平伯等人在故宫清点旧物时，没有士大夫的心境，倒多是反省，乃是五四人的脾气。不像那时的一些藏书家，得到秘籍，则欣欣然，以为宝物在此，独得了天下奇珍，皇宫的沉重早就与之没有关系了。

清理故宫的旧物，研究清史，乃一些有学识的新式文人，几任院长都有学问，易培基、马衡都是不错的学问家。第一届理事的名单能看出建院的思路：汪精卫、于右任、蔡元培、易培基、马衡、陈垣、沈兼士，都在名单里。至于工作人员单士元、唐兰、陈万里、刘九庵、朱家溍，学问均好。现代学术一开始就投射到博物院中了。

但故宫博物院成立之初，困难重重。一是遗老们的捣乱，使工作常常受挫。二是政府官员的昏庸，几次欲毁文物，局面多危。1928 年，国民革命军北伐成功，南京政府派马衡、沈兼士等五人接管故宫博物

---

①《俞平伯全集》第 2 卷第 61 页，花山文艺出版社，1997 年版。

院，可是不久传来消息，国府委员会竟通过“废除故宫博物院，分别拍卖或移置故宫一切物品”的议案。沈兼士、马衡、俞同奎、吴瀛、萧瑜五人发表联合声明，力陈保护文物之重要。这段鲜为人知的故事，我们现在想来，真的惊心动魄。

我注意到那时候人们对前朝的遗物持不同的态度。政客们取伦理的角度，以为多盘剥百姓之物，应从宫中移出；学者们则采取保护的措施，看重它是文化的财富，历史的与审美的因素都有，不可小视其间的价值。建院初始，杂事吵扰，外力涉足，置身于此中的人很快意识到这是个是非之地。其后发生的人际冲突和社会变故，延续了皇帝时代的阴晴冷暖。

我第一次到故宫参观是八十年代中期，后来由于工作的关系，常进出于此，渐渐对这里的遗存发生兴趣。去年末，我和友人参与了世界汉学大会，闭幕仪式就在紫禁城的建福宫。那天正是大雪的日子，一百多名汉学家走在乾隆当年的藏书楼里，惊奇地张大眼睛。同行的德国学者顾彬等人颇为高兴。一般游人是不能光顾到这个地方的。我知道这对参观的人来说是一种记忆的分享。可那些深谙这里的历史的人，则是另一种感受。不是涉足深处，也许看见的永远是漂亮的外表。

有许多奇异的人生在这里表演过，紫禁城曾关乎天下的运事，民国后却是文化脉息的一角。它深不可测的一面，似乎是永远也读不完的。

二

没有皇帝的宫殿，一切都沉默着。述说它的只是几个多情的文人。

第一个让我想起来的是王国维，他与紫禁城的关系颇值得考量。这个学富五车的人物，却有着遗老的气味，与其博雅的学识似乎不太相称。他于 1923 年进入紫禁城，成为南房行走，据说他自己也颇为高兴。

我们且不说他的世界观，就学问而言，他给落日下的故宫带来的是一种玫瑰色的梦幻。古老的幽魂附在他的躯体，往昔的岁月在他那里凝固成信念的抽象。一个打通古今的人，原来的根扎在死去的年代，是思想史之幸还是不幸？

他在故宫的前后几年，正是学问大进的时期。历史学、哲学、考古学，都有建树，尤其注重明清两代的资料，对一些历史的文献很有感觉。比如从奉天崇谟阁所藏的《太祖高皇帝实录》，考察清诸帝相貌，有一点美术家的感觉。那是好奇心的作用还是别的什么因素，就不好说了。而对清初的钱牧斋、吴梅村也有兴趣，似乎要寻找别样的东西。钱牧斋身后被诟病者多多，王国维看到了世态炎凉，对世人的功利之心大发感慨，真真的有趣。而他为吴梅村辩护，指出诗文不可随意解释，亦见史家心性。

溥仪的离宫，对王国维是个不小的刺激。他也不得不结束宫里的生活，来到清华大学。在大学的日子，也一直关心故宫的各类文物的消息，暗自从事相关的研究。较之于一般人，他更懂得它们的价值。在与马衡、沈兼士等人的书信往来里，我们能够看出这一点。

民国初，清代图书文物遭到劫运。王国维痛心疾首，他在《库书楼记》中沉痛地记录了国朝档案遭到破坏，说那些奏表、题本，极具文献价值。当事者不以为重，多次要焚烧，罗振玉等力阻，才保存下来。这些文献被保留下来时，王国维作文一篇，就是《库书楼记》，他说：

> 雍、乾以后，政务移于军机处，而内阁尚受其成事，凡政府所奉之朱谕，臣工所交之敕书批折，胥奉储于此，盖兼宋时宫中之龙图、天章诸阁，省中之制敕库班、薄房而一之。然三百年来，除舍人省吏循例编目外，学士大夫罕有窥其美富者。宣统元年，大库屋坏，有事缮完，乃暂移于文华殿之两庑。地隘不足容，其露积库垣内者尚半，外廷始稍稍知之。时南皮张文襄公，方以大学士军机大

臣管学部事，奏请以阁中所藏四朝书籍，设学部京师图书馆，其案卷，则阁议概以旧档无用，奏请焚毁，已得谕旨矣。适上虞罗叔言参事以学部属官，赴内阁参与交割事，见库垣中文籍山积，皆奏准焚毁之物。偶抽一束观之，则官制府干贞督漕时奏折；又取观他束，则文成公阿桂征金川时所奏。皆当时岁终缴进之本，排比月日，具有次第，乃亟请于文襄，罢焚毁之举，而以其物归学部，藏诸国子监之南学，其历科殿试卷，则藏诸学部大堂之后楼。[①]

文中所指，也有清朝文武人员，不独民国人士。在王国维的文章里，介绍了罗振玉保护大内档案的过程，有嘘唏不已的伤感。他的爱文物，胜于爱生命。知其学术价值不浅，故振之于灰暗之时。文章写得沉郁顿挫，无量的悲凉于斯，其志其情，流露无余，真的是磊落不已的。

对清代文献的类似感慨，许多文人均有之。金梁、蒋彝潜、孙楷第等都有文章行世，谈及此事。孙楷第偶遇到大内流失出的资料，很是关注，一面也为宫廷间颟顸的行为而扼腕。他说自道咸以来，朝内已不注重图书文献的整理，留下许多遗憾。他的感受虽没有王国维深切，而体味也绝不亚于此的。

较之于王国维的彻骨的声音，新文学的人物的态度有所不同。比如鲁迅吧，也谈过“大内档案”的事情，笔触就没有上述等人的呆气。鲁迅到南方后，看到新闻界的热炒，觉得许多有些离谱。于是出来道出其中细节。他看故宫里的文物，眼光是另类的，反显出王国维的老实。罗振玉讲“大内档案”的重要，王国维也随着认同，是同孔出气的。然而鲁迅也看到了罗振玉的世故，在对待前朝遗物时，未尝没有私心。王国维死前，也许意识到了此点，可惜没有去说，深层原因我们不得而知。鲁迅说他老实，真是一语中的。

---

①《王国维集》第 2 册第 334 页，中国社会科学出版社，2008 年版。

围绕前朝的遗物，有无数可叹的故事。要不是鲁迅叙述出来，我们大概不会知道其中的细节。鲁迅对金梁、蒋彝潜、王国维的看法都有保留，把“大内档案”不是当做一个事件来谈，而是一种社会现象看。那时候他参与了许多文物保护工作，知道其间的微妙之处。他写夏穗卿、谈傅增湘，把官场的形态活生生地再现。鲁迅叙述人们对前清遗物的态度，说真是国民内心的表演，各怀心事，无人负责，形象可鄙。不错，旧物要保护，但如何鉴别，如何研究，都要细作，可惜无人为之。连鲁迅也敬而远之，觉得意义不大，绝没有王国维的国学冲动。我读鲁迅的那篇《谈所谓“大内档案”》，看到了官场图，便理解了公共财产如何不易保护，及人的自私与可怜。前朝遗风对后人不过利益的一种。连同那些秘籍信札，在鲁迅看来大多不过是废物，虽然自己不赞成销毁。

在教育部工作的时候，他目睹了文物散佚的痛史。岂止是故宫资料，社会其他领域的文物遭受的破坏，亦不可尽数。可悲的是，那时候懂得其价值的人不多，很多都放置在一些地方。而懂行的人只知道宝而藏之，却不研究，也就偷掉，在公众的视线中消失。他叹息说：

> 中国公共的东西，实在不易保存。如果当局是外行，他便将东西糟完，倘是内行，他便将东西偷完。而其实也并不但是对于书籍和古董。①

中国的朝代更迭，往往是尽毁前朝的遗物，不留丝毫的痕迹。宋之于唐，明之于元，大抵如此。唯有清代人不凡。满人入关后，保留了故宫和十三陵，实在是有气量的。而民国的政府，已没有多少力气关注此点，要不是几个文人的呼吁，也许今天许多资料早就看不到了。

---

①《鲁迅全集》第3卷第567页，人民文学出版社，1981年版。

三

近人描述故宫的文字，有一些我很喜欢。那多是文人凭吊往昔的感伤之作，不都是遗民之曲，乃读书人的忧患之音，还有几许流年碎影的叹惋。许多学人、画家在此留下足迹，也成了紫禁城历史的一部分。

我常常想起朱偰这个人，现在的青年大多不知道他了。他才华不俗，也是我心仪的人物。朱偰的道德、文章都好，他是朱希祖之子，留学过德国。后成文物专家。1935 年作《北京宫阙图说》，谈到紫禁城内外拍摄的过程，内心的隐痛表露无遗，书的自序说道：

建国二十一年夏，余归自西欧，时辽东失守，幽燕垂危，万里梯航，归心似箭。将近古都，初见远山暧暧，雨色空濛；继见迢迢长垣，槐柳依然。既至永定门，遥见景山五亭，巍然天际，宫廷楼台，错落烟雨之中，黯然兴故国之感。又历三年，蓟北风云日亟，故都文献，有不保之虞；重以六月二十八日事变，亦增北征之志。盖北京故宫，为明清两代六百年来大内之地；而城内外坛庙寺宇陵寝，又为辽、金、元、明、清五朝文武制度所系。设一旦不幸罹劫灰，而文献荡然，使后世考古者，又何从而睹当年制度耶！士大夫既不能执干戈而捍卫疆土，又不能奔走而谋恢复故国，亦当尽其一技之长，以谋保存故都文献于万一，使大汉之天声，长共此文物而长存。因于二十四年七月，重来北平，蒙故宫博物院院长叔平马衡先生慨允，得在故宫及景山、大高玄殿、太庙、皇史宬等处摄影，计穷二月之力，在京城内外摄影五百余幅。因汇为一编，附故都纪念集五种出版……盖自古以来，盛衰兴亡，感人最深，文物沦丧，尤多隐痛。故元魏既衰，杨炫之有《洛阳伽蓝记》之作；南明覆亡，余澹心有《板桥杂书》之书。然《伽蓝记》写于洛阳既徙之后，徒深禾黍麦秀之感；而《板桥杂记》亦作于明社既屋之后，更增河山故国之恸。遥念故都，形胜依然，而寇盗横行，山河变色！能不凄怆感发，慷慨奋起者哉！①

朱偰是性情化的文人。我读过他和朱自清去欧洲的船上的和诗，才气不亚于朱夫子。此后有诸多专著行世，颇有成就。五十年代，因保护南京城得罪了官员，被打成右派，命运凄惨。他的留恋旧物，是有大的情怀的。在那时候，意识到此的人不多。仅有几个读书人可以谈谈，世风俗之又俗，其感叹不过林间微风，一逝而去，荡不起涟漪的。但那文字一唱三叹之韵，我初读时就颇为感动，如锥刺骨，久久不忘的。那绝非遗老的吟哦，而是知识分子的慈悲与大爱。直到其离世，能解其语的人不多，真的是寂寞地来，又寂寞地去。生命的热弥散掉了。

上面的是沉重的记忆，且不说吧。

时过境迁，谁还记得皇城的苦涩呢？故宫也给文人墨客诸多参观的喜悦。自然是书画的展览为多。那里的藏画，倒是最吸引文人的部分。民国初年，郎世宁的真迹在展览馆里展出，许多画家为之倾倒，纷纷模仿。西洋画家的笔意早就散落在国画的意蕴里，这才是艺术变迁的混血的魅力。那时居京的画家，只有齐白石、陈师曾气象不俗，余者还过于老气者多。徐悲鸿到北京后，很快感觉到了这一点。

徐悲鸿在很早就注意到了故宫的藏画，待到辛亥革命后，就有了去那里考察墨宝的机会。1920 年 5 月 5 日，他率北京画法研究会的二十余人到故宫的文华殿参观旧画。那时候教育部正主张美育的普及，北京的知识界对绘画的研究也方兴未艾。他几次在故宫读画，对其中的作品叹为观止。他曾有短文《故宫所藏绘画之宝》，其中云：

---

①《孤云汗漫——朱偰纪念文集》第 353 页，学林出版社，2007 年版。

中国人自尊之画为山水，有两国宝，已流落日本：一为无款之郭熙画卷，一为周东邨《北溟图》。中国所有之宝，故宫有其二：吾所最倾倒者，则为范中立《溪山行旅图》。大气磅礴，沉雄高古，诚辟易万人之作。此幅既系巨帧，而一山头，几占全幅面积三分之二，章法突兀，使人咋舌！全篇整写，无一败笔。北宋人制艺之精，真令人拜倒。一为董源《龙宿郊民》设色大幅。峰峦重叠，笔意与章法之佳，不可思议。远近微妙，赋色简雅，后人所谓青绿，肆意敷陈，不分前后，莫别彼此者，当知所法。郭河阳有四幅，其山林一帧，清音遐发，不同凡响。[①]

他的看故宫，是和敦煌、龙门石窟等遗产地一同比较，相提并论的。绝不是陷在一家之地。因为有对比，就对紫禁城内外的艺术多有比较。也意识到了帝京的问题。他说京调只思媚俗，殊无趣味。居京的林琴南本来生活在高山峻岭之间，却模仿江苏不成材的王石谷，真的可叹也夫。而故宫里大凡好的艺术，是有高远之调的。

徐悲鸿后来意识到，中国的绘画，要想飞起来，非得引来域外艺术不可。囚禁在紫禁城里，格局就小了。他到印度，去法国，访意大利，游缅甸，都是要吸吸外来的空气。在他看来，故国的绘画凡有气象者，多带混血的痕迹，出离古老的围墙，艺术才会活起来吧。

许多画家醉心于旧宫的字画，这里成了人们造访的圣地。但那些有眼光的人，却从城里进去，最终又出来。像陶元庆、司徒乔都走向了民间，他们知道，宫外的世界，更为丰富而伟大，他们喜欢贫民的艺术，远离贵族的台阁，是自有道理的。

故宫的寂寞，只有从它身边悄然溜走的时光知道吧。

---

①《徐悲鸿随笔》第113页，江苏文艺出版社，2007年版。

四

说起对故宫的研究，还有个人是不能不提的，那就是沈兼士先生。

1931 年，鲁迅回北京省亲，沈兼士等人宴请他，席间赠其一套《清代文字狱档案》。回到上海，鲁迅读得很认真，不久写了一篇文章，对此书大发了一通感慨。这本书现在还藏在鲁迅博物馆里。我看到其中的章节，昏暗得很，真的像魔鬼的生活。于是便对编撰此书的沈兼士这些学者表示出一种敬意来。

沈兼士也是章太炎弟子，与鲁迅兄弟同学，关系较深。他在故宫博物院建立不久就到了那里兼职，做文献馆的馆长。他是个对文献颇为敏感的人。1921 年，清廷的“大内档案”要被化为纸浆的消息传来，他设法把一千五百多袋档案归为北京大学保护。那时候他指导的学生单士元做的功课就是清代文字狱档案研究。也就是在那个时候，他萌生了编撰文字狱档案的念头。

我第一次读到《清代文字狱档案》，倒吸了一口冷气，才知道晚清那代人为何对专制主义痛恨不已。该书辑录了雍正、乾隆两朝六十五起文字狱冤案的资料。这是根据清代军机处藏的奏折、口供、谕旨等编辑的两册资料。所涉的案件颇为荒唐，有的因家谱起事，有的系诗词惹祸，有的乃学问笔记而被定罪。这份材料的好处是有官僚体系的语码，上下间主奴之影。而读书人的可怜之态，也历历在目。我特别注意到了一些口语的运用，与今人无异，在乾隆时期，白话已经成型了。但印象最深的是凌迟之刑，株连九族之策，真的是地狱般的存在。古中国的治人之术，在此都浮现出来。我们只有看到这些，才明白新文化运动的价值，在胡适、陈独秀之前，文人的思想天地多被限制了。

故宫所藏的东西如此之多，他们不去编器皿、书画之类的东西，而去清理旧朝的冤假错案，那一定是有一种情结，说是辛亥革命的记忆使然也是对的。遥想当年在日本随老师章太炎大谈国事，排满兴汉的情绪，现在自己却成了旧物的保护与研究者，那感觉一定是特别的。当沈兼士和朋友们出进紫禁城的时候，精神或许是新旧参半，昔年所思，今已大变。时光洗涤下的皇宫，延续着民族苦运的痕迹。沈兼士在金碧辉煌的屋檐下，是乐不起来的。

关于沈兼士有各种叙述。鲁迅与周作人对他的看法不一。前者喜欢，后者抱怨。鲁迅觉得沈氏憨厚、认真，颇有旧情，值得一交。周作人则相反，以为他世故，有道学的痕迹。其实周作人对沈氏的微词乃源于日伪经历的不快。1945 年周作人入狱，沈兼士那时是政府接收大学的要员，自然在两个世界。周作人耿耿于此，从对沈氏的看法里能略见一斑。

沈兼士是个有学术眼光的人。他不拘泥于章太炎的思想，在治学中有另一种情怀，那就是把文字学研究与文物的对照进行着，看重文物的价值。他在思想上是有立场的，不像周作人那样的个人主义。日本占领北平时，他是抗战的人士，遂被宪兵所追。而那时他的学术与气节，都有点旧文人气，但又没有旧文人的迂腐，思想是畅达的。他的出入故宫，似乎是有种大的期待，那就是把旧学里的真气搞出来，驱邪立正。

鲁迅对沈兼士的印象好，不是没有道理，许多认识他的人都说他好。台静农在《北平辅仁旧事》中说：

> 兼士先生与援庵先生是好友，兼士先生主持北京大学研究所国学门时，曾聘援庵先生任导师，我就是他在研究所的学生。兼士先生始终任辅大文学院长，援庵先生曾休假一年，即由兼士先生代理……当时辅大有一编译所，中英文各居其半，兼士先生主编了《广韵声系》，现在本校任教的李维棻君曾参与其事。维棻说：他是经常来到编辑处，指导他们工作的。他还提倡在中文系设一特别讲座，请校外学者专题演讲，时间若干周不定，而以一个专题结束

为止。二十一年（1932年）起，首次由周作人讲《中国新文学的源流》，主旨从公安、竟陵以降，言志与载道两大源流互相消长，直到五四后的革命文学。学生邓恭三君笔记记得很好，于是就印成了一本小书，兼士先生题签，一度很流行，因为可以看出他对新文学的见解。①

从台静农的回忆录里，看得出沈兼士的为人与为学，都是不随流俗的。他对教学有一套理念，研究历史也有一种特别的眼光。他在故宫做事，都是默默的，不去张扬自己。鲁迅对故宫里的学者的看法平平，没有抱什么希望。独对友人编辑的这套《清代文字狱档案》是赞赏的，沈兼士等人的功德，不是别人能及的。

我相信他在故宫时的感觉是不同于同代人的，在历史的进程里，便知道我们还在旧影子里，所以他的精神总有新的东西。在某种程度上说，他是历史的新人，章太炎的与时俱进的意识，多少还是影响了他的。

无论在厦门还是北京，沈兼士对人的忠厚都给人留下了美好的印象，鲁迅由他，发出过诸多感叹。在一定程度上，他们的心是相通的，这一点是没有问题的，沈兼士在北京学界不太抛头露面，是低调的人。他在故宫留下的痕迹，值得打量。新文化理念如何渗入其间，其学术思路对文物的整理影响如何，真的可以好好研究的。

五

许多年间，故宫曾是遗民心仪的地方。郑孝胥、罗振玉都在此留下

---

① 台静农：《龙坡杂文》第108页，三联书店，2002年版。

诸多故事。那些皇族后裔对紫禁城的看法一定也是复杂的，依恋与感怀常在一些人的诗文里看到。北京的遗民一向很多，曾经是一道风景。近代以来风气大变，不易见到遗老气的人物了。其实皇族的生活，在民国初是遭到阻隔的，紫禁城的那些遗风只剩下了私密里的怅惘，雅一点说是一种学术的感怀。大凡皇族，在民国的日子都过得不好，启功先生一家，就是这样的。有许多满族人改变了自己的生活方式，甚至把自己变成汉族人。排满的风气成为道德评价的依据，于是当年的显赫散落到街巷的尘旅里，历史在那时候把前朝的如花的繁景湮没了。

遗民里的作品，多有感伤，不被人欣赏，因为古怪，新文人都不太喜欢，文学史家对此都不愿意着墨。实际的情况是，那些弄新文学的人，也偶尔写点旧诗，不过多是弄着玩，不太正襟危坐。于是旁枝斜出，异腔怪调出来，匪气缭绕，也算一个传统的。台阁间的星星点点，遂消失到历史的洞穴里了。

启功对自己幼时的生活不堪回首，一家人在清苦里挣扎，世态炎凉了解颇深。他是皇族，乃雍正皇帝第五个儿子弘昼的后代。到了其父辈时，已经衰落，显赫的门庭被凄凉之景代替了。他后来随老师学画，往来于故宫内外，内心一定是复杂的。大约在三十年代初，他常出入故宫，主要是随一些学人去进行文物鉴定，慢慢地自己也成了文物方面的专家。我在故宫的一些资料里看到，启功在字画鉴定上后来者居上，一直为学界所认可的。朱家溍、徐邦达和他的功力，都是不浅的。

有一次，他和朱家溍到故宫，到了神武门口，朱家溍说：到您家了。启功笑道：真的是到您家了。明代乃朱姓为皇，清代易为启功的先人，如今都空空如也，只剩下了红墙绿瓦，可凭吊的还有什么呢？

在启功的文章里，谈到了故宫岁月的瞬间：

> 我在十七八岁时从贾羲民先生学画，同时也由贾老师介绍并向吴镜汀先生学画。也看过些影印缩印的古画。那时正是故宫博物院

陆续展出古代书画之始，每月一、二、三日为优待参观的日子，每人票价由一元钱减为三角钱。在陈列品中，每月初都有少部分更换。其他文物我不关心，古书画的更换、添补，最引学书画的人和鉴赏家们的极大兴趣。我的老师常常率领我和同学们到时候去参观。有些前代名家在著作书中和画上题跋中提到的某某名家，这时居然见到真迹，真不敢相信这就是我曾听到名字的那些古人的作品。①

启功的回忆让我们想象出彼时展览的盛况。故宫的展览对后人的影响不可小视。林风眠、徐悲鸿对那里的展览，都有很美好的记忆。在驻足于大殿空房之时，启功一定感慨万千，在自己祖先的握权之地，想想天地万物，空无与寂寥，都会有的。

但是他对皇权文化是没有什么感情的。这有他的诗为证。他在《读史》里写道：

古史从头看。几千年，兴亡成败，眼花缭乱。多少王侯多少贼，早已全都完蛋。尽成了，灰尘一片。大本糊涂流水账，电子机，难得从头算。竟自有，若干卷。

书中人物千千万。细分来，寿终天命，少于一半。试问其余那（哪）里去？脖子被人切断。还使劲，龂龂争辩。檐下飞蚊生自灭，不曾知，何故团团转。谁参透，这公案。②

这样的态度，是来自马克思主义的启示，还是别的思想的暗示？其看法与左翼作家有惊人的相似之处倒是有趣的。我猜想一定是与陈垣、台静农这样的学者的影响与自己的体验有关。陈垣读史，眼光敏锐，不

---

① 启功：《文心书魂》第 141 页，北京大学出版社，2009 年版。

②《启功韵语集》第 52 页，北京师范大学出版社，2004 年版。

是别人可比的。其间的苍凉之感，启功不是不知道。台静农谈汉代文化的文字，他也是清楚的。这些同事与前辈对他是高高的存在，对世间的政治权力的看法都很切实，没有媚俗的东西。他对故宫的态度，似乎没有眷恋，那些过眼的东西，过去就过去了吧。有什么值得留恋呢？

但故宫的藏品使他受益匪浅。他在文章中讲到对张伯驹捐献的陆机的《平复帖》的喜爱，而王珣的《伯远帖》、王献之的《中秋帖》也是他揣摩已久的精品。故宫的佳作真的太多了，他往返于此，喜欢的是那里的珍品。他的书法从深宫里得到滋润，那里幽婉的所在，在线条的美丽中提供的爱意，是与祖先的遗绪不同的。

我们在启功身上看不到一点皇族气，他幽默、博学，喜欢自嘲，能画，能文，但都和旧式文人有别。比如喜欢打油诗，是读书人玩闹，不必见真。在京派学者那里，显得稀少。由贵族变为平民，又不失智慧，于是便显得很有风骨。除书法艺术外，启功的打油诗写得很好，是高于五四后诸多文人的。打油也有许多奇人，比如聂绀弩、杨宪益都是。他们以嬉笑自嘲的口吻，打量人生，智慧和趣味都有，可谓高手。启功从贵族群落流散到普通教书人的地步，也成就了他的艺术上的业绩。

从贵族到寻常百姓的转变，那也是他体味精神隐秘的过程。他的诗文里的趣味，是别人少见的。能写打油诗的人，多是那些有学问的人，他们弄弄古董，玩玩字画，或是搞一点考古学的东西。品位是不同的。而这里，启功无疑是个不可多得的人物。

现在，他的几个弟子依然工作于紫禁城里，已成了鉴赏文物的大人物。远去的时光流走了苦梦，没有什么神圣无比的遗存。启功给后人留下的是一种古雅与美的记忆，我们要是细读他的文字，则会感到那些与遗民的恩怨没有关系，其诙谐的与微笑的文字，是透彻的感慨。老子与嵇康式智慧，加之现代人的反讽，把我们的阅读从士大夫的兴趣里移开了。

六

谈到故宫的历史，有两个人我一直抱有兴趣。一是易培基，二是马衡，他们都做过院长。马衡的时间更长，有十九年之久。我们这些外行人到故宫，看的是外表的样子，可是读这两个人的资料、手札、日记，则感到那里的水之深，非外人可以想到。

关于易培基，鲁迅与他是熟悉的，原因是其做过教育总长、北京女子师范大学校长。他 1929 年被任命为故宫博物院的院长。主管工作的业绩如何，资料太少，无从知道。但 1932 年便被指侵占盗卖文物，次年他愤而辞职，以贫民身份反诉指控者。但法院对其一直态度强硬，以致至死亦未能翻案。

马衡是在“易案”沸沸扬扬的时候接任院长一职的。此时北平知识界颇为复杂，派系林立。加之社会昏暗，一到任就有如履薄冰之感。在马衡眼里，故宫是牵动许多人神经的地方。他未尝不知道易培基的案子乃棘手之事。所以到任时只一心工作，不问矛盾，精心盘点各类文物。“易案”给他的教训是，宫中的管理，要有条理。建章建制是重要的。一不小心，就会掉入人为的陷阱里。

我后来有机会读到马衡的影印本日记，见到他的公文手札，感到为官的不易。俗事、烦事、难事重重，几乎在无形的网里，不得不谨慎为之。本来可以专心治学，但后来被无尽的琐事耗掉时光，对他个人，不能不说是个损失。

他的书法很好，对金石学研究很深。读到他的手札，是一种美的享受，飘逸中带着幽远的神气。他喜欢用新的方法来研究国故，对考古、民俗均有兴趣，文字学的功底更深。马衡曾抄写了一本王国维的《三字石经考》，后有题跋。文中说道：

《三字石经考》为亡友海宁王静庵先生遗著。一碑图、二经文异同、三古文、四附录。录《隶释》所录魏石经图，乃未竟之稿。先生归道山后，衡录副藏之，暇当为之整理增订受之梓人。忆自十二年秋，衡得石经残石，先生亦于是时来北京，乃相与摩挲、审辨，有所发明，则彼此奔走相告，四年以来未尝或辍，而今已矣。无复质疑问难之人矣。读此遗编，倍增怅惘。十六年十一月七日马衡识[1]

他和王国维的关系，完全是学术上的，相知很深。在那样的乱世，要潜心学问，代价很大。马衡爱才，也爱文物，如爱生命一般。他很有原则，用情亦深。读他 1948 年至次年的日记，惊心动魄之处多多。国共战事最紧的时候，他多次拒绝国军进入午门之内，警察要驻扎宫内，也被婉拒。凡关于文物保护之事，底线不可突破，是他的原则。日记涉猎面很广，政治、军事、文化、人际关系等事都留痕迹，有的是不可多得的片段，也是我们研究易代之际中国史的一手资料。其中对胡适、傅斯年、陈寅恪的文字，有别处没有的信息。后来的学者于此可以感到许多趣事。如何拮据，如何周旋，如何病倒，都有记载，对我来讲，真的是了解那个时代读书人难得的文本。

多年前藏书家方继孝告我有马衡手稿一份。后来读之，大为惊异，这是关于易培基案翻案的文字。此前人们普遍认为马衡是“易案”背后的导演者，手札完全推翻了旧说，案件可大白于天下也。文中说：

此文为易案而作。时在民国廿五年，南京地方法院传易寅村不到，因以重金雇用落魄画家黄宾虹，审查故宫书画及其他古物。凡涉疑似者，皆封存之。法院发言人且作武断之语曰：帝王之家收藏

---

①《马衡诗抄·佚文卷》第 162 页，紫禁城出版社，2005 年版。

不得有赝品，有则必为易培基盗换无疑。盖欲以“莫须有”三字，为缺席裁判之章本也。余于廿二年秋，被命继任院事。时“盗宝案”轰动全国，黑白混淆，一若故宫中人，无一非穿窬之流者。余生平爱惜羽毛，岂肯投入漩涡，但屡辞不获，乃提出条件，只屡院事，不问易案。因请重点文物，别立清册，以画清前后责任。后闻黄宾虹鉴别颟顸，有绝无问题之精品，亦被封存者。乃草此小文，以应商务印书馆之征。翌年（廿六年），教育部召开全国美术展览会，邀故宫参加，故宫不便与法院作正面之冲突，乃将被封存者酌列数件，请教育部要求法院启封，公开陈列，至是法院大窘，始悟为黄所误。亟责其复审，因是得免禁锢者，竟有数百件之多。时此文甫发表或亦与有力欤。著者附识。一九五〇年一月[①]

现任院长郑欣淼有《关于故宫“盗宝案”》的文章，对马衡多有赞誉，亦对易培基有诸多心解。我阅览几任院长的墨迹，深知紫禁城的大矣深矣。郑欣淼建议的“故宫学”也不无道理。我们凝视这里，不都是皇家历史，还有知识界的风云，读书人之命运。易培基、马衡以来的线索，书写着紫禁城的另一种史。我觉得它的深宫大院疏散的信息，和我们这样普通的百姓，并非无关。大家都在一个巨大的围墙里，不论出去还是进来，命运似乎在轮回里流动。台阁与山林，有时没有界限。这是我们特别的国情吗？

知堂先生说，中国的在野的与庙台间的人，精神差不了多少。诚哉斯言。大清王朝落幕久矣，而烙印却在国民的记忆里。读书人对它的神秘的存在的打量，及政客们暗读秘史时的兴奋，都昭示着我们国民精神的一部分。只要看清宫戏的不绝，每日参观故宫与恭王府的人之多，就会感到，皇宫里的风，一时是刮不完的。

---

①《旧墨迹》，北京图书馆出版社，2005年版。

04 王小波遗墨

—

大约在1994年一个冬日，《博览群书》编辑部请客，我和一些朋友跑到鼓楼大街旁的马凯餐厅小聚。熟人来了许多，大家聚在一起胡乱谈论些什么。那时候我做记者，也染上了夸夸其谈的毛病。桌子旁边有位高个子的青年一声不吭，谁都没有注意到他。不一会儿他挪到另一张桌子边和熟人聊天，最后不知跑到哪里去了。这样的聚会有多次，我们从未说过话，印象里他是闲散之人，并未在意。直到很久之后，传来王小波的死讯，大家热议他的时候，我才从照片上与他的名字对上号。

在人们谈论他最多的时候，我没有去阅读他的文章，可以说对其一无所知。后来找到其文章看看，没有被强烈吸引的感觉。友人高远东曾问我对其文字印象如何，我说太搞笑，意思是无多大审美价值。高远东叹道：不喜欢王小波，那是审美的眼光有问题。没有看到另类的美。此后多次有朋友说起我的阅读习惯的问题，只在一个类型的阅读中消遣娱乐，那是单一的。朋友们的玩笑开始只被当做玩笑，但不久我意识到并非那么简单。

周围那么多人喜欢王小波，这刺激了我。看到那些谈论他的文章，思之再思，好像找到了一点感觉。后来在崔卫平、李静的文章里，才了解到王小波红火的原因。那完全是不同的审美风格，思想在罗素与波普尔之间，意象取自卡尔维诺与尤瑟娜尔，和我们先前阅读的作品风格完全不同。我猛然发现，在自己的审美基因库里，从来没有这样的闪光，恍若在两个世间。对其艺术陌生极了。我竭力在说服我自己，去习惯那样嬉皮笑脸的叙述。当我意识到那也是一种美的表述的时候，那一刻，我忽地觉得自己老了。

中关村的街市是喧闹的，这是他生活、学习过的地方。但我却觉得，这里的一切似乎和他没有关系。讲到王安忆，我们会想起上海；谈王朔，自然离不开北京。但王小波似乎和北京没有关系。他生活在这里，却不属于帝都。我接触了几个王小波的熟人，他们讲了许多有趣的故事。这些都那么奇异地搅动着我的心，这刺激我潜心去阅读他那些文章，希望寻找到他叙述的隐秘。我在这个年龄上本来应该自信自己的选择，但却不得已放弃一些什么。对我这样习惯于道德话语的人来说，其实早把文学的智性的因素忘掉了，以为只有悲壮的美才是艺术，那自然漏掉了虚构与超极限的认知快感。没有料到小说还可以飞翔地书写。没有庄重的庄重，没有诗歌的诗歌。人可以放下架子，在非正宗的笔法里点染情趣，且放大我们的欲望，这是过去所未接触到的。王小波比王朔还要富有张力，他的精神盘旋在高远的天空，而问题意识是在泥土里的。五四时期形成的悲慨感伤的文字，被他的嬉笑和亵渎的话语所跨越了。

九十年代的北京，各类风格的文学涌动，我感兴趣的却是新京派那几个人物。我那时候正沉浸在其中的快慰里，觉得那可能是最有价值的存在。那个部落多有点民国气，其实也有旧式的余音。但王小波是远离这个群落的人，他不属于任何一个团体，与所有的人物都没有关系。李银河说他独来独往，是对的。他的精神进入了形而上的层面，做的是前人很少做的工作。疏离他的文字的人，认为他的文字太随意，没有深远的雅致。至少我一开始也是这样认为。希望雅致，其实乃士大夫的毛病，王小波要颠覆的就是这些。我后来也想，在王小波的述说里，我自己也是他嘲弄的对象吧。读书人不能从自恋里走出，大概不会和他这样的人亲近的，至少精神里还有点奴性，那是不错的。

二

他并不漂亮，高高的个子，气质却是不同于常人的。许多认识他的人，都对其颇为欣赏。低调、友善，还有点蔫损。还有人说他表面洒脱，其实内心是感伤的时候居多。2002年，我偶然参加他的粉丝的聚会，才猛然发现，这个我们时代最重要的文人，社会上把他的价值低估了。

我决定为他搞一个展览。在他逝世七周年的时候，我和几个朋友跑遍了他在北京待过的地方，拍摄了大量照片。李银河配合着大家一起找寻他所有的可能找到的遗物，收获是大的。有趣的是，有个女孩子亲自跑到云南，在王小波插队的地方拍下了照片，还提供了当地老乡珍贵的资料。那么多人为这个展览奔走，真的是感人的。

在短短的时间里，我采访了他的母亲、姐姐和几个生前好友。还看到了大量的手稿，他的汉字写得并不好，稿子多写在破烂的稿纸上。那些笔迹很好玩，似嬉笑的小孩的舞蹈、跳跃在灰暗里的童话。在纸张的选用上也随随便便，看不到书卷气的痕迹。我看他的笔迹觉得是在游戏中与时光赛跑，他想绕过人们日常精神的暗区，奔跑到精神的高地。那个时代的人的书写多是自恋与焦虑式的，唯独他远离了这些。而且在没有意思的地方诞生了趣味。我意识到自己在做一件值得做的事，好像触摸到他的生活的场景。这个有血有肉的汉子，在我的面前渐渐清晰了。

显然，他作为文坛的写手，一生选择的都与世人不合，往往走的是相反的路。在云南插队时，经常一个人待在床上去读一些别人不读的书，身体似乎也不好。后来回到北京，没有户口，是多余的人。在工厂大概也没有什么可以夸耀的事迹，一切平平，甚至也有点窝囊的样子。改变他的命运的是美国之行，他恋爱了，与李银河过了几年浪漫的留学生活。那是他一生中最洒脱的日子，匹兹堡大学的安宁与沉潜，强化了他的散漫的个性。美国人的选择似乎也让他喜欢，不必与虚幻的东西为伍，按自己内心的需求存活，他以为是天然的。而那时候他才真的感到，先前自己过的是怎样单调的生活。

此后，他完全变成一个逍遥的人，似乎比过去还要潇洒。而那时候他也觉得，写小说对自己也许更为重要。他进入文学的时候，国内文坛几十年间的乌烟瘴气，没有一点引起他的注意。他不喜欢这些，自然，那些毛病他是没有的。在利益缠绕的文坛，他不过是无名的小卒。而他相信有一个美丽的世界在召唤着自己，那个世界是心智的舞蹈，不需要伪饰和张扬。其实有一扇进入这个世界的门，别人没有感到，而王小波踩到了那道门槛上。身后是雾绕的灰色，眼前则一片朗照的空间。在他奔向那个眩目的世界的时候，我们这些人还在睡着。

三

王小波回国后曾有很好的工作，先在人民大学，后来去了北大，大概是讲述经济学一类的课。他的课如何，我们不得而知，可是这些单位都不理想，无形的网在包围着他。他也许想，这样下去，大概连一点激情也没有了。

他的辞职得到了李银河的支持。那时候他在台湾获得了一个文学奖，大大刺激了他的激情。他觉得应集中精力去写作，也许，这样才可以完成一些别人不能完成的工作。

在他生前，许多作品没有引起人们的注意。但他对自己是自信的，而许多无声的读者却在默默阅读他的文字，至少在《读书》上的文章，是赢来了一些喝彩声。

为什么他的作品那么让人喜欢，我想，是在根本上剔去了士大夫文本和精英文本的缘故。他的文字一直有无聊的影子相随的。主人公多是不得志的、失败的、无价值的人。《黄金时代》的王二，就极其无望、无能，但却很有精神的张力。他的调皮与捣乱，其实也是个隐喻的符号，反射了那个时代的无趣与无味。也正是在对这样的人的叙述里，产生了趣味和精神之力。他描写这些失败的人的时候，有着汩汩流淌的智慧，在此可以自由无伪地游弋着。小说多是漫画的笔法，读起来让人忍俊不禁。比如《革命时代的爱情》中对毡巴的描写，很夸张：

假如让我画出毡巴，我就把他画成个不足月的胎儿的模样，寿星老一样的额头，老鲇鱼一样的眼睛，睁不开，也闭不上，脖子上还有一块像腮一样的东西，手和脚的样子像青蛙，而且拳在一起伸不开。他的整个身子团在一起，还有一条尾巴，裹在一层透明的膜里。

如此刻画别人的肖像，他一定很是得意，好像有了一种快感。在许多作品里，人物的样子都很搞笑。比如《我的阴阳两界》，对“我”的描述，就是从讥讽自己开始，把主人公写成丧失了男性能力的人：

我住的地方就是这样。我就是门上写的那位王工程师。小神经也是我。他们叫我小神经，是因为我有点二百五。过了一百年，也许人们不知道什么叫做二百五。这句话的意思是说，因为我只待了二百五十天就从娘胎里爬了出来，所以行为怪诞。其实我在娘胎里待足了三百天，但是因为我行为怪诞，大家就说我只待了二百五十天。这种因果倒置是因为我们有幽默感。其实我行为怪诞，是因为我有阳痿病。因为我有阳痿病，所以和前妻离了婚。我现在四十多岁，还在独身，而且离群索居，沉默寡言。

我不得不离群索居，沉默寡言，因为无论我到了哪里，总有人在我背后交头接耳，说我是个阳痿的病人。这就使我很不好意思见人，虽然我已经阳痿了十年，对此已不再感到羞愧，但是我还是不乐意人家这样说我。我不愿意他们把我看成太监一类的东西，虽然实际上我的确和太监差不多。这件事的教训是不要找本单位的人结婚，除非你能确信自己没有阳痿病。

文字的自嘲，显得极为轻松。拿“我”来开涮，在他是再快意不过的事情了。不屑于去写那些道德高大的、思想伟岸的人，在他有种种理由，假的、虚幻的文学理念他不喜欢，这是理念上的排斥。另一个原因，可能和他多年游离在群体生活之外有关。他过惯了独来独往的生活，更熟悉边缘心态里复杂的体验。王小波的小说，一方面是反讽的热闹，一方面极为寂寞。主人公的影子里有着些许忧郁的东西。在寂寞里写作的他，思想是异常活跃的，可是也有着独思的寡欢。在消解自己的时候，同时消解着对象世界。不像一般的作家，似乎得了什么真传，得意地指点江山。他对自己，毫无保留地挖苦，也抽打着内心的隐秘。可是那些隐秘，在我们看来，是何等的纯洁。那么多荒诞、灰暗、死灭的意象纷至沓来，却没有龌龊的感觉，反而证明了他的朗照的心是大而静的。

五四以后的文学，出现了自我表现、个性伸张的倾向。这是划时代的现象。可是自我表现后来变成了自我表扬和自我倾诉，反而远离自我了。王小波在“文革”结束后，最早写出了“我的有限”、“我的病态”、“我的逍遥”诸种反雅的文字。初期的白话文是雅的文学，后来左翼作家主张朴素的泥土气，加上革命的颜色。待到八十年代，雅气又回来了，是一种五四意象的复归。而他并不满意这些。他的小说，延伸了一个滑稽的命题，将精神的思索从天上回到了地下，回到了隐秘的世界。反雅化与反俗化，在他是坚定的。前者流于自恋，后者无智。颠覆自恋与无智对他是一种趣味。被作家们遗忘和作为盲区的世界，在他那里出现了。

四

经历过“文革”的人，对那段生活多是哭诉的东西。很少有人用审美的手段，彻底嘲讽那一段的生活，来观照它的黑影子。王蒙写那段岁月，在天才的笔法里，还留着旧的革命者的遗绪，说是对那里的部分流连也是对的。“伤痕文学”除了控诉和忏悔，别的就没有了。王小波是彻底与那个时期的语言、风俗、逻辑无缘的人。他的文字在一开始，就无士大夫书写的做作与道德寓言的空幻。我读他的文字，是干净、劲健、阳光的。他在描述生活时，语态显得有些灿烂。但这灿烂的语态下面，却是无处不是的牢笼，无处不是毁灭的黑暗。所以，即便是他写了最为龌龊的人与事，你一点不觉得是诲淫诲盗。他的朗照的心，那么明媚地照着那个惨淡的大地。于是一个巨大的反差在此出现了。在荒芜、惨烈的形态里，智慧却没有泯灭。而这个智慧，与那些只会控诉、仅能无助地歌咏不同，它洞悉暗夜，自抉己心，彻底背叛了那里的思维、意识、趣味。在清理旧物的作家里，他无疑是我们这个时代里最为彻底的斗士。

王小波善于描写畸形的人生。他对荒诞岁月的一切，用的是丑陋的形象加以概括。并且在叙述这种丑陋的世界时，释放出超越于此的刺眼的光泽。在“文革”中，男女之间的性差异被遮拦，人几乎都成了政治动物。思想教育的结果变成伪态意识的延伸。唯道德最后就是伪道德。在《革命时期的爱情》里，他用了极为幽默的语言，描述着那时候的荒诞不经：

×海鹰给我讲过十六岁时听忆苦报告的情形，当时我们俩都在学校里，那两个学校隔得不远，大概上学时还见过面，但是那时我不认识她，她也不认识我。那种报告会开头时总要唱一支歌："天上布满星，月牙亮晶晶。"听见歌所有的人就赶紧哭，而我低下头去，用手捏鼻梁——一捏眼泪就会出来，这样我和别人一样也是眼泪汪汪，教管不能说我阶级感情不深。然后我就看着报告人——一个解放军，摘下帽子，坐到桌子后面，讲了一会儿，他涕泪涟涟，但是他讲的是什么，我一点也没听见。后来×海鹰告诉我说，那是鼓楼中学的一位教导员，他的忆苦报告赫赫有名，就像古希腊荷马讲的《伊利亚特》、《奥德赛》一样有名。后来又发现他说的全是假话，成为革命时期的一大丑闻，假如革命时期还有丑闻的话……

现在该谈谈那些忆苦报告了。说实在的，那种报告我从来听不见，我有选择性的耳聋症，听不见犯重复的话。所有的忆苦报告里都说，过去是多么的苦，穷人吃糠咽菜，现在是多么的甜，我们居然能吃到饭；所以听一个就够了。后来×海鹰告诉我，那些忆苦报告内容还有区别，我听了微感意外。比方说，那位军训教导员讲的故事是这样的：在万恶的旧社会，他和姐姐相依为命，有一年除夕(这种故事总发生在除夕)，天降大雪（这种故事发生时总是天降大雪)，家里断了炊。他姐姐要出去讨饭（这种故事里总是要讨饭)。他说，咱们穷人有志气，饿死也别上老财家讨饭，等等。我听到这里就对×海鹰说：底下我知道了——该姐姐被狗咬了。但是我没说对。那位姐姐在大街上见到了一个冻硬了的烤白薯，搁在地上；连忙冲过去捡起来，拿回来给他吃。但遗憾的是那东西不是个烤白薯，而是很像烤白薯的一个冻住的屎橛子。听完了这个报告后，回来后我们讨论过，但是我开会从来不发言，也不听别人的发言。所以到底讨论了什么，我一点都不知道。据说那一回的讨论题是对那个屎橛子发表意见。后来我想了半天才说道：这个故事是想要说明在万恶的旧社会穷人不仅吃糠咽菜，而且吃屎喝尿。× 海鹰说，这种想法说明我觉悟很低，我不愿意到大会上去发言，亦不失是藏拙之道。她发言的要点是：那个屎橛子是被一个地主老财屙在那里的，而且是蓄意屙成个白薯的样子，以此来迫害贫下中农。换言之，有个老地主长了个十分恶毒的屁眼，应该把他揪出来。对于屎橛子能做如此奇妙的推理，显然是很高级的智慧，很浪漫的情调。不必实际揪出长了那个屁眼的老地主，只要揭穿了他的阴谋，革命事业已经胜利了。而认真去调查谁屙了这个屎橛子，革命事业却可能会失败——虽然是微不足道的失败，所以× 海鹰也不肯干这种事。有了这样高级的智慧，再加上总穿旧军装，× 海鹰到哪儿都能当干部。

在关于“文革”的荒诞性描写里，这段文字极为有趣。其杀伤力无人及之。我们以往的文学在控诉恶势力时，要么怆然泣下，要么义愤填膺，情感都是单线条的。王小波完全绕过了这些。他的文字很聪明，也很从容，有着别人少见的锐气。他以快慰、戏谑的笔法，轻松地掠过那段历史。并不隐瞒，也不夸张，而是从细节里嘲笑了那段历史的灰暗与无聊。火气十足的文学，是被压迫者的文学，有时不妨说也是奴隶的思维下诞生的文学。王小波不是那样的奴隶，“文革”中不是，后来也不是，他是我们时代少有的局外人。

五

阿伦·古雷维克在讨论巴赫金的狂欢理论时说：“大笑和欢乐是与憎恶和恐惧联手并进的。”如果用此来分析王小波，似乎并不都对。对待荒诞只能以荒诞为之，这是王小波的逻辑。较之巴金的感伤，张中行的逃逸，钱锺书的沉默，王小波是对抗性的存在——心理的对抗。这种与旧式文学理念毫不相干的态度，在基因上与奴隶话语是对峙的。他所选择的既不是民谣体，也非政治笑话。他的笑与反语乃知识分子式的。但用的又是反知识分子的语言。这些构成了他的世界的复杂性。和赵本山、王朔不同的是，他在气质上更接近罗素式自由主义的传统。

无论在小说还是随笔里，他喜欢寓言式的体例，以此来观照我们的世界。他的寓言都和身体的痛感有关。用伤风败俗的方式反衬正襟危坐者的可笑。他常常从“我”的畸形的内心出发来映衬对象世界。而自己的畸形反而照出对象的同样的畸形。于是那些圣界的灵光就消失了。这种对抗是智力间的辩驳，有着哲学与心理学的张力。在精神被普遍的泛道德化语绪包围的时候，他从精神洞穴里凿出了一个天窗，将阳光照进来。那些黑暗里的存物一个个原形毕露。此时，作者获得了一种快意。从照妖镜式的反光里，历史被改写了。

对抗的道路自然是隐喻的。绝不像三十年代左翼作家那样直接与喧闹。他的出现是静静的，没有一点张扬。在他那里，美学上的高蹈完全超越了口号的宣传。好像乔治·格罗斯的漫画，极具讽刺力。一切都变形了：人、事物、时空，好像在印象派的绘画里一般。1994 年，当《黄金时代》脱稿的时候，他写下了这样一段话：

> 本世纪初，有一位印象派画家画了一批伦敦的风景画，在伦敦展出，引起了很大轰动——他画的天空完全是红的。观众当然以为是画家存心要标新立异，然而当他们步出画廊，抬头看天时，发现因为污染的缘故，伦敦的天空的确是砖红色的。天空应当是蓝色的，但实际上是红色的；正如我们的生活不应该是我写的这样，但实际上，它正是我写的这个样子。

如此说来，作者不是对抗实在，而是对抗我们旧有的审美习惯。而在处理故事与情节的时候，他完全忠实于自己的生活感受。这种审美上的对抗，使以往文人的那种酸腐气与奴相得以消解。在王小波看来，流行了几十年的所谓现实主义与浪漫主义文学是有认识论上的问题的。人们差不多把一些本质的东西遗忘掉了。什么是本质上的东西？那就是人不再是人，而成为非人。人们生活在一个虚幻和不真实的世界里。世界呈现给我们的是一些假象。王小波觉得那个假象的世界有自己要的东西。于是他从拉伯雷、萧伯纳式的姿态里找到了进入那个世界的通道。而一旦进入那个世界，思想与诗情就完全改变了。

一百年来的激进文学都是对抗的文学。那结果是走向了政治。王小波却走上了精神哲学的高地。我在阅读他的时候，完全忘记了自己，好像在讽刺画与荒诞戏里找到了思想的阶梯。他带着我们在险峻的山崖攀缘着，丝毫没有惊恐与紧张。王小波学会了在轻松里腾跃自己的躯体，我们这些被驯化的读者也忽然觉出自己攀缘的快乐。阅读的结果是趴在地上，那是过去的经验。而王小波却让我们飞动起来。飞起来俯瞰大地的时候，我们才恍然看到，已有存在，是何等的渺小。

六

我在王小波的藏书里看到了大量的外国小说。法国的、美国的、意大利的，许许多多。他也阅读中国的旧书，但都不系统。我注意到他对尤瑟娜尔与卡尔维诺的好感。于是也觉出他们彼此的联系。对王小波来说，这两个作家的价值不仅在于他们的基本的人文的立场，重要的是那种出奇的想象力。超出极限的想象力，才是他追逐的目标。

尤瑟娜尔与卡尔维诺都是学者型的作家。他们的笔下奇异的镜头和不可思议的境界，是中土作家中没有的。前者有厚重的历史感，精神可以穿越历史的盲点，直抵思想的彼岸。后者在寓言化的写作里，真假难辨，神乎其文，有高远的气韵，展开的是开阔的境界。这两个作家对王小波是迷人的存在，他们把历史模糊化的同时，却将思想现实化了。一方面是虚构的迷宫，你不觉得乏味，一切都那么有趣。另一方面，仿佛是今天生活的一部分，内涵就宽阔得多了。王小波的《万寿寺》、《青铜时代》，是有一点这样的影子的。他在荒唐的镜头下，反射的是极为迷人的东西，把时光揉碎，将人物俏皮地置于古怪的时空里。这样的想象里有对生活的复杂的理解，把简单的思维引入深远的、无序的精神洞穴里。那样变幻莫测，又那么吊诡和离奇。而在阅读它们的时候，你不觉得那就是我们的生活么？以神力的墨迹书写了人世间的诡秘，嘲笑与内省、高蹈和漫游，像数学的演算般，在意外的领域出现惊奇的效果。那个世界是没有疆界的，人能够穿越思想的底线而抵达幻想之邦。

在过去的中国作家那里，只有神怪的小说和科幻小说有出轨的描写。那总是在正襟危坐里开始的。但王小波不是这样，他在反讽与戏谑里，把人们引向荒唐的嬉笑里。在最远离现实的地方，透视了最真实的现实。那不都是解释、批判、嘲讽，而是追问与舞蹈。这个在幻想里与现实对话的人，将思想的碎片变成迷离的宫殿。它颠覆了旧有的根基，把精神之厦高高地建立起来了。

卡尔维诺的叙述智慧，曾颠覆了一个时代的阅读方式。小说绝不是镜子对生活的反射，也非道德的载体。那里是心智的游弋之所，精神的天空无限辽远，而美的灵光也是四处显现，魔一般神出鬼没。王小波在他那里学到了很多东西。小说在那里变成了思想与智慧的游戏方式，那么开心、自如和无所顾忌地放松与畅达。王小波在《万寿寺》的笔法中，就吸纳了《帕洛马尔》、《命运交叉的城堡》的因子。他学会了这位意大利作家的幽默、出其不意和游戏心态。卡尔维诺的叙述是超逻辑的，但内中的学识也让人敬佩不已。王小波在许多方面领略到其中的妙意，并且把它慢慢地中国化了。

《帕洛马尔》写的主人公与周围环境的隔膜与冲突，让人想起拉伯雷的放肆的笔法与诙谐之笔。作者写这位奇人用了多种有趣的笔法，那个与人隔膜的世界还有什么价值吗？在王小波看来，卡尔维诺从人的不合时宜的思想与言行里，发现了世间的荒谬。比如帕洛马尔关于言说与沉默的思考，在王小波的《沉默的大多数》里就有反映。帕洛马尔先生的看法是：

> 在普遍沉默的时代，随波逐流缄口不语，当然是错误的；但现在是大家讲话过多的时代，讲话正确并不重要（因为你的话反正会消失在众人话语的海洋之中），重要的是讲话时要讲清前因后果，使你讲的事情身价百倍。既然一席话的连贯性和因果关系决定着其中每句话的价值，那么人们当今能够作出的唯一选择就是要么口若悬河讲个不停，要么缄默不语绝不开口。如果选择口若悬河，帕洛马尔先生一定会发现自己的思想并非按直线展开，而是曲折反复或呈波浪式展开，时而自我否定，时而自我修正，根本谈不上正确性；如果选择缄默不语，应该说掌握沉默的艺术比掌握讲话的艺术要困难得多。
>
> 沉默确实可以被看成是讲话，不过这种讲话拒绝使用其他人使用的语言，这种沉默式讲话的语义在于讲话中的停顿，亦即这句与那句之间那些没有说出来的东西。①

卡尔维诺的描述乃是对流行色的抗拒，其间的片段虽然是感性十足的舞蹈，但是思想者的形影历历在目。他一方面有哲学家的天赋，思考的问题玄之又玄；另一方面，在小说里发挥了想象的力量，把精神延伸在不可思议的时空里。《我们的祖先》、《意大利童话》都有出奇之笔。在《命运交叉的城堡》里，卡尔维诺以天才的手段，打破以往的叙述模式、迷宫般的线路、荒诞的存在之网、人在怪异与死灭间往来穿

---

①《帕洛马尔》第 123 页，凤凰出版传媒集团译林出版社，2006 年版。

梭，等等，把小说当成了智力的游戏。王小波看到这里时一定是开心的，他从卡尔维诺的作品里看到了叙述的无限种可能性。于是在《青铜时代》我们读出了另一种叙述之维。八股的精神在那里死去了，英雄的血色也无影无踪了。世界开始变得怪异，古今中外的一切都可以在此交汇。自由的旗帜在飘扬着，所有的悔恨、无奈、暗算都被击成粉末。王小波在与卡尔维诺的对话里，发现了与中国历史对话的途径。自己的精神就生长在这样高妙的哲思里。

小说是智力的竞技场。博尔赫斯、巴别尔都这样显示了自己的才气。王小波从智性里出发所展示的叙述的魅力，得之于域外小说家的启示。你看《青铜时代》的文字，诙谐可笑，打破时空与打破心理视觉的种种手段，那么深地吸引着读者。

毫无疑问，王小波是一个时代的异端者。他不再相信那些本质主义的话语有什么威力。他对那些陈词滥调早就厌恶不已了。在九十年代，他选择的要么是卡尔维诺小说主人公所讲的沉默，要么是嬉戏对象世界。他沉默过，但后来决定发言。可是他不愿意与那些鸟人为伍，选择的是高智性的飞腾，在远离人们的地方走进人们。从《黄金时代》开始，他的罕有的才情流露出来，对这个世界表示出一种苦味的爱，和那些被遗忘的存在的感怀。和八十年代一些浅薄的模仿西洋小说的作家比，他的成熟和高妙，早被读者认可了。

小说的智力的极端处，也不乏是一种政治。王小波选择的是那样一种政治。那些作品属于沉默的大多数，知识群落和官员未必喜欢。像卡尔维诺批评了西方一样，王小波对东方的旧的传统的批判同样淋漓尽致。只是他的这种批判有另一种色调。他从自己张扬的爱欲的旗帜里，唤起了人们对身外世界的好奇与幻想，也唤起了自己的内省和批判。这些都是在智性与审美里完成的。我们在他的文本里，读出了想象的快慰。

七

无论在哪个层面上说，王小波都是我们这个时代真正的知识分子。他和旧式文人与周围的文人都是不同的。作为大学教授的子女，他几乎没有染上文人圈子里的毛病，和旧式文人的距离更远。

读书人渐染古风，多少有一点儒家的气味的。王小波没有这些。儒生们好讲责任感，这责任有浅有深，不太一样。此外就是要带点中庸的意识，谈一点中和之音。但是王小波也没有这样的东西，他根底上就是无根无由，空穴来风一般。儒的东西多了，知识阶级的立场就会有点问题。或者说是要带点自欺的色彩。这是极其要命的。王小波一生最警惕的就是这个传统。到了美国后，他坚定了这个立场，知道了没有儒家的经典，人们一样可以很好地存活。在先秦诸子里，他不谈老庄，鲜及孔孟，独赞墨子，以为自己是墨子之徒。墨子的有趣，在他看来是理智为第一准则。由于思路缜密、有辩才，他很是欣赏。更重要的是，墨子讲利害，公开和伪善脱钩。讲利害，就把人与人之间的问题说清楚了，不至于去瞒与骗。王小波说道：

> 中国的人文知识分子，有种以天下为己任的使命感，总觉得自己该搞出些给老百姓当信仰的东西。这种想法的古怪之处在于，他们不仅是想当牧师、想当神学家，还想当上帝（中国话不叫上帝，叫“圣人”），可惜的是，老百姓该信什么，信到哪种程度，你说了并不算哪，这是令人遗憾的。还有一条不令人遗憾，但却要命：你自己也是老百姓；所以弄得不好，就会自己屙屎自己吃。中国的知识分子在这一节上从来就不明白，所以常常会害到自己。在这方面我有个例子，只是想形象说明一下什么叫自己屙屎自己吃，没有其

他寓意：我有位世伯，“文革”前是工读学校校长，总拿二十四孝为教本，教学生说，百善孝为先，从老莱娱亲、郭解埋儿，一路讲到卧冰求鱼。学生听得毛骨悚然，他还自以为得计。忽一日，来了“文化革命”，学生把他驱到冰上，说道：我们打听清楚了，你爸今儿病了，要吃鱼——脱了衣服，趴下吧，给我们表演一下卧冰求鱼——我世伯就此落下病根，健康全毁了。

读到这段话，我们不禁要笑起来。王小波总是能以形象的笔触，谈论高深的理论问题，把儒家哲学看似人道而非人道的东西栩栩如生地点缀出来。所以，他的文字既不是学究腔，也远离绅士气。旧文人的那一套一点都没有。“文革”结束后，我们称文化断裂。但回到过去的那些文人，却越发变得迂腐与可笑，倒是王小波这样的人，却在沙漠上流出绿色，靠的是生命的体悟，以及现代哲学的个性主义传统的滋润。无累之游，乃裸身之游。王小波以这样的潇洒，挣脱出了精神的枷锁。

什么才是知识分子应该高扬的东西？八九十年代对此的认识一直是混乱的。旧时的读书人，稍微偏离主调的人，不过是玩玩花鸟之类的东西，以此自慰而已。王小波看不上这类玩意儿，以为是精神的下滑。他觉得摆脱桎梏的办法是智性的解放，就是在思想中无禁区地漫游。他在小说领域里很佩服杜拉斯的《情人》，以为那是了不得的创造。在杜拉斯那里，处处有经营，有突围，有出奇之笔，是智慧的高蹈。作者写出了人世的隐秘，和精神的高远。我们中国的作家，很难有这样的高远，原因是喜欢下滑到自我安慰与逃逸里，至多是在象牙塔里说说牢骚话。可是那些不驯的思想者们没有这些。他们以出离认知的极限为乐。好的小说家和好的科学家在一个问题上是一样的，那就是在好奇与冒险里发现或创造未曾有的东西。王小波的选择不是向下，而是往上攀缘，走前人未走的路。而这样的路，士大夫的那些话语是不行的。

汉字本来有无数种表达的可能性，可惜多被道学家所俘虏了。小说里的说教，似乎也是一个问题。王小波最憎恶的是说教。他偏偏要讲好看与好玩，讲不正经与不雅致。从普通的心出发，穿越高险的极地，再回到普通的心理。我们读了他的书，就会感到：在群魔乱舞的文坛内外，王小波，这个捣乱的孩子，是一个魔幻的画家。于是光进来，风进来，暖暖的雨进来。世界不再是一种颜色，而窗外的风景，是可以更美的。

05 关于章门弟子

一

我在二十岁的时候偶读到章太炎的文章，一头的雾水，如入迷津，不知东西。对他发生兴趣，是因为后来工作的关系，但依然不能讲清他的学问。那样的知识谱系，我们现在鲜能了解了。但谈近代以来的文化史，则不得不涉猎这个学者。他的学识对同代人冲击很大，流音所在，荡涤了世间的旧物，在许多领域都有他的余响。世间因这样的人物的存在，变得丰富和神奇起来。后人对他的好奇，自然有着道理。

章太炎一生的活动主要在南方，但他的辐射力却在北方四溅。那原因是北方有许多他的学生。我七十年代在大连读书，有位老师就是章黄门派的人物，讲音韵训诂颇为有名。每言及章太炎，则神态庄重不已。据说现在搞文字学的，谈到晚清学术，对章氏依然是推崇的。可惜我读之甚少，不知其态。偶读他的书，见其往来古今的峻急与洒脱，内心对这位前人是敬佩的。因为那样深切的文字，我们真的有点学不来的。

张中行在《负暄琐话》的一篇回忆文章里讲到章太炎北上来京讲学的情形，场面隆重，且有意思：

是一九三二年吧，他来北京，曾在北京大学研究所国学门讲《广论语骈枝》（[清] 刘台拱曾著《论语骈枝》），不记得为什么，我没有去听。据说那是过于专门的，犹如阳春白雪，和者自然不多。幸而终于要唱一次下里巴人，公开讲演。地点是北河沿北京大学第三院风雨操场，就是五四时期囚禁学生的地方。我去听，因为是讲世事、谈己见。可以容几百人的会场，坐满了，不能捷足先登的只好站在窗外。老人满头白发，穿绸长衫，由弟子马幼渔、钱玄同、吴检斋等五六个人围绕着登上讲台。太炎先生的个子不高，双目有神，向下望一望就讲起来。满口浙江余杭的家乡话，估计大多数人听不懂，由刘半农任翻译；常引经据典，由钱玄同用粉笔写在背后的黑板上。说话不改老脾气，诙谐而兼怒骂。现在只记得最后一句是："也应该注意防范，不要赶走了秦桧，迎来石敬瑭啊！"其时是"九一八"以后不久，大局步步退让的时候。话虽以诙谐出之，意思却是沉痛的，所以听者都带着愤慨的心情目送老人走出去。①

章太炎一生来北京的日子不多，对北方的混乱生活或许有不习惯的地方。他似乎不太喜欢帝京，被袁世凯囚禁于此的苦楚且不说，对其间的官气亦不以为然。大概1916年吧，国史馆馆长王闿运逝世，一时间一些人主张章氏出来接替此位。他拒绝了。国史馆这个名字易使人想起"正史"二字，可他偏偏喜欢野史。而且北京的染缸太深，自己以为不习惯者多多。他在给弟子吴承仕的信中谈到了对京城的看法：

清之末造，业多败坏，及袁政府跳梁五岁，鸡鸣狗盗，皆作上宾，赌博吸烟，号为善士。于是人心颓靡，日趋下流。然外观各省，其弊犹未如京邑之甚也。同是各省所产之人，而一入都城，泾渭立判，此则咎不在社会，而在政治审矣。若中央非有绝大改革，虽日谈道义，渐以礼法，一朝入都作官，向恶如崩，亦何益乎？②

① 张中行：《负暄琐话》第4页，中华书局，2006年版。

②《章太炎书信集》第302页，河北人民出版社，2003年版。

章太炎对北京政治环境的失望，和己身的经历有关，是有诸多理由的。他不喜欢北上做馆长，安于在南方为学，在那时也非一般贤达之人可以办到。那时候他的许多学生，都在北京做事，为官者也有的。奇怪的是，这位在文化上很有古风的人，弟子多是新文学创作的干将。新文化运动之后，他的学生多以新面孔出现，与老师的距离越发远了。但就精神气质而言，还是接近者为多。他的狂傲之气，在学生那里多少也有一些延续。

关于章门弟子的故事一直有各种版本。相关的文章也有一些。我留意一些资料，发现了这个群落的匪气和儒雅之气的杂糅。最有反骨的弟子们，在老师面前却显得恭恭敬敬，旧道德气不减。1914 年前后，黄侃来到北京教书，所授之课多与章太炎的学问有关。1915 年章太炎被袁世凯囚禁在北京钱粮胡同，黄侃一度伺候老师左右，后被警察驱走。他平时为人刚直不阿，在学识上独步文坛，不屈服于流俗。但对章太炎则一直持弟子礼，不逾雷池。学问有所进益，不都与老师同，但在内心，对老师尊敬有加，旧的操守是严明的。

章太炎以学问鸣世，随他读书的学生多是掌握了其间的知识的。但因为个人爱好修养不同，后来的路，各自东西，不为外人所囿。但也造成大势，一时席卷学林。民国间的流派多多，章门的余音缭绕，直到今天依然回响不已，说起来是大可感叹的。

新文化运动前几年，北京大学文科一些领域被章太炎的弟子们所左右。比如 1912 年教育部召开“读音统一会”，研究注音符号问题，会议意见不一，思路各异。据许寿裳回忆，或主张使用国际音标，或推荐清末简字。最后章太炎的弟子们的看法占了上风。胡以鲁、鲁迅、朱希祖、马裕藻、许寿裳联合提议使用章太炎的注音符号，得到大会的批准。大凡是章门弟子，都是一个标签，意味着学问过人。连沈尹默这样没有接受过章太炎教育的人，因为兄弟中有章太炎的学生，也与有荣焉，被视为同门人物。中国这个地方讲究出身，章太炎晚年的学生无数，许多是要沾点仙气，未必都是冲着学问而去。鲁迅对此看得很清。所以当人们大谈老师的学问的时候，他却闭口不言。在鲁迅看来，章太炎还有另外一面，那就是人间情怀，是个斗士。大凡不懂此者，离老师大概就远了。

章太炎并不漂亮，那神态和他的书法颇像，苍老而温和。他平日喜欢吸烟，房间里常常烟雾缭绕。许寿裳说他不愿意锻炼，对金钱没有什么概念，真的潇洒得很。他为人古怪，但也热情，谈天时庄谐杂出。学问耀世，对历史、典章制度、风俗人情，多有了解。此翁以狂放出名，精神的亮点多多。比如他说：学术如果从私学开始，总比官学要好，自下而上要强于自上而下。都是会心之言。在那个时候有那么多人随其读书，跟随着觅路，不是没有原因的。晚年他被学生包围，大概已没有了早年孤军奋战的焦虑。一面也被掩饰在学问之中，成了圣人式的人物。有人也谬推知己，混在其间，连太炎先生自己也被陷入雾中。这或许是名人的不幸。他自己也未必都意识到了。

二

这种得意的情感，在其言语里时常可以看到。他的学生甚众，有的后来显示出很高的才华，居于要位。对此，章太炎是私下暗喜的。他曾对弟子汪东说，学生中有“四王”：

> 先生晚年居吴，余寒暑假归，必侍侧。一日，戏言余门下当赐四王，问其人，曰：“季刚（黄侃）尝节老子语天大地大道亦大，丐余作书，是其所命也，宜为天王；汝为东王，吴承仕为北王，钱玄同为翼王。”余问钱何以独为翼王？先生笑曰：“以其尝造反耳。”越半载，先生忽言，以朱逖先为西王。①

---

①《黄侃年谱》第 37 页，湖北人民出版社，2005 年版。

章太炎谈自己的弟子，大概最欣赏的就是黄侃了。因为在学问上，黄侃继承他的学识多多，且有新的发现。谈到黄侃的学问，行内多有誉词，我们这些外行难得其意。但我们看他的诗文，可以知道其率性之美，内心的感情丰沛。他在乱世，不都是书斋气，很不容易。比如在晚清的革命，他对军阀的态度，和章太炎很像。在《民报》上的文章，呼应了章太炎的思想，才华是出众的。他跟章太炎学习，相处很好。章太炎回忆说："余违难居东，而季刚始从余学。年逾冠耳，所为文辞已渊懿凡俗，因授以小学、经说，时亦作诗相唱和，出入四年，而武昌倡义。"学识的渊博与忧国之思过人，在那时候引起许多人的注意。关于辛亥革命前后的黄侃行踪，后人多有记述。相关的资料印证了他与老师之间的深切感情。学术理念与报国之志，水乳交融。1907 年，黄侃在《民报》上发表《释侠》，气象宏大，有怨怼之声，是章太炎式的感觉，"尚武"意识浓浓。我相信关于"侠"的理解，是受到章太炎的影响的。鲁迅那时候也在日本，神往的也是"侠"与"摩罗"意识。那时候留学生的报仇雪耻之心，灭清兴汉的民族意识，经由章太炎及他的弟子，便成了学术话语的一部分。

黄侃文章狂放，不拘小节。他的时文写得不多，偶有创作，语惊四座。1911 年，曾写《大乱者救中国之妙药也》，其音酷烈，不亚于鲁迅之文。无政府主义与暴动意识一看即明。他写的文章，古风浓浓，诗歌也多难解。大概太注重学术，反把自己的性情遮掩了。在后来北大讲课时，出语不凡，多有奇思。那时候新文化运动出现，他对此不以为然。还不时讥讽章门的朋友。钱玄同本来和他关系较好，因为新文化运动出现，黄侃颇有看法，两人还有过冲突。黄侃的讥讽白话文，与林纾不同。他是没有道学气的，也非文学的复古。他的学问里有庄子式的坦然，主张率性而行。比如研究《文心雕龙》时，强调的是"自然之道"，这是他的审美精神里的元素。不过这自然之道不在平民的表达里，却在士大夫的表达里。这和钱玄同就不一样了。黄侃对俚语入诗不以为然，认为破坏了文气。他看到胡适的《尝试集》，以为颇怪，亦多可笑之处。在课堂上有所数落，内心是看不上新文化诸君子的。

同样是率性而行，钱玄同、周氏兄弟向着民众的方向走，主张平民文学和汉字改革。而黄侃则回到魏宋之间，取古风而得自在，恪守士大夫的营垒。黄侃拒绝白话文的根据是，文学有雅俗之变，俗可以雅化，而雅不可趋俗。“故一代必有应时之俗文，亦必有沿古之词制。观于元曲，胡语村谈，杂然并入，而亦文之以诗词中锦字隽言。斯可以知雅俗参错之故。乃夫时序一更，则其所谓雅者依然；而所谓俗者，乃不复通用。”这个看法，周氏兄弟与钱玄同都批评过，连喜欢古史的朱希祖也赞成白话。章门弟子在此的分歧是显然的。

陆昕先生在一篇文章里说，黄侃的可爱是“青年时曾为反清革命履危蹈险出生入死，而光复后不自居功，不取富贵，宁辞省府秘书长之险职而甘为一介贫民”。这是人格的注解。所以在民国间他骂读书人，实在也有自己的资本。看黄氏的文章觉得清脱、飘洒，没有一点媚俗的因素。自己独来独往，性情毫无污染之处。

他的性格，大概是外硬内柔的。对自己膺服的人，很有感情，绝不冒犯。而对自己的朋友、弟子，有时亦有柔软的地方。自己虽不喜欢白话文，却知道是大势所趋，还私下对学生陆宗达说，要会写白话文，不然不方便云云。这看似矛盾，实则是很暖意的地方。黄侃在北京的时间不多，离京后几次返京讲学，对北京的古雅气是喜欢的。他初来北京曾有诗一首：

依然繁华盛长安，
五噫谁同梁伯鸾？
乐府犹闻歌玉树，
仙人已见泣铜盘。

兴亡自是诸君责，
功罪须从异日看。
酒罢登楼一惆怅，
西山斜照近阑干。

1928年，他从南方来北平，重访旧地，游北海时，赋诗一首，句子还是很沉重，其中有句云：

神武门头夕照阑，
御沟流水去无还。
重来不觉风光改，
愁对车前万岁山。

黄侃对北京的感情复杂，他后来一直在南方生活工作，大概有其自己的考虑。北方的风沙大，政治气候似乎都不及南方好，他自己的南人的脾气，是从不改变的。据说在北师大教书时，他出言不逊，被学生告发，吴承仕出面相劝，却与之不快久久。1926年底去北师大教书，只待了不到一年。我注意到他在北京期间留下了许多故事，显得怪异不已。后来离开北京去东北，又去南方，实在是觉得北京不适宜自己。吴承仕本来对他很好，却也与之闹翻。加之那时儿子去世，心情暗淡。其诗云：

故里成荒废，微生任转蓬。
无心来冀北，何意适辽东。
豺构王尤叹，鳞伤恐亦穷。
望思新结恨，行迈旧忧重。
……

此诗很忧伤，一点没有狂放的样子。据说他当年住在友人吴承仕家里，与之生隙后，愤而离之，在墙上写着："天下第一凶宅"。真的狂放极了。可是他的诗，有时也不免凄苦之色。人的一红一黑，一明一暗，并不都统一在一起的。

三

因为章门的势力过强，也因此遭到妒忌，那些追随者也颇遭一些非议。陈西滢讥讽的"某派某系"，就有章门弟子无疑。北大一些学人喜欢静谧的书斋生活，对狂傲者多少是不满的。章氏学识为天下罕有者，这是谁都知道的。他的学问和近代的革命分不开的，其学生也带有激进狂傲之风。黄侃、许寿裳、鲁迅、钱玄同、周作人、沈兼士、吴承仕、朱希祖等，都有不凡之气，余风所及，使文坛往往不安于固定者多多。一般来说，他的弟子或纯书生意气，或以斗士为姿，也有两者兼于一身者。而这里，在帝京的弟子似乎影响更大，五四运动的健将，多是这些学过音韵训诂者。因学识而引起革命风潮，章氏的流脉为他人所不及的。

在诸多学生里，钱玄同是个很有趣的人。他的文章学问不算突出，而历史上的功德亦不可小视。他早年去日本，随哥哥钱恂得以日式教育，遂入章氏门下。回国后不久到北京大学教书，所讲的也无非章先生的那些东西。有一年我去湖州，在街市里遇到余君，告诉我钱玄同的家族遗址，便在河岸眺望半天，见鱼米之乡的景致，忽想起赵孟頫以来湖州的书法家，觉得钱玄同是沾染了故土的神气吧。这个江南才子，书法好，文章也颇有个性，为人热情，处事没有世故的一面，偏偏有北方汉子的粗犷。后来那么喜欢北方的风物气候，想起来都很有意思的。

许多接触过钱玄同的人都很喜欢他。热情、豪放，没有一点架子。但因为口无遮拦，遭到文人的讥笑也是不可免的。他的谈小学的文字，我几乎都不懂，不能乱下结论。但文章自是一格，不同于一般文人。五四间，他写文章大骂旧小说之不通，并非都是自己的发明，有许多是从章太炎那里来的。章氏对他的影响是多方面的，有两点不能不提。一是进化的观点。太炎先生和钱玄同通信中多次讲到词语的周转、演化，古音与今音的不同，字体如何演化，都有涉猎。这个思路转到社会学领域，真有点进化论的痕迹了。二是取周孔之学教之，不以佛经与景教为体，保持古风。这对钱氏影响深远，他一度主张复古，也是有一定根据的。章太炎的思想，还是潜移默化地影响了他的。

他和章太炎的通信始于1906年，恰是留日的时期。新文化运动前，通信颇勤，所谈亦广，除说文解字之学，还偶涉时局与教育时风，内容很杂。但彼此的内心情感，却一一流露，可感念的地方很多。章太炎对新文化运动不以为然，可是新文化运动流着他的因子也是出乎所料。你看钱玄同的口气与章太炎多么相似：

> 弟以为古代文学，最为朴实真挚，始坏于东汉，以其淫词多而真意少也。弊盛于齐梁，以其渐多用典也。唐宋四六，除用典外，别无他事，实为文学“燕山外史”中之最下劣者。至于近世《聊斋志异》、《淞隐漫录》诸书，直可谓全篇不通。①

这是1917年钱玄同写给陈独秀的信。对照一下章太炎1910年致钱氏的信，能看出内在的一致性：

> 议论欲直如其言，记述则直书其事，不得虚益华辞，妄增事状。而小说多于事外刻画，报章喜为意外盈辞，此最于文体有害。（授八股者云：文章最忌老实，斯语渐然人心，为祸至烈。文章最要老实，所谓修辞，立诚也。）既失其末（书札文牍），又不得其本（高文典册），学此果何为者？以此令学子反思，则自解其意矣。（《文

---

①《陈独秀书信集》第94页，新华出版社，1987年版。

史通义》中《古文十弊》诸篇亦可讲。）又曰：识字为人人所当务。中国文字既以形体相连，自不得做体别字。欲不作破体，非治《说文》无由。然小学之业，非传书正体而已，其言高者，则言语文文字相互为根。他国皆有语学，中国宁独无之？欲知语学，非以《说文》为本，辅以《尔雅》、《方言》诸书，则无其道径。语其下者，则解说经籍，润色文辞，亦非小学不举。若不知其意，而徒用古人成语，如蒲松龄之小说，袁枚之辞章，其不通处甚多，学之适以增愚，书之有靦面目。诸生为学，果学愚乎？抑学制乎？此种语须言之刻骨，发其荣观之念，振其愧耻之心，则教授亦能顺受矣。①

翻阅五四前后的文章，发现其许多观点从章太炎那里得到启发。比如关于共和的问题，章太炎曾和他讨论过，以为中国纪元之说，以共和为是，根据《史记》的观点，以民主为是。后来钱玄同发表《共和纪年说》，沿用的就是章氏的看法。他在《新青年》的文章，在气韵上略带章太炎的痕迹，只是过于直白，不及太炎先生那么厚重古朴，失之简单了。再比如在《国音沿革六讲》里，就认为《国风》乃先秦的雅言，非地方口语。就根据的是章太炎的见解。那时候一些学者希望把北京音定为国音，他却持异议，以为以首都语音为国音问题很多。此看法多年前章太炎在给他的信里就说过。他们师徒的思路，我猜测和民族主义情绪有关。深味音韵史的钱玄同认为，北京话是元代以来北方流行的官话为基础发展来的。它借用了政治力量造成大势，给人不小的冲击。但元代与清代，都是异族掌权，钱玄同和自己的老师毕竟不太舒服。他们在讨论语言学时的大汉族意识显而易见，说其有褊狭的地方也难说不对。

周作人在回忆章太炎的弟子状况时，讲到钱玄同和章氏的关系，其中说《太炎文录》的出版就是钱玄同出力所为：

---

①《章太炎书信集》第 119 页，河北人民出版社，2003 年版。

太炎先生的著作，除民国以前，有过零星出版外，计有三次汇刊。第一是浙江图书馆木刻的《章氏丛书》，是他全集的基本，流布得算最广，《检论》等三种都在内。第二是《章氏丛书续编》，只有四册七种。系一九三三年在北京刻板，由其旧日门人醵资而成，印刷甚精。我藏有蓝印者一部，卷首有一张相片，手指间卷烟出烟屡屡可见，照得极好。刻好后原拟将全部木板赠给章氏，终于不果，而抗战发生，这板的行踪遂不可查考了。其中有一卷《新出三体石经考》，由钱玄同手写付刻，太炎先生似甚为满意，手写序文云：

吴兴钱夏前为余写《小学问答》，字体依附正篆，裁别至严，胜于张力臣之《音学五书》，忽忽二十余岁，又为余书是考。时事变蜕，今兹学者能识正篆者渐希，于是降从《开成石经》，去其泰甚，勒成一篇，斯亦酌古准今，得其中道者矣。稿本尚有数事未谛，夏复为余考核，就稿更正，故喜而识之。夏今名玄同云。民国二十二年三月，章炳麟记。①

周作人记述的资料，可以看到钱氏与老师密切的关系。章太炎精神的流布，学生们起到的作用不可小视。后来的章门弟子搞起新文化运动，与老师的思想渐存隔膜并不奇怪。可他们身上有着老师的传统那是自然的。就精神的高傲与逆俗两点看，鲁迅、钱玄同、朱希祖等，都继承了老师的传统，他们对后来文化的发展所作的贡献，非一两篇文章可以说清的。

四

周氏兄弟和章太炎的关系远不及钱玄同近。除了一般的礼节外，几

---

① 周作人：《〈太炎文录〉的刊行》。

乎没有什么交往。周作人对章太炎的感情其实是淡的，不及鲁迅的深切。1936 年，章太炎去世，鲁迅写的最后一篇文章竟是悼念老师的。周作人却没有行文反映此事。据说章太炎在自定弟子录的时候，并没有周氏兄弟的名字，那也是印象不深的缘故，还是别的因素吧。

我看过章太炎写给鲁迅的一幅条幅。是鲁迅在 1914 年看望囚禁在北京的老师时得到的。字很遒劲，苍润淋漓，内录老子之言，看出他的功夫。奇怪的是，后来鲁迅很少与章氏交往，那一次大概是最后的见面。直到太炎先生去世，鲁迅才念及自己和他无法割断的联系。内心的懊悔多少有些，总觉得自己欠了老师许多东西。

实在说来，在章氏弟子中，真正在思想上继承老师意识的，应说是周氏兄弟。他们两个在许多方面，得其神，遗其绪，形若一体。其一是思想新，不断摄取外来精神，思想不固定在一地。其二是与流俗颇远，一直坚守自己的立场，思想者的情怀很广。章太炎与黄侃的学问里有人生的问题，在古音韵里建立自己的学说，本于客观事实，与陋儒的距离很远。他们在旧学里坚持独立的思想，和人格精神。周氏兄弟则在新的学问里保持思想的自由，开阔的视野是不逊于别人的。这是精神的连贯性。

周作人回忆里讲述了他与鲁迅随章太炎读书的故事。许多地方都很好玩，透露的细节为后来的研究者所津津乐道。章太炎那时候对他们两人很好，没有一点架子。但留学中的周氏兄弟的兴趣在外国文化，随章氏读书不过是补补旧课，重温旧梦。黄侃、朱希祖、钱玄同等人一心在国学里，就有点心无旁骛。章太炎对紧随自己的人印象深深，而周氏兄弟不过一时的弟子，各自东西也是必然的吧。鲁迅在讲述老师的片言只语时，精神是另外一个样子。他似乎格外喜欢老师突奔的精神个性。虽然对其学识敬佩不已，但是更感兴趣的却是他的性情里无伪的形态。这很重要。章太炎性格里的倔强、不屈的因素，在鲁迅的印象里是超过了其学问的。

有一段时间，鲁迅想写部中国字体变迁史一类的书，他搜集了许多的资料。仅藏书就有多部。我想那一定是受业于章氏的偶得无疑。这一本书后来没有动手去做，真的可惜。他与老师的学术联系就这样中断了。

周氏兄弟与老师的距离不仅在西学上，可能在对现实的理解上多有区别。他们都搞白话文，据说章太炎不以为然。鲁迅和章太炎不敢见面，自然有道不同的缘故。他对章太炎弟子中有现实感的人多有好感。比如曹聚仁，两人走到一起，就未尝没有同门之谊。曹聚仁勉强算是章太炎的弟子，和鲁迅交往时，就多次谈及章太炎的功业。鲁迅有点自愧弗如，说了许多感慨的话。在他看来自己和曹聚仁都有点旧学，自然受到老师的影响。可是在根本上，他们是现代社会的文化的建设者。国学固然重要，走新的文化的路，其实是延续章氏学问重要的存在的。

若说周氏兄弟继承了章太炎的传统最多的地方，那自然是都有脾气，学问内外都是脾气。朱光潜评价周氏兄弟时说，一个是师爷气的小说家，一个是师爷气的诗人，很是有趣。鲁迅的打落水狗观点，天下皆知，可是那决然也是有点分寸，对前辈即便有批评的意见，也不愿毫不留情去揭疮疤。这是他的暖意的地方。周作人却不这样。他的学问不及鲁迅与章氏近，后来精神里新的思想多了，与音韵训诂之学离得很远。在论及现实的时候，并不冲淡。大概是1926年吧，他写了篇《谢本师》的文章，觉得老师思想有点落伍，竟把“曾文正”奉为“人伦楷模”，是大有问题的。这样的文章，鲁迅不能写，也不愿写。因为还有一点师道的因素。周作人却写出不客气的言词，看来的确在脾气上不让其兄。

其实那时候的章太炎自有内心之苦。就在周作人批评他的时候，他的忧世之心并未平静。1926年章太炎手书《通告及门弟子》云：

> 果有匡世之志者，当思刘晔有言，昏世之君不可赎近，就有佳者，能听至言，十不过三四，量而后入，不可甚亲，乃得免于常纽。昔人与汉高、句践处，功成便退。若遇中材，一事得就，便可

退矣，毋冀功成也。入吾门者，亦视此。[①]

周作人那时候对章太炎的隔膜是自然的了，鲁迅也未尝真的懂得自己的老师。看章太炎的手札，难见什么老气，斗士风采犹在，只是职业关系，书斋气浓，与社会新潮略远而已。文坛上不喜欢师爷气的人，其实也不欣赏章太炎的发飙。这一点上，周氏兄弟和老师被一些人视为一体。周氏兄弟和陈西滢论战，令我们想起章太炎的与保皇党的对峙，其境同出左右，庶几近之。都近于讽刺之意，刀笔吏的风采是有的。鲁迅公开承认自己的笔颇为冷酷，周作人自认身上有绅士鬼和流氓鬼。实在因为现实太黑暗，只有与之捣乱而已。当章太炎专于学术时，周氏兄弟还在肉搏着惨淡的黑夜，你能说不是章太炎旧音的回响？

章太炎以古文嬉笑怒骂，意在复兴汉文明的伟业，弘扬中华民族健朗的思想。周氏兄弟用新文学指点江山，说他们在建设新的精神也不为过的。也由于此，我们才能理解为什么鲁迅会说出这样的话：“我以为先生的业绩，留在革命史上的，实在比留在学术史上还要大。”周氏兄弟得到的革命情结要多于学术，这个看法其实是内心的真实写照。学问可以靠努力为之，而人生境界，只靠读书还是不能都得到的。

五

民国文人的激进，是彼时文化的一个景观。有人说在激进的人中，周氏兄弟名为第一，其实也未必对。要是读一下《吴承仕文录》，当惊异于章氏最得意的人，其实时髦得很，不仅西化，且成了马克思的信徒，这是连章太炎自己也未必会料到的。

---

①《章太炎学术年谱》第385页，山西古籍出版社，1996年版。

我读吴承仕的书，印象是有学问，对老师的东西知之甚详。他对社会问题颇为关心，思想在太炎与马克思之间徘徊，最终成了精神界的叛逆者。有一次舒芜先生告诉我，吴承仕在北师大授课，内容也是音韵训诂之类。讲不过钱玄同，遂改行讲马克思主义。舒芜说这是人们私下的议论，未必可信，但传得很远，也值一思的。从旧学一下子转入新学，是什么原因，不好说清。

吴承仕，字检斋。安徽歙县人，生于1884年。去世于1939年，年仅五十五岁。他跟随太炎先生读书时比较刻苦，彼此交往很深。查章太炎书信集，给吴承仕的信札可能最多，内心的相通之处是一下子可见到的。章太炎欣赏黄侃，也喜欢吴氏。曾说吴“文不如季刚，而为学笃实过之”。我们看两人的通信，当相信此话不错。

吴承仕在北平教书，却不喜欢旧文人的那一套。他在师大做国文系主任，和周作人那个圈子的人不太亲热。偶尔对北大、燕大的贵族气很有微词。三十年代，他自费办《文史》杂志，欣赏鲁迅的文章，邀其写稿。鲁迅以唐俟笔名刊发《儒术》，谈文史掌故。这样的文章，鲁迅写得很少，寄来后大得吴氏的欣赏。鲁迅借着谈儒家文化，讲述中国儒生在乱世靠学问自寻生路，丧失精神价值的过程。那文章很妙，有着弦外之音。吴承仕遂撰写两篇文章应和之，以为是确切之论。

鲁迅批判儒术里的奴态，都靠史料说话，仿佛是掉书袋。但字字见血，对腐儒的讽刺可谓深矣。因为杂志是讲文史的，便也不得不书卷气。可是内容却耳目一新，多弦外之音。那是对旧式读书人的失望吧。其实那时候北平的文人多是类似的状态，鲁迅殊不满意。鲁迅不仅讲了“儒术”，也谈到了“儒效”。吴承仕便写了《续〈儒效〉》、《续〈续《儒效》〉》。观点颇为一致。在鲁迅与周作人之间，他显然是接近鲁迅的。

有趣的是，他在文章里不仅骂了腐儒，而且还骂了梅兰芳。文章如下：

> 且今之“博士”，古之儒者也，今有不读《论语》、《孝经》

之博士，断无不通“鲜卑语”之博士，其明效大验已如此。若夫半男半女，亦阴亦阳，猫儿艺术，××行藏，唱念做打，昆乱皮黄，散花历乱，舞“带”郎当，峨眉蛾首，荡气回肠，缠头十万，侍酒千场，蜚声北献，载誉扶桑，博外宾之爱宠，增祖国之辉光，则有不读《论语》、《孝经》，不善“鲜卑语”，而专以“弹琵琶”而得“博士”者矣。然则《论语》也，《孝经》也，鲜卑语也，弹琵琶也，合之则双美，离之则两伤；夫如是而后“儒术”备，而后“儒效”也。①

鲁迅虽棘刺过梅兰芳，但不及吴承仕重。《儒术》批评的是读书人，吴承仕殃及了梨园中人，还是大有杀气。这两篇文章，都受鲁迅的启发而来，文字却不及鲁夫子老到。通篇直白，毫不掩饰内心之情，那也正是章太炎式的脾气。

《文史》创刊时，得到许多人的支持，周作人、俞平伯、孙席珍、黎锦明、赵景深、张我军都写过文章。只是存活的时间太短，不久就停刊了。在北平最灰暗的时候，吴承仕开始左转。他做系主任时，设立了许多新课程。据张致祥介绍，1934年以后，他请陈伯达讲先秦诸子，曹靖华授新俄文学选，齐燕铭开中国通史，李达的课是唯物辩证法。可谓是一种革新。我觉得他的左转是真诚的，是一种自愿的选择吧。日本入侵北平后，他投身于抗日，颇为积极。想起那一段历史，他和自己的老师与师兄比，已经走得很远了。

关于吴承仕的传说很多。印象最深的是他的时髦。穿西装，打网球，真的是新式的读书人。可是偏逢乱世。1939年，他逃出北平，在流浪中染病不起，早早离世，让人无限感伤。其实我有时也想，假如他那时候和陈伯达一起去了延安，会如何的命运？左派乎？右倾乎？真的不好猜测。在章门弟子中，他的奇特经历，真的把章太炎的绝学终结了。

---

①《吴承仕文录》第77页，北京师范大学出版社，1984年版。

六

看历史中的各类人等的沉浮，我们有时会感到命运的无常。一个流派的生存，不都是一种色调，同门学生的差异性，其实也丰富了学术的内涵。章太炎学生中书斋气的人很多，未必都是狂放不已的人物。性情温和者如许寿裳、朱希祖、沈兼士都是。他们跟随太炎读书，得其一点而发展之，遂成学界一家。对后来的教育发展，真的功莫大焉。

我在多年前认识了朱希祖的孙女朱元春，她是个退休的老师，正在整理祖父的遗稿。不久给了我一册浙江海盐出版的资料集，内中介绍了其祖父的诸多旧事。朱希祖也是章太炎很喜欢的学生，生于1879年，逝于1944年，字逷先，又作迪先。1906年留学日本，就读于早稻田大学。后与鲁迅、周作人、钱玄同、许寿裳等一起随太炎先生读书。在诸多弟子中，他用力最勤，课堂笔记颇详，鲁迅还借过他的笔记抄录，看出朱氏的认真程度。现在这些笔记已藏在国家图书馆里，成了颇为重要的文献。

朱希祖长得漂亮，留着大胡子，有美髯公之称。与人交往话语不多，喜欢独来独往。他在1912年来京教书，不久任北大历史系主任。章太炎对他的评价是："逷先博览，能知条理。"据说他喜欢逛书摊，淘书的本领很高。琉璃厂的书商对他颇为佩服，大概是鉴定的水平不凡吧。和钱玄同、沈兼士等人不同，他的学问在历史学里，且喜欢野史，这也是受到章太炎的影响的。钱玄同等人在文字学里走得很远，朱希祖则从文字学而进入历史学。他觉得这也是受到老师的启示。他的嗜好史学，乃觉得是理解文化之基础。考订史实，才能明古察今。章太炎对他最大的影响是，从字形字体的形成，来看文化的隐喻。他在《章太炎先生之史学》中说：

凡史家所漏略不能记载者，语言文字皆保存之，而可以补史之阙。此意先师虽不明言，然于谈论之际，尝流露此意，引而不发，以待后人之精研。例如吾国古代文化，近代史家以为发源西方，历史遗传，亦多记载西北，而文字之昭示，则货贿之物，皆用于海滨之贝，则东南文化波及西北也。吾国人种，自称曰夏，史家记载，不言其故，而文字昭示，则夏为中国之人，故其字像人形，首与四姿皆具（见《说文》）。而南方曰蛮，其字从虫，东南曰闽、西南曰蜀，亦然。北方曰狄，其字从犬。东北曰貉，从豸，长脊兽也，皆不以人类视之。西方曰羌，从羊从人，游牧人也，又曰戎，从戈从甲。东方曰夷，从大从弓，大，人也，为引弓之民，此虽以人类视之，然皆未脱游牧及蛮野而当劫夺者。以视中国之人，大雅文华，迥不相牟，此种族之历史也。其他若桌凳铳炮，以及凡百事物之新命名者，或引申旧字，或创造新字，在在可补阙史，一考新字发生于何代，即可知某种新事物发生于何代。故文字语言，实历史大宗材料所丛聚，且于文化史尤有关系。先师尴书中亦尝寻找此种史实。此亦先师广征史料之一端，而希祖将表而出之，以待后人扩而充之者也。[①]

由文字学进入史学，朱希祖的茅塞顿开。他的进入史学，是老师的思路启发所然。不过他不是随着老师亦步亦趋的人，后来就发现了只随着老师的思路大概有问题。在北大时，他就颇有改革意识。既邀请陈汉章、陈垣、马衡、邓之城这样的人，也把李大钊介绍给大家。政治学、法学、人类学、心理学都得以顺利开设，视野比章太炎要开阔得多了。朱希祖在哲学的层面没有什么著述，但大抵是相信进化论的。他的治学理念受民族意识影响，多忧患的成分，毫无象牙塔的样子。那些关于新文化运动、激进文化的言论，大致和钱玄同、周氏兄弟一致，主张改

① 《文史大家朱希祖》第5页，学林出版社，2002年版。

革，力求进化，对复古主义大不以为然。研究新文化运动的人，从来不提他对白话文理论的贡献，真的是大不该的。

据说他藏书甚巨，那么有士风是必然的了。我看过他的许多文章，那些谈版本目录者尤为可读，是有趣味的。他的书话写得没有周作人漂亮，但观点不俗。对明代历史理解很深。许多南明的史料经其整理，面目清晰，引人深思者多多。他的研究历史，很带有章太炎的情节，那就是国耻之心所使，不忘历史悲剧的根源。正宗的史书多隐瞒了真相，而野史才有精神的闪光吧。

在日本的时候，章太炎对明代遗民书籍的注重，影响了朱希祖，他回忆说，恰是太炎先生的思路，使自己猛然觉得历史的迷雾需从史实的清理开始，治史之趣由此而生。他后来在国内遍搜明清版本著作，从史料中梳理历史的热情，非别人可及。版本里亦有人生之趣，而考订目录，辨析真伪也是其乐也融融的。在日本时期读明代野史文献，对他是故国神游，有光复旧梦之冲动。而民国间还沉浸在明代史料之中，依然是旧梦的重燃，用他自己的话说，是“思千秋之绝业”。当国人不再喜欢谈论遗民的话题时，他深为忧虑，以为是大有问题的。士大夫在事变之中，没有操守，实在可叹也夫。他在乡间札记中游历的过程，真的不是悠然的。

晚年的朱希祖和左翼文化有点隔膜。对苏俄文化的警觉也是一个原因。1944 年，他在重庆参加各项文化活动，印象是和左派文人来往不多。就是那一年的 4 月 19 日，同学沈兼士从北平来重庆，专程看望这位老友。朱希祖问起北平旧友，沈兼士一一道来。钱玄同已经仙逝，周作人沦为日本政权下的教育官僚，真的不可思议。想起他们在东京随太炎师读书时的情形，一定感慨万千的。章门弟子分化得厉害，也各自觅路，不在老师的预言里生活，那是时代使然。此时，朱希祖已经患病在身，念及章门弟子事，也有无数话语要说。病中曾赠沈兼士诗一首如下：

新诗流岂弟，旧侣豁胸襟。
屯厄邠卿第，经纶贾傅心。
蜀山千万重，燕树万重深。
一洗无穷滞，聊为梁父吟。

此诗有点悲凉，对日本入侵时期的重庆与北平发出诸多感叹。“燕树万重深”，是否也有对周作人这样的旧友的惋惜与挂念？也许是有的吧。朱希祖的诗喜欢用典，是学究式的。其中“屯厄邠卿第，经纶贾傅心”，沈兼士自己知道内意，别人未必了然。这是他们同门友人私下里的交流，一笑可以知心。不过比起当年他们在北大慷慨激昂的样子，此时无限苍凉之笔，道出了世道的不同。他们经历的世界，比先师太炎先生更严酷，更惨烈。朱希祖在明末历史的血腥里，早就料到此处了。

06 新旧京派

一

九十年代末，我在一篇文章里说，北京现在形成了新京派的群落。那是有感于一种传统的复苏，对其形态的理解还是粗线条的。十几年过去，这个传统在北京已经慢慢地辐射着，虽然还没有在流行文化的场域里，可是它在影响着我们的艺术的内在精神是无疑的。

京派的传统是个不太好概括的概念。在我的理解里，它是上个世纪二三十年代在北平形成的文化群落的现代精神。那个群落的人多是以教书写作为生。他们满腹学识，远离民间，和政党政治与左右派的意识形态关系不大。代表人物是周作人、钱玄同、刘半农、废名、俞平伯、朱光潜等。文字没有左翼文化的火气，多是个人心性的流露，在审美上以温和奇异者为多，和海派的摩登现象形成很大的反差。其历史感的厚重与学识的练达，给人以很深的印象。

之所以出现京派的概念，是和海派文化的存在有关。1934 年，沈从文发表《论“海派”》的文章，对上海文化中投机取巧、冒充风雅的习惯提出批评，文字颇有讽刺意味。那文章说：

> “海派”这个名词，因为它承袭着一个带点儿历史性的恶意，一般人对于这个名词缺少敬意是很显然的。过去的“海派”与“礼拜六

派”不能分开。那是一样东西的两种称呼。“名士才情”与“商业竞卖”相结合，便成立了我们今天对海派这个名词的概念。但这个概念在一般人却模模糊糊的。且试为引申之：“投机取巧”，“见风转舵”，如旧礼拜六派一位某先生，到近来也谈哲学史，也要说左倾，这就是所谓海派。如邀集若干新斯文人，冒充风雅，名士相聚一堂，吟诗论文，或远谈希腊罗马，或近谈文士女人，行为与扶乩猜诗谜者相差一间。从官方拿到了点钱，则吃吃喝喝，办什么文艺会，招纳弟子，哄骗读者，思想浅薄可笑，伎俩下流难言，也就是所谓海派。①

沈从文不点名地赞佩了北方的文人，就是京派的知识群落。于是关于京派与海派的文化论题便浮到水面。沈从文是赞佩京派的精神的。他认为周作人、废名、俞平伯等都是难得的高人。因为一方面有精深的学识，另一方面坚守读书人的道德底线。不过沈从文的观点也招来左翼作家的不满，觉得他对京派的态度未尝不是绅士阶层的声音。鲁迅在谈到京派与海派的时候，态度与沈从文不同，看到了各自的得失与优劣。像京派的存在，在他看来，不都像沈从文所云的那么高尚。五四之后，许多人功成名隐，或者身升，好的作品亦寥寥无几。而且海派近商，京派近官，其气虽殊，而内意亦近，照例脱不了旧俗气。鲁迅后来在《“京派”与“海派”》里揭示了京海之间的合流现象，对京派的推崇小品文，弄烂古文，多少还是有些微词。在鲁夫子的眼里，中国的知识群落在面对社会的时候，也有着诸多问题，审美的领域也许颇有创见，可是自我意识里要摆脱古老的幽魂，也非一件易事。

三十年代初关于此话题的论争，吸引了许多人。曹聚仁、胡风都有着相关的议论。京派与海派，乃现代文化的两种生态，本来各有千秋、高低

① 《沈从文文集》第 12 卷第 159 页，花城出版社、三联书店香港分店，1984 年版。

参半。不过京派的引人注意，乃是那个群落的散淡的精神与相对宁静的审美静观。沈从文很是羡慕周作人为首的“苦雨斋”部落的学识与人生态度。他觉得那些本于学识的平静的美，以及从容的审美精神，在中国最为难得。当血腥的文字盈满世界的时候，博雅与温和的态度就显得难能可贵了。

京派文化是现代意识的一种，因为多为大学教授的文字书写，儒雅的东西自然很多。民俗学、性心理学、儿童研究、妇女研究等，都在这个圈子里萌发。他们对历史与西洋哲学，多少有点研究。而且文字安静，并非非理性的冲动。他们也有痛感，思想异常的活跃。可是多是内敛着感情，在一种节制里思考问题。周作人对希腊历史的观照，对人类学的思考，江绍原的民俗学理论，俞平伯的旧诗研究，废名的玄学式的表达，和海派的时尚化痕迹颇异，骎骎于历史时空之中，让读者多惊异不已。像胡适这样的人，对京派就有种亲切感，在他看来，那里保留了内心的宁静，其间的智慧与趣味，无疑对人的养性有益。

那个群落的人多不讲革命，远离血腥之地，寻找的是自己的园地。所以，左翼作家对他们多讥刺之声，不以为然。京派的自恋与不食人间烟火式的话语，遭到批评与误解都是自然的。他们在剧烈的社会冲突里，并不偏向哪一方，其雅态难说没有士大夫的那一套。鲁迅对他们的批评，也多少切中了要害。不过，这个远离社会流行色的群落，也留下了诸多文化经验，他们对激进主义的警告以及对知识梳理的思考，于后来知识越发贫瘠的左翼文化是一个警示，作为北平文化的组成部分，京派给文坛的记忆不都是负面的。直到后来，文学史家去面对这些旧迹时才发现，它的丰富性，远不是用一两句话可说清楚的。

二

五十年代后，这个群落四分五裂，渐渐变成边缘的存在。在左翼文化一统天下的时候，它的根基被颠覆了。宏大叙事下的革命时代，京派是一个落伍的文化旧音，没有谁敢重新弹奏起那些音符。

但是，我们在民国时代走来的一些作家身上，可以感受到他们对那个静穆的文化余绪的兴趣。五十年代，曹聚仁从香港来到北京，有感于文化的变化之大，遂去拜访周作人，邀其为香港的报刊做文。在他看来，如果没有周作人这样的作家的文章在报刊上出现，实在可惜。而那时候大部分京派作家都在沉默着。沈从文搞起文物研究，朱光潜开始转换理念，不敢再操纯粹的审美思想的旧业。废名去了东北，俞平伯受到批判。当年对这些人情有独钟的人也一个个沉默着。不过有一个现象值得注意，左翼作家中，有些人对京派文人是抱有好感的，黄裳、唐弢、阿英、郑振铎都在文字里保留了对旧京派的敬意。而他们的一些文字间的趣味，与此不无关系。

阿英的小品文和史料研究延续了一种儒雅的学风。他的内心对知堂颇为敬佩。在政治斗争最为红火的年代里，他的趣味却在民俗、乡邦文献之中。而五十年代依然保有三四十年代留下的兴趣。在对历史文化整理的过程中，内心没有急躁的冲动，给意识形态化的文坛带来了诸种安宁。与他这样的历史癖相似的是，唐弢一再强调版本目录整理中的乐趣。1961 年出版的那本《书话》很有分量，让人想起京派文人过去的《书房一角》、《药堂语录》之类。只是把旧书，变成具有革命色彩的版本，内容是站得住脚的。唐先生说自己推崇鲁迅，但文章却有知堂的意味。得其笔意，暗传妙意，为读书人所关注。不太细看，是不能得其内蕴的。此间还有舒芜、吴组湘、李霁野等短篇小品文字，含有与红色话语不同的韵致，那都是内心情愫的不经意间的流露。

读书人一旦进入私语的层面考虑问题，就容易出现京派的风向。那些多是低回的趣味，不去追求宏大的叙事。郑振铎在自己的书话里，讲版本的历史，多考订之笔，调子是古朴的。可是并不为主流文化所认可。而价值是无疑的。叶圣陶、吕叔湘的读书札记，也沉寂平静，多染古意，内中透着学识。他们在谈论语言学时使用的语汇不会被文坛所广泛注意，无意间保留了自己的园地。我在黄裳的文字里读出知堂小品的遗风，那些讲明代文化的文章，在口吻里是士大夫的爱欲。它们在革命的话语的背后悄然地存在着，实在也是一个例外。

京派传统在隐秘中存活的根据我们能够找到很多。在许多文人的私下通信里，趣味还鲜活地存在着。我们看沈从文与巴金的通信，黄永玉、魏建功的墨宝，散出的都是书林之趣。在俞平伯、江绍原的短札里，无奈的背后也有情操，有好恶，绝不和流俗为伍。违心的话虽然也有，而思想是高洁的这一点没有问题。这些人的存在为日后清算极“左”的文化复兴运动，都起了相当的作用。

我觉得京派的存在说到底是个人主义的流转，与团体的、阶级的意识无关。或者说希望在多变的世界上保留着自己的个性，任凭风云涌动，而我自逍遥云外。可是五十年代后没有这样的公共语境，人们只能在私下谈论相关的话题。比如汪曾祺在那时候与朱德熙关于文章风格的讨论，就不是红色文学的理念，倒是与周作人、废名的思想重合了。民间的读书人暗自喜欢欣赏周作人、废名的人很多，张铁峥与张中行曾多次造访周作人，在苦雨斋里谈论杂事，也不免讥讽世风，对流行的文化有些微词。邓云乡、文载道、施蛰存虽人在上海，内心对北京昔年的流韵亦多神往。这是枯燥岁月的一道光景，它在后来的岁月里渐渐被放大了。

旧式京派作家在五十年代后也有自愿转向的人，比如废名在教书的时候，已经放弃了过去的写作方式，改变自我为中心的写作习惯，他的谈论鲁迅和杜甫的文章，文风都有所变化。可是那样的表达方式对他是一种异己的存在，终究有些畸形。倒是面对《诗经》的时候，表现得有些从容。朱光潜努力学习现实主义理论的文字远不及当年自我表达时的自如，他也知道改变旧的思路是多么的艰难。至于他的朋友李健吾的作品也日趋窄化，文学批评的那个套路只能停止了。革命文化的时代需要一种精神的换血。新的艺术也只能由新人完成。那些习惯于旧的遗存的人，渐渐被读者忘记也是自然的。

三

只是到了八十年代，当汪曾祺、张中行、季羡林、金克木、杨绛、舒芜、徐梵澄等人大量的文章出现后，旧京的文化之光开始闪烁其间。新京派才悄悄兴起来了。

最早是老一代作家的旧话重提，把散淡的作品推介出来。汪曾祺的小说，张中行的随笔，舒芜的短章，完全改写了激进主义话语的内容，把知识的阅读之乐与思考之乐和文章结合着。然后是出版业的繁荣。周作人、废名、朱光潜、钱玄同的著作一印再印，推动了读书界的一种风潮的涌起。再后来是京派研究的深化，钱理群的周作人研究，杨义的海派与京派比较研究，吴福辉关于萧乾、朱光潜的读解，凌宇对沈从文的探讨，把一种思想的格局打破了。人们对海派与左翼文化之外的京派文化的关注，其实是对一种文化生态的神往。新时期思想解放运动的结果之一，是无数年轻人知道了在以往的岁月里，我们还有着另外一个文学传统。对比那时期的左翼运动，京派参照下形成的艺术时空，给当下人不都是新鲜的喜悦，原来思想与内心的表达还可以如此本我，回到自己，从己身那里开始，而非先验精神的演绎，在许多年间，没有谁能如此书写与思考过。

1980 年，汪曾祺的小说《受戒》引起轰动，从此他也成为为人瞩目的人物。那时候他已经是六十岁的人了，读者在他那里感受到了异样的趣味。很快就有人意识到他复活了京派文学的某些样式，一时间文学史家对他的兴趣甚至比评论家更为热切。人们从他的文字间看到了历史间的联系。沈从文、废名等人的创作遗风，被汪曾祺当下化了。而且那时候能够拥有这样风采的人，真的凤毛麟角。

在日后的文章里，他承认自己受到了沈从文的启发。但在京派作家中，他最感兴趣的不是老师沈从文，却是周作人的得意门生废名。在为何立伟的小说作序时，汪曾祺说到了废名。后来讲到阿城的作品，也提及了废名的创作。汪氏喜欢废名，是有道理的。他是沈从文的学生，沈氏在二十年代就欣赏废名的作品，自己的文字，也受到一些熏陶。湘西的发现，说不定就有废名的暗示。至少远离闹市的清俊、淡泊之美，和《柚子》、《浣衣女》、《桃院》、《文公庙》在韵律上是一致的。显然，从废名到汪曾祺，有一个精神的承传。这还不仅是技术层面的问题，而是精神气质的连通。当代书写的圆滑世故之风很盛，救这种思想的病，废名这类人的价值是不可小视的。八十年代汪曾祺推荐废名之功，当时还没有多少人真正意识到。

汪曾祺的文字无论从哪个层面讲，和废名都距离甚远。但他的儒雅的、平民的眼光，和废名那些人有深切的关联。五四高潮之后，文学的社会功用被渐渐放大，独自内省、深入个体盘诘的语体日稀。艺术是要向陌生的领域挺进的，可那时及后来的创作，却向无趣的领域延伸。汪曾祺和他的老师沈从文都不喜欢过于载道的文字，趣味与心性的温润的表达，对他们而言意义是重大的。其实细细分析，在思想和审美的姿态上，以知堂为首的"苦雨斋"群落的写作，是汪曾祺意识的源头之一。汪氏在经历了"文革"之后，猛然意识到，回到知堂和废名当年的写作状态，是今人的选择之一。在面对传统的时候，他觉得取神与得意，自成一家风格，是重要的事情。

关于汪曾祺与废名的关系，我在一篇文章中谈过：

> 废名的妙处是，意象上是高古、清（青）涩的，精神却是现代人的。他写老路、野村、山麓、清水，禅的因素外，还有道家的古风。这来自知堂的关于古希腊文明的描述，以非功利的冲动，融己身于天地之间，才合乎生命之路。汪曾祺六十岁后的写作，越发有

“苦雨斋”的痕迹，山林、庙宇、水乡、古店，都有谣俗的意味。你看他《受戒》、《大淖记事》里的韵致，和《竹林的故事》、《枣》、《墓》、《河上柳》何其接近，而气象上又别开一路，和当下的精神生活碰撞在一起了。明清的文人曾在此方面有不小的建树，张岱、徐渭都有好的诗文作品，呈现了类似的景观。不过古人的意识里没有现代哲学的黑暗感受和荒凉意象。汪曾祺和废名一样，多的是这种东西。李白、韩愈那类人的诗文很大气，但学不好可能徒做高论，空言无益。汪先生以为与其学李白、韩愈，不如读陶潜、张岱。因为小的、自我的、主观的存在，可能符合自己的表达与个性的伸张。左翼文学后来陷于假的、空洞的死路，就是无我的意识的扩张，汪氏要颠覆的恰是这样的扩张。

由废名而沈从文而汪曾祺，是一条向高的智性和幽深的趣味伸展的路。这让人易联想起陶潜和李贺的合流，契诃夫与迦尔逊的杂糅。当汪曾祺看到何立伟、阿城的作品时，唤起了他的这一记忆。他那么认可两位青年的创作，其实是自己内心追求的一种呼应。他晚年关于文学理论的文字，一直强调着这一点。而这些，比那些宏大的文学理论的演说，似乎更贴近艺术的本真。对比一下八十年代的文学理论和汪氏的言说，后者在今天的亲切感，依然是强烈的。

废名从来没有流行过，汪曾祺也是这样。这就对了。那么说他们是没有世俗意识和担当感的人么？也不是的。其实废名也好，汪曾祺也罢，对人的洞悉有火一般的热力，只不过不愿渲染这些，内敛着激情，以从容的步履自行其路而已。乡野里的抒怀，意在人间情怀的另一种表达，炽热的地方，我们何曾不能感到呢？中国固然需要史诗，而其实也离不开小的、私秘的叙事。后者与人的距离似乎更近。他的文章适合屋下灯前慢慢地读，悠然地体味。和热烈的街市上的人是没有关系的。①

---

①《混血的时代》第 82 页，中国工人出版社，2008 年版。

与汪曾祺相似的是，北京的端木蕻良、林斤澜也表现了各自厚重的学风。他们的文字很有个体风格，前者带着学究的幽深和作家的灵动性，独步于文坛。尤其散文，博雅而古朴，叙述从容老到，气象直逼俞平伯等人。后者有鲁迅遗风，但短评里的机智，还是有旧式文人的丰沛吧。他们在境界上不像汪曾祺那样止于沈从文与废名等人，而是更为驳杂，有翻转摇曳之气。这样的写作一直没有被整体地关注，实在是可叹的。

四

在汪曾祺红火的时候，周作人、林语堂、朱光潜等人的作品也一再被提起。当年周作人身边的一些文人作品开始流行起来。刘半农、钱玄同、江绍原、俞平伯等人的名字时常出现在文坛上。汪曾祺在谈到新文学的传统时，专门讲到鲁迅与周作人两家。而后者是被忽略的一路。他认为是重要的传统，不可偏废。但是，这里真正表现出京派气象的是张中行先生。

我在《张中行别传》里谈过这样的看法：

> 在《负暄琐话》问世前，没有多少人知道张中行的名字。他的文字很好，静静的，像冬夜悄然落地的雪，安宁里有些清冷，一切都是暗暗的。记人记事，有古风，像六朝的短章，也夹带晚明的小品的笔意，很有苍凉的况味。人们读柳宗元、张岱、周作人的记人的短文，曾有过类似的感受。当代文人，何尝有过这样的文字呢？
>
> 为书写序的是吕冀平，比他小二十余岁的同事。张中行让友人作序，乃友情使然。吕冀平在社会上亦不算名人。张中行却欣欣然，在他心里，也算（对）过往生活的纪念，心里是得意的。那序文说

张中行的才、学、识、情都是高的。其文可与《世说新语》相比，或说是当下的“世说”吧。品评人事，倘不计较利害，能以诗与史，哲人的眼光为之，当不会远离真的声音。张中行怎样想，我们不得而知。但这一部薄薄的小书，对他也难说是大的快慰。一个老人在无奈里写下的无奈的文章，和古人静静地对话，也无所谓幸与不幸的。

古人写所见所闻、记人记事的文章，就有清寂的一面。袁宏道写徐文长，怪而有趣，是录异志怪之类。韩愈记柳宗元，也余音袅袅，诗中含史，不像他的论文，太有道学气。那是文人间的相惜，弥漫着爱欲和感伤，都是难得的好文章。到了晚清，林纾笔下的小人物，陈独秀眼里的狂士，都气韵生动，写得极好。周作人关于刘半农、钱玄同的悼文，亦赞意深深。如风拂面，很惬意的。张中行晚年著书，在气脉上暗袭前人，好的因素继承了许多。观其文，是从金石里流出来的，又沐以西哲的光泽，还杂有旧诗文的风采。不像流行的时文那么甜腻，冷涩的心绪在流淌着。

如果在对象世界里没有己身的恩怨，谈天说地就从容客观了许多。《负暄琐话》里涉及的人与事，与作者忽远忽近，是没有利害关系的。这就获得了一种静观，史家的因素就自然多了。但他不是木然地回首往事，天底下的许多事情几乎都和自己有关。见水而心澄，望树而目清。又能放远目光，从今人视角打量前人遗迹，真有点“通人物、塞天地、亘古今”的意味。曾读过晚清文人的随笔，言及社会风云与人物命运时，还是孔夫子式的儒态，不外事功、伟业与诗才。到了《负暄琐话》，就有了个体的意识，惊世之语倒看不到多少，而悲凉之气，弥漫四周。远去的灵魂，孤独地悬在空漫的上苍，对语成诗，凄婉之态极矣。

回忆是一种苦味，这是不必说的。有趣的是，他所感兴趣的人与事，在八十年代都是边缘的。那时候的社会思潮是人道主义、异化问题、新康德主义。这些对七十余岁的他来说，都没有什么引力。而所谈的都是被湮没的文人，或狂人，或名士，或真人。文章都清秀和平，不事张扬，也看不到宏大的理论，文字背后都是生命无常的叹惋，对逝者的追悼，以及现实的虚幻，有不凡的描写。如果仅仅是思念的短章，也许不会引人注意，旧式文人玩的不过这类玩意儿。重要的在于，笔下是智性的爱慕，章太炎的高古，熊十力的玄奥，刘半农的色调，胡适的风雅，还有乡下人的苦乐都是楚楚动人的。集一生的经验，在他眼里，凡能刺激自己向善之心者、悦耳者、脱俗者，都可赏而鉴之，是美的沐浴。在诸多短章里，张氏呈现的是博物馆式的视角，所列遗迹，多可悦目，有品玩的惬意。这样的时候，过往的痛感就被清幽的爱意代替了。他沉浸其中的时候，怅惘也偶然隐到欣然的笔意之后了。

在这一册书里，张中行完全是个看客的视角，在孤独里一人瞭望着过往，自己和历史的景深不即不离的。看别人起落，心绪也不免荡出微波，不动心是不可能的。不过既然是看客，那么就不能不有臧否。他的态度是一反常规，与名人远，与凡人近。自己就是一介凡人。所以看不到盛气凌人的语调，大家都在灰暗的世上，彼此都被死亡所拉动着，有什么高低之分呢？因为一生平平，从未显赫过，所以也不喜欢显赫的巨人，那些失败的或夭折的存在，更让人感慨。比如叶恭绰、刘佛谛、张伯驹等。有趣有才者尚且如此多磨，己身的无常算得了什么呢？①

张中行复活了周作人式的文风，对八九十年代文坛来说，其冲击力不亚于汪曾祺先生。他们延续了京派的文学的博雅与从容。也发展了旧时京派的思想，汪曾祺比沈从文多了学术的温情，张中行的哲学修养也超过了自己的老师周作人。张氏的特点是有平民的质朴，泥土气和精神哲学不再是毫不相干的存在，思想有时恰在日常生活里。而这一点，无

① 《张中行别传》第194页，人民文学出版社，2009年版。

论是周作人还是废名，还不能做到。汪曾祺与张中行的写作暗示着：京派的流音其实在慢慢变化呢。

五

我们在八十年代以来的文坛，还可以看到许多新京派的面孔：吕叔湘、邓云乡、舒芜、周汝昌、谷林……他们都是“苦雨斋”的亲近者或研究者，审美的基调是相近的。后来年轻的一代陈平原、止庵、刀尔登、缪哲、林凯、靳飞等走的也是这样一条路。不冲动，喜沉思，弄古董，说闲话。在基调上是别于流行文化的。

吕叔湘以语言研究闻世，但他的文章实在的好。其兴趣与笔法，和周作人有许多相同的地方。比如对性心理学、民俗学、语言学都有灼见，随笔写得自然多义，颇为好玩。看他的文章，对学问有自己的特有的追求，绝不随波逐流。看不到布道的痕迹，至少在八十年代的作品里，绝少道学气，是平静的沉思，在不经意间散落着大气。张中行颇为尊敬这位长辈，在其学问与思想里看到了五四那代人的精神遗绪。其实那些小品的质量，比刘半农、钱玄同等人，是高出一头的。

邓云乡的散文基本受到周作人的影响，他谈论北京的文字多写于上海，虽是上海人，却喜欢京派的艺术，文字是模仿旧京的文人的。邓氏的作品多是文坛掌故、前辈逸事等等，学识与诗性互感，有着不小的韵味。他的兴趣很广，没有学院的老气，很是滋润。作品对老北京痴情深深，但不是胡同间的京味，而是京派的诗情，总有些遗民式的东西在。和他不同的是舒芜的随笔，更注重的是思想类的东西。舒芜对周作人的研究，有一定的功力，对现代小品的妙处自有体认，又能不断与现实对话。他自称是五四的拥戴者，既喜欢鲁迅，又亲近知堂，想将两者结合起来。在他看来，个人主义是重要的，京派文学有价值的地方，或许就在这里。他的创作多少从“苦雨斋”的小品出发，从历史里找一些有思想意味的存在。比起邓云乡的民俗眼光与士大夫旧习，他多了苦楚的哲思，文字隐含着欲言又止的隐晦了。

这些新京派的文字，在风格上也并不统一。周汝昌不拘格式，颇多杂思。谷林清俊而委婉，内觉精微，升腾着奇气。许觉民沉稳老到，多智者之文。陈平原的学术随笔沉潜里有悠然的趣味；止庵涩而深，平直古朴；刀尔登、缪哲的文字浑厚清脱，回旋里不乏慧能。林凯自然无伪，颇多忧思。靳飞有遗民的神采，在戏曲与民俗间得到妙意。我们看他们的文章，都是内敛着激情，以平和之笔述往来旧事，思想是典型的君子式的，可以看出跨俗的境界。这类人物在文坛都不太红火，但有相当多的读者。左倾教条化的文学，因为这类文字的冲击，在渐渐失去舞台。

新京派和旧京派不同的是没有一个共有的平台，也无沙龙式的聚会。至于主义与口号也从没有标举过。他们在学识上未必及五四那代学人与作家，在审美上或弱或新，大体不出前人之格。这个新传统对当代的中国文人意味着：在经历了战争与动乱折磨之后，读书人找到了一种精神活法，人可以在宁静中找到思想的栖身之处，不必都去振臂一呼成为豪杰。近百年冷静地面对历史与自我的时间，真的是短的。京派只是非理性的逆反，但也陷入了自怜的泥潭，这是另一个话题，说起来那是思想史的话题了。

六

我们现在回望几十年间的北京文坛，可以感到京派的背后不都是审美的问题，还有学风的问题。新京派的出现与八十年代学风大有关系。在学术尚未标准化的时候，自由的写作与思考，也推动了新的文体的诞生。而这里，《读书》等杂志是得风气之先的。

八十年代的学风没有一体化的痕迹，各得其所，自寻门径。至少在九十年代中期之前，这样的风尚一直流动着。《读书》等杂志有一种野气，就是野狐禅的遗风。行文不顾忌他人眼光，谈天可以无拘无束。许多作家大胆地谈论学问，一些学者也加入对当下艺术臧否的行列。《读书》当年欣赏的书林漫步的小品，有一点学识，一点掌故，一点趣味。这与三四十年代的北平杂志的悠然的古风是相同的。金克木、张中行、邓云乡的短文都沿袭着民国的遗韵，他们不太愿意在流行色里寻找话题，而在历史的陈迹中发现现实的问题意识。文风是活泼的。连王蒙、刘心武等北京作家也加入了知识队伍的行列，或谈红学，或讲唐诗。作家的学者化的转变，其实是向儒雅的思考靠拢。当年习惯于振臂一呼的激情写作，现在被朱光潜当年所敬仰的“静穆”所渐渐代替了。

在《读书》红火的年代里，人不分南派北派，文不论东学西学，大家都能走在一起。还是包容的时期。野性与经院派共舞，书卷气杂以斗士风采。那是时代的风格。杂而不系统，是当时编辑的一个追求。而这种零碎、芜杂的激情与趣味，也是刺激民国趣味的一个原因。八十年代介绍西学是一种风尚，但文字却不是翻译体，乃明代小品的遗风，和当年《论语》、《人间世》的风格颇像。有趣的是钱锺书那时候大热，钱氏的文体颇受欢迎。他的从旧式才子的札记里汲取养分的手法，消解了东西方学术的鸿沟，把世界性的话题中国化。文章有清俊博雅之气，晚清以来的阔大的境界在他那里蠕活了。

随后便是一些青年学子的登场。陈平原、吴方、李零等都有好的文章问世。他们把学术当做美文来写。历史的镜头里多诗意的闪现。陈平原在书话里灌注的是知堂、胡适的情调，文人的戾气在此弱化了。他也强调人间的情怀，随意中也抨击现代教育的问题。可是学理和趣味一直压倒着锐气。他的一些文章在《读书》中代表了一种风向。八十年代的去政治化的风头下，学理与趣味的增长，未尝不是一场新的复古的运动。

《读书》转向后，《万象》、《书城》等开始延续着这样的软性的品格。更为年轻的一代书评家在北京形成了。止庵、扬之水、谢其章、杨小洲、陆昕等似乎更有“苦雨斋”的意味。这些新锐喜欢版本目录之学，玩玩掌故，谈谈旧事，弄弄信札，士大夫的习气浓浓。止庵就强调文章的个人主义价值，对抒情的文体颇为反对。杨小洲则强调学识背后的诗意之美。他们的整体风格是反激进的文本的，对口号化与学院化的文殊不以为然。八十年代的《读书》还保留着社会批判的风尚，而到了这一代人那里，学识与自娱的因素明显增加，《万象》、《博览群书》等杂志的书卷气，与民国的《古今》、《论语》、《宇宙风》多有重合之地了。

七

为什么会有新京派的出现，想起来很有意思。中国文学经历了极左的戕害，人们急于寻找新的精神平衡。有的从现代主义出发，有的找到自由主义。在新文学的传统里，可以疗救激进主义的资源不多，京派作为一种个性化的而非暴力倾向的文化传统被一些人所器重，也是必然的吧。

例如对周作人的认识，人们不再纠缠在道德的层面，而是从学术的多元与心性的自由的表达入手，讨论宏大叙事之外的个体认知的意义。钟叔河在重编周作人作品集时，就看重其间优雅与从容、驳杂与智慧的特征，旨在让读者了解冲淡与平和的意义。张铁荣在编写《周作人年谱》时亦感叹，鲁迅传统与周作人传统是不可偏废的，不能单一地理解周作人的历史。而一些作家对沈从文的热爱，似乎是重视其间纯粹的审美的诗情的。表达生活还可以用另一种眼光，这是五十年代以来缺失的存在。沈从文当年受到批判，原因是不革命，远离劳动人民，美化农村生活等。汪曾祺在谈到这一点的时候说：

> 沈先生美化的不是悲惨的农村，美化的是人……美化这些人有什么不好？沈先生写农村的小说，大都是一些抒情诗，但绝不是使人忘记先生的田园牧歌。他自己说过：你们能欣赏我文字的朴素，但是不知道朴素文字后面隐伏的悲痛……沈先生小说的一个贯穿性的主题是民族品德的发现与重造。他把这个思想特别体现在一系列农村少女的形象里。他笔下的农村女孩子总是那样健康，那样纯真，那样聪明，那样美。他以为这是我们民族的希望。他的民族品德重造思想也许有点迂，但是，我们要建造精神文明，总得有个来源。如果抛弃传统的美德，从哪里去寻找精神文明的根系与土壤？[①]

汪曾祺的解释很有代表性。张中行在讲到周作人、废名的价值时，也是抛开阶级的学说与认识论的概念，希望从生命哲学的角度审视旧京派文人的价值。比如他对顾随的推崇，对魏建功的赞佩，眼光是温和与深邃的。此外居住上海的黄裳、邓云乡、文载道等人对京派文人的写作风格的推进，也起到很大的作用。黄裳的文字注重学识与诗意，未尝没有“苦雨斋”的痕迹，王元化的随笔简直在追随熊十力那群人的趣味与哲思。在革命理念消退的时候，京派的介入，似乎填补了精神界的一个空白。

在汪曾祺引起世人注意之后，阿城、李零等人的出现，在扩大着京派的影响力。这些人的特点不是一味的冲淡、古朴，其实他们多了些比“苦雨斋”群落更为深切的忧患与反讽力。在阅读李零的随笔时，我们能够看到鲁迅、胡适与王小波式的博雅与幽默，其精神的冲击力是不亚于那些流于呐喊的激进之文的。刀尔登的社会批判，是史家与诗人的智

---

①《汪曾祺全集》第4卷第249页。

慧，文字的好玩不逊于民国间人。像缪哲的文章，杂有西洋小品的学识与周作人式的老到，又不乏废名的孤寂，读来暗生幽情。背后依然有汪曾祺所说的那种朴素里的沉痛。京派不都是逃逸。他们在趣味里还不忘己身之苦，想的也是世间的苦乐。中国读书人的个性写作，借着一种文人化的表达式，尽力自我着，趣味着。在诗意消失的地方，他们犁出了诗意的园地。

京派在今天的凸现只是文化色调的一种调试。它的局限也受到了诸多文人的质疑。林贤治就对北京的书斋里的一些文人不以为然，以为过于自恋了。在苦楚的岁月，左翼文化是良知的显现，但京派的闪动也未必是思想的堕落，不过另一种生活方式与表达方式而已。“苦雨斋”以来的京派文人顾影自怜曾遭诟病，他们的远离血火，无疑难以引起市井与民间的注意。文学的方式都是精神的一种显现，定于一尊则会出现问题。谈京派不是把它看成文坛的正宗，只是觉得这样脉息的跳动不该终止。中国的文化里有种仇恨的因素，虽然有它的道理，但社会流行这类存在那就会遮蔽人性的美质。我们应当微笑地看待那些差异的文坛，每一个风景都是上苍的给予。现在文坛色调不是很多，而且还有些单调。京派的复出只是一种思想的继续，它在自我修复中能否还有虎虎生气，那只能靠时间来检验了。

07　他人的自我

一

现在偶听到谩骂五四的话，多是简单的逻辑。以前面对这样的谩骂，我会激动地质疑，而现在学会了世故，连辩解的冲动也没有了。五四被诟病的地方很多，可是那些骂五四的人，本身就在享受着五四那代人赐予的快乐，比如言论自由、婚姻自主、男女均权等，他们却没有察觉到这些。没有五四，就没有今天的现代性的滋长。五四是我们新的文明的逻辑起点。自然，五四也有它的局限，那代人的知识结构亦多盲点。可是他们的方向感，与阔大的人间情怀，绝非谩骂者想象的那么简单，只有切实读过那些著作的人，才能够感到那代人的苦心。

我读五四时期的报刊，常常被那代人的激情所俘虏。他们面对的世界，是充满困惑的。然而这些年轻的读书人，却改变了那时候的生活，给古老的中国注进了新鲜血液。要是没有那一次的精神变革，我们也许还在旧路上蹒跚着。一百年间社会的变化，一直有着这样的内力的灌注，而且每代人自愿对它的接受所产生的力量是巨大的。

按学界许多人的观点，新文化运动与五四运动是两个概念，后来合成一个，文化事件与政治事件联系起来，内容就驳杂了。新文化运动一开始只是少数人的自言自语，在北京大学的多元格局里只是一种声音。没有五四事件，新文化思想不会那么快覆盖到社会上去，与民族的命运联系起来。今人议论五四，褒贬不一，最有争议的乃激进主义，似乎是这种偏激的选择有着巨大的负面后果。其实这是个复杂的话题，讨论新文化运动，自由与民主话语背后的民族生存的焦虑存在，是不能不考虑的。五四新文化运动，既有政治的因素，也有纯粹学理的推演，开始还仅仅是启蒙式的呐喊，后来与现代国家的理念纠葛在一起，内蕴就开阔了。这涉及那个时期世界的格局，以及知识阶层的情绪走向。民族生存的危机背后，是文化的危机，人们试图在摆脱落后愚昧的现状后，再造文明，于是一个轰轰烈烈的革命拉开了序幕。明亮的与灰暗的，进取的与保守的，理性精神与非理性冲动汇聚一体，热烈而悲壮。后来知识阶层分化成左、右翼，出现自由主义与马克思主义的分歧与对立，这些都能在当初的运动里找到因子。精神的火照亮了暗夜，也烧毁了家园。一个在烈火中渴望涅槃的民族，在出走里进入了漫长的现代化的坎坷之路。我们今天讨论新文化运动与五四运动，不能不看到复杂的逻辑关系与因果关系，在这个层面来看那个时代的各种思潮，也许更具历史的精神。

二

我们这一代人怎么也绕不过去五四的。那段历史还不到百年，可是已经模糊不清，许多往事已被悬置在学院的话语里。一种是静静的学理的演绎，一种是带着生命体验的思考。我总觉得五四的语境一直在我们今天的生活中，它的存在，或许早经分解，或许顽强地扎在思考者的世界，总是没有消失的。

关于五四，许多学者有过深入的探讨。胡适、周作人等有反省的文章，印象深的还有李泽厚、耿云志、钱理群、陈平原等人的文章。我近来读到青年学者姜异新的《五四经典启蒙话语形态辨析》的时候，被许多文字所吸引。作者面对五四，寻找的是矛盾的话题，把启蒙置于复杂的语境里进行分解，理出了自己的思绪。五四的过程和后来的结果，存在很大的歧义。启蒙自然也遭遇了不同理念的解构。当陈独秀、胡适等人开始用西方的理论召唤国人的时候，他们对自己的信念是不曾怀疑的。五四那代人追求的是确切性。他们相信自己在把黑暗的存在抵挡在信念高墙的外围。但也有鲁迅那样的怀疑和周作人式的犹豫，精神的路是不同的。这是鲁迅的复杂性，也是理性与文学互为补充的关系。后人对那段历史有不同的理解也是自然的。

新文化的出现，一个重要的任务是清理旧物，对传统进行甄别。而与抵抗者的关系，也缠绕在其间。启蒙的对面是安于现状，或是保守主义的寻求旧梦。陈独秀、胡适们的当务之急，就是打碎旧屋子，建立一个新的园地。他们在与旧势力对峙的同时，把自己的园地扩大了。启蒙的过程，也是新我建立的过程，至于民众如何理解，他们并没有多少把握吧。

谈到启蒙，鲁迅的存在总是与这个话题有着错综复杂的关系。他与胡适的那种自我设计完全相反，或许这也是他经常奚落对方的原因之一。他自觉不自觉地游离于胡适话语之外，并非是消解启蒙，可能有着启蒙之外的更复杂的认知之维。而他对自我的怀疑的目光可能更接近于胡适、陈独秀所期盼的目标。然而那时候人们并未意识到。但鲁迅在关于国民内心的把握上，和康德的理念多有契合之处，他一生猛烈攻击的民族劣根性，在逻辑的延伸部分，是可以贴近康德的话语的。竭力鼓吹启蒙理性的胡适，倒是在精神的高度上，远逊于鲁迅。自然，和康德的理念也是有着遥遥的距离的。

如果按康德的理解，启蒙是对人类的不成熟的穿越，那么陈独秀、胡适、钱玄同大概都带着稚气，他们自身也难说都成熟的。只要我们看那时候说话的随意、有时的偏激，都可以感到他们并非什么圣人。如果不是文学的加入，在创作中增加了一些悖谬的体验，那时候的理论也许是孤独之舞，少了几多色彩。所以姜异新把文学与启蒙互为方法来考虑，从文学的多样性与质疑的力量里发现精神的丰富性。五四在后人的解释里越来越复杂，各种可能都被注意到。中国人从来没有这样自然地、无伪地与世界交流，与自我交流，与上苍交流。陈独秀、鲁迅、胡适等人在那时候把古老的世界颠覆了。

今天的中国还需要启蒙么？这是个复杂的精神追问。在多种可能存在的时候，五四的遗产真的显得特别。我们对它的表述还停留在表层的居多，问题不在于简单地回到五四，而在于是否还拥有五四那样的热情和人类的关怀。人的困境是几千年来未了的存在。启蒙也好，革命也好，多是对困境的突围。而我们凝视那一段历史，倘能搅动我们惰性的思维，向着困苦挺进，那么，研究的光热总会照耀着精神的阴影，我们现在是多么需要穿透麻木世界的声音。

五四新文化是个夭折的产儿。惜乎未得壮大。我们毕竟拥有过它，并且给我们带来可"炫耀"的资本。那是一个新人的标本，解析它的过程，才会让我们知道它与古老的木乃伊是多么的不同。其后的知识界，在整体上，已没有那样的气象了。它被圣化过，也被妖魔化过。而历史绝不那么简单。

三

新文化运动提倡个性主义，开始还停留在翻译和新诗写作的层面。后来向生活挺进，出现社会运动的迹象。尊个人而张精神，是那个时代激进人士的一个倾向。鲁迅在五四前就提倡"立人"的观念，这是从尼采的思想那里引进的观点。他从欧洲的历史发现，凡是能冲破旧的枷锁，高扬个性的叛逆者，才能进入精神的高地。鲁迅考虑个性精神，基本是从摆脱奴役的角度出发的一种自救。他觉得传统文化使人成为牢笼里的囚犯，汉代以后，精神的自由被限定了，解决的办法只能是从个性解放开始。《新青年》创办的时候，个性意识已经在许多读书人那里达成共识，陈独秀的视野似乎更为开阔，也是赞成这样的个性精神的。他和鲁迅一样懂得，从人性的深处开掘精神的潜能，才能使人从一种僵硬的思想里解放出来。没有个性主义，民主和科学就无从谈起。但他对个性精神的强调，是从民本的角度触动的结果。早在 1915 年《敬告青年》里，他就指出，青年的理想应是“自主的而非奴隶的，进步的而非保守的，进取的而非退隐的，世界的而非锁国的，实利的而非虚文的，科学的而非想象的”。要做到此点，就必须兴教育，兴教育就必须有“不依他为活”、“顺性率真”的独立精神的培育。这是个顺理成章的理念。胡适、李大钊、钱玄同、周作人在当时都肯定个性意识的价值。《新青年》所大量翻译的域外小说与戏剧，闪烁的也恰是这类的思想意识。

《新青年》的翻译作品对个性精神的高扬起到很大的作用。陈独秀、胡适、周氏兄弟的译文，其实都隐含着很特别的思想，有温和的学理、诗人的激情，还有冲破旧道德枷锁的反叛者之音。那些作品以独立的个人对抗庸众，以生命欲求撞击伦理之墙。像易卜生《娜拉》对女子解放及对个性的伸张，是极为动人的。作者曾是一个无政府主义者，对社会压抑人性的一面一直持批判的态度，他对假道德、奴隶性、虚伪话语的厌恶，都深深感染了五四前后的青年。胡适与鲁迅都对其作品有过很高的评价，并把易卜生的问题意识转化为中国人的问题意识，发表了许多鲜活的见解。《新青年》所译介的关于妇女问题、贞操问题、性心理学问题、科学史问题、俄国革命问题等文章，既是知识性的文本，也是个性化的言说，这些域外的学说与思想对个性的提倡起到很大的作用。我们从钱玄同、刘半农、高一涵、傅斯年等人对科学与民主理念的呼应里，可以看到新思潮对人们的深切影响。洋人的学说，已经深入到许多人的血液里了。

像鲁迅这样的人对个性主义的阐释，是与国民性的批判联系在一起的。他在作品里表现的果敢和自由，完全没有伪饰的痕迹。个性的出现，不得不清理旧物，批判民族精神的惰性自然就摆在人们的面前。在《新青年》的早期文字里，他感叹中国没有“个人的自大”，只有“合群的爱国的自大”。后者是庸众里的党同伐异，戕害着个性的发展。中国人主奴一体现象，自欺自贱、麻木不仁、不敢正视现实等劣根性，必须通过个人潜能的张扬与人道的方式加以改造才有可能改变。鲁迅的小说也折射着这一思路，作者在《阿Q正传》中描述的民族劣根性，集中体现了那一代人对民族文化的哀其不幸、怒其不争的忧患之情。

在对国民性的批判声中，新生活理念开始在知识阶层出现。新思潮并不是非理性的同义词，在激进的言辞里，各种学说一拥而入。无政府主义、实验主义、马克思主义、新村主义给人诸多的惊喜。人们意识到输进学理、再造文明的重要性。李大钊发现了俄国革命的价值，希望建立俄国那样新生的世界。周作人考察了日本的新村以后，认为那种各尽所能的互助式生活方式颇有意义。胡适则希望能走美国的路，他后来在《非个人主义的新生活》里，指出真正的个人主义不是利己的自私自利，而是要有独立的思想和负责任的向善的心。建立新的生活，就必须从改造社会开始，有为社会服务的进取心。

但在如何建立新生活上，人们的认识并不一致。那时候马克思主义、基尔特社会主义、国家主义、无政府主义、工团主义都有自己的市场。周作人从自己介绍的新村的理想里，意识到日本的新村是“个人主义的生活”，解放了个人，才能解放社会。新村的存在，一是互助，一是个人得到充分的发展。但胡适在当时却有不同的看法，他觉得新村的出现有些逃逸社会的因素，“改造社会从改造个人做起”其实不能解决根本的问题。他认为“个人是社会上无数势力造成的”，“改造社会须从改造这些造成社会、造成个人的种种势力做起”，“改造社会即改造人”。至于李大钊、陈独秀，也有类似的看法。李大钊在《平民主义》一文里，就主张建立联邦的世界，将来世界的组织，应是联邦的组织。新的生活如何建造，不仅五四那代人在争论，直到几十年后，它依然困扰着中国的知识界。这样的时候，个性主义与民族主义、国家主义、集体主义等思潮就复杂地交织在一起了。

个人主义的理念很快在知识界形成一种被认可的准则。到了二十年代，小说、诗歌、戏剧里的思想都印有这样的痕迹。我们且不说鲁迅的文字，在郭沫若、田汉、郁达夫的作品里，都能够看到这些影子。有的是面对社会问题的个人主义，有的是纯粹的精神的冷观，乃先锋式的试验。像后来的丁西林的剧本，都是个性的独立思考。丁西林在《一只马蜂》、《酒后》、《压迫》里展现的都是个人趣味的东西。把艺术变成纯粹的精神的静观，是智力的游戏。从快慰的幽默层面打量生活。周作人那样的个性的表达是学识与诗的，而丁西林的表达则是智性的。后者在中国一向稀少，亦不得发达。现代早期个人主义者，慢慢向革命的路走，是势力强大的。但周作人、丁西林等人的选择则越来越窄，渐渐被人所疏离。五四文化流变的历史，说起来也是让人喜忧参半的。

其实个性主义与人的生活状态有关，独立的空间的存在才有个人主义的土壤。那时候中国人的生活状态不都是独立的。胡适的婚姻是包办的。鲁迅住在八道湾的时候是几代同堂。这样的生活方式还不能算个性主义的生活，那不过是一个幻影而已。所以，五四那代人的生活是分裂的，思想在空中，自己却陷在苦境里。有什么办法呢？你看那时候的一些人在大讲个性，然而其文字却是苦的。这就是那个时代的真实形态。在后来的历史里，这样的苦状一直没有消失过。

四

中国的读书人本来是很温和的。晚清的时候，一批秀才造反，乃因为专制王朝不肯改革，于是革命大旗高举，出现了孙中山、章太炎那类的英雄。民国政府建立后，袁世凯专权，孔教复出，士大夫文化渗入民国政体，陈独秀、胡适、李大钊等不满意于此，才有了后来的新文化运动。民主与共和，在那时候是新名词，可是大讲此话的人，脑子里还是旧的那一套。惰性的力量在那时过于强大，改革一寸，后退半步，用鲁迅的话说，移动一下椅子都要流血。陈独秀深切感受到问题的严重性，所以他主张有一种“抵抗力”，和旧的顽固存在相抗衡。要抗衡，就不能中庸的样子，有时不得不说极端的话。钱玄同深味此点，他积极为《新青年》出力，支持陈独秀，动员作者，意在打破士大夫话语方式。远离士大夫语气，就要有新思维，那就是以民主、科学为口号，把个性主义与启蒙理念高扬出来。陈独秀的语言在那时候是摧枯拉朽式的，胡适完全是人道主义式的，具有温情的叛逆色调。鲁迅则告别旧文人的旧俗，直指人的内心隐秘，说出世间的大哀凉。所以，《新青年》在那时候表现出奇异的风格，一是视野开阔，有世界性的眼光；二是远离虚幻的神秘主义与道学气，用现实主义的态度对待民族问题，不回避矛盾；三是以个性主义代替集权意识，以怀疑眼光看世俗理念。这些人的文章，撕去了人性的伪装，道出了民众的疾苦，不仅政客无法接受，连士大夫之流也认为是一个问题。所以，那时候林纾等人的反击与不满是极为自然的事情。陈独秀受过责难，胡适接过恐吓信，新旧间的对立是一开始就存在的。

《新青年》同人背负的罪名是激进，因为他们不仅批判了孔教，也批判着国民的劣根性。李大钊在1919年《每周评论》第六号刊发的《过激乎？过惰乎？》一文中就感叹：“有了进步的举动，人就说是过激，因为他是在惰性空气包围的中间。其实世间只有过惰，哪有过激！不说是自己过惰，却说人家过激，这是人类的劣根性。”应当说，在新文化运动初期，保守派的力量是很大的。即使是北大这样的地方，旧学的势力也相当可观。而陈独秀、胡适那些人，不过是少数派。我们现在从《知堂回想录》、《潮流与点滴》诸书里，能够感受到那时候的一丝情形。

知识界保守力量对新文化的抵触，在那时候是很有势力的，不仅旧学的人反对之，一些留洋者的观点也与陈独秀、胡适等人相左。胡先骕就公开批评陈独秀等人过于偏激、多为谬说。而梅光迪则侮之为“伪学”，说新文化乃欺世盗名而已。这些观点和林纾那类旧式文人的看法的合流，给新文化的倡导者很大的阻力。知识阶层对陈独秀、胡适等人不屑一顾的态度也激发了《新青年》同人的愤慨，他们谈论对社会与传统文化的态度，就不得不用更为激烈的语言。钱玄同主张废除汉字，鲁迅说孔教吃人，胡适大谈充分的世界化，这些是在一个极为压抑的环境下产生的特殊的言语。既有策略，也有自我的涂饰与夸张。故意抹黑守旧的文人也是有的，也有意无意地将对手妖魔化。陈独秀、胡适与周氏兄弟的选择，难说没有偏执的地方。比如陈独秀的独断的话语方式，就引起同人的不满，在如何对待“他人的自我”这个问题上，彼此间的意见也并不统一。

不过《新青年》同人的主体意识还是得到一些知识阶层的支持的。黄宗培在致胡适的信中就说道：“顷闻沪上新闻，旧党反动已露端倪，以中国社会与政界之黑暗，彼辈何种手段不敢使用，愿先生鼓励勇气与群魔战，以期打破此黑暗地狱，取中国各种现状而新之，此百世之功也。即或不幸而至于以此身殉真理，亦足为世人尊敬。”[①]五四的前辈用斗士的精神对抗旧的传统，实在是有其社会基础的。无数青年成了他们的有力支持者。我们现在从北京之外的各地报刊的青年文章里，能够感到彼时的各类响应。当五月四日的游行传遍四野的时候，《新青年》获得了空前的声誉。人们那时候才意识到，个性精神是多么重要的存在。后来郭沫若、巴金等人在作品中对五四精神的回应，证明了其力量的不可低估的价值。

守旧的势力如果在知识的层面加以讨论，那属于学理的问题，可以百花齐放。但是如果借用政权来压制新思想，那就只能引来巨大的抗

① 《胡适往来书信选》第36页，中华书局，1979年版。

争。权利者推行旧的思想，是五四知识分子反抗意识增加的原因，激进乃是对压迫的反抗，不这样，便无法向自由的世界挺进。比如鲁迅对章士钊尊孔读经的讥讽，陈独秀对北洋政府压制学生运动的思考，都是抒发愤懑。激进是被逼出来的。在一个不宽容的世界里，怎么能要求知识分子一味的宽容呢？

中国的旧式文人有一个传统，叫做愤世嫉俗。先秦的士不必说了，就明清以来看，斗士的精神一直时起时伏。傅山写文章讥刺当时的读书人，就毫不客气，说："修名之人，丑态不胜千百万状，随一举动，随有无数窟窿。忠厚者尚不扬仡，少轻薄者，描写唯恐不工矣。其人尚不觉，沾沾自喜，愈益自鸣，亦无奈何。"①但那也太老成，给士大夫还是留一点面子。龚自珍看到满朝文武附庸风雅的样子，殊为反感，还带点怨气，于是叹道，那些政客是"不及苍生杜少陵"的。章太炎大概学到了前人的这些戾气，文章的个性是摧枯拉朽的。可是与他的学生鲁迅比，力量就弱了许多。五四的特点是，知识群落向着现代的新式的个性精神转化了。那里多了科学与民主的东西。他们的愤怒，不再是个人的得失与依附什么的渴望，而是建立自己的独特的个性精神。不是看着别人的脸色存活，而是回到自身的努力。回到自身，就不得不战斗。不仅与环境斗，而且与自己斗。

五

批判新文学的提倡者们过激，把祖宗的好的东西丢掉，那其实是简单的思维。中国文化很少有个人，人与人间的主奴关系，造成了民众的普遍奴性。要解放这奴性，就必须从清算孔教开始。《新青年》炮打"孔家店"，是一个必然的过程。新文化建立的是个人化的话语方式，孔

---

① 傅山：《双红龛杂记》第88页，青岛出版社，2005年版。

子那一套却是把个人囚禁起来的东西，或者不妨说，在被专制者利用后，成了愚民政策的工具。袁世凯搞复辟的前后，就大尊孔子，他是绝不同意人本主义的新价值学说的。要建立人的文学，不能不批判孔子，要有民主的意识，也不能不从清理孔教做起。

五四那代人都是熟读孔子的。他们内心的孔子和官方提倡的那个孔子总是有些区别。李大钊在《孔子与宪法》、《自然的伦理观与孔子》里就说，孔夫子的那一套是过去的东西，随着时代的进化，已经不适用于今人了。他指出："余谓孔子为历代帝王专制之护符，闻者骇然，虽然无骇也。孔子生于专制之社会，专制之时代，自不能不就当时之政治制度而立说，故其说确足以代表专制社会之道德，亦确足为专制君主所利用资以为护符也。历代君主，莫不尊之祀之，奉为先师，崇为至圣。而孔子云者，遂非复个人之名，而为保护君主之偶象（像）矣……故余之掊击孔子，非掊击孔子本身，乃掊击孔子为历代君主所雕刻之偶象（像）的权威也；非掊击孔子，乃掊击专制政治之灵魂也。"①这一段话，使我们想起鲁迅后来在《在现代中国的孔夫子》中的观点，是没有两样的。鲁迅非孔很是猛烈，以控诉的笔法为之，有悲慨之气。但他偶然讲到《论语》里的片段，并非都是恶语，也有欣赏的地方。相比较他们的言论，胡适对孔子的考察，就很有学理意味。他在《说儒》等文里的观点，完全是中正平和的。胡适眼里的孔子学说，不过百家的一种，后人将其过分地夸大，反将别类的存在忽略了。陈独秀在谈到孔教的时候，认为其根本问题是不合时宜，与现代人的思想与生活相去甚远。他在《新青年》三卷一号答读者来信时说："孔教为吾国历史上有力之学说，为吾人精神上无形统一人心之具，鄙人皆绝对承认之，而不怀丝毫疑义。盖秦火以远，百家学绝，汉武独尊儒家，厥后支配中国人心而统一之者，惟孔子而已。以此原因，二千年来讫于今日，政治上、社会上、学术思想上，遂造成如斯之果。设若中国自秦、汉以来，

---

①《李大钊选集》第80页，人民出版社，1959年版。

或墨教不废，或百家并立而竞进，则晚周当即欧洲之希腊，吾国历史必与已成者不同。”①陈独秀不满意的是独尊儒术的一元化思想，倡导的是百家气象。我们看《新青年》，在主张上并不都同，学说也各有千秋，这种多元的意识，其实为思想解放打下了深厚的基础。

新文化运动的非孔，是基于孔教对现代中国人的个性的戕害的现实。孔教让人成圣，那必然使普通人进入虚假的精神里，伪道学就出现了；孔教让人遵守秩序，其结果是造就了无数的奴才；孔教只注意伦理中的人生，自然把人的智性生长之路隔断了。五四那代人批判孔子学说，基于以下几点原因：一是其禁锢了人的创造欲，使人将视野放到了人伦之间，没有个性的伸张；二是阉割了“爱智信勇”的存在方式，精神不得放达；三是不懂得人性是自然的意志，人的恋爱、结婚也是自然的过程，长幼之间、男女之间，本非主奴关系，人生而平等。世间本来应是幼者为本位，可是我们却把它颠倒了，造就了无数家庭悲剧；男女是同样的生命，可是女子在相当长的时间内没有自己的地位。读书是益智的，而社会却让人在八股考试里将人的创造力消耗在无味的教条里。要解放青年、解放妇女，在文化上不打倒孔家店是不行的。个性主义文化，人的文化，就必须任个性而排众数，扬个性而张精神。这些，在孔老夫子那里是找不到的。

传统文人的非儒言论一直作为支流而存在，偶有对孔子不恭敬者，则多是温吞的。除了几个重要的思想者外，大多对儒学发展没有构成根本威胁。不过墨子对儒家“繁文缛节”的批评，就有分量，认为儒家有形式主义的东西，殊不可取。嵇康面对儒学提出“越名教而任自然”的看法，也是“大逆不道”的。明代的李贽对孔子是不客气的，原因是以其是非为是非会导致精神的平庸。他说：“人之是非，初无定质。人之是非人也，亦无定论。无定质，则此是彼非，并育而不相害；无定论，则是此非彼，亦并行不相悖矣。”人们对孔子提出不同的看法，

---

①《陈独秀书信集》第118页，新华出版社，1987年版。

是出自各自的角度。张岱年解释这个原因是孔子的哲学乃教育家的哲学那自然不能穷极一切。儒学真正受到挑战还是晚清的时候。到了五四前后，科学与民主的思潮及非理性的浪漫精神，对其颇有冲击，以致成为文化革命的靶子。非儒不再是学者的书斋思考，而成了一种社会思潮。

新文化初期的非儒运动，是有各种新思想作为根据的。胡适的基本理念是从杜威那里来的。陈独秀是达尔文意识的产物，加之一点法国启蒙主义的常识。李大钊的参照是马克思主义的一些逻辑，后来又有了苏联的一点观念。鲁迅带有尼采的色彩，此外还有俄国现代主义意味的主我意识。这些构成了对儒家学术的反动。儒学成为攻击的对象也是自然的。

陈独秀在《孔子之道与现代生活》中说："现代生活，以经济为之命脉，而个人独立主义，乃为经济学生产之大则，其影响遂及于伦理学。故现代伦理学上之个人人格独立，与经济学上之个人财产独立，互相证明，其说遂至不可动摇；而社会风纪，物质文明，因此大进。中土儒士，以纲常立教。为人子为人妻者，既失个人独立之人格，复无个人独立之财产……"[①]李大钊和他有些相似，即认为社会乃进化的，伦理应适于进化。他从达尔文的立场出发，认为"孔子之道，施于今日之社会为不适于生存，任诸自然之淘汰，其势力迟早必归于消灭。吾人为谋新生活之便利，新道德之进展，企于自然进化之程，少加以人为之力，冀其迅速蜕演，虽冒毁圣非法之名，亦所不恤矣。"[②]至于胡适的反儒，是把儒学看成百家之一家，不必定于一尊而已。他在《说儒》中所谈的思想，相对于同时期的激进文人略带温和的气质。但他从实验主义与个性主义出发的理论阐述，在那时候最有张力无疑。

牟宗三曾说儒家的所长是有使命感，而没有命运感。这是对的。鲁迅反儒的根据之一是命运感的沧桑里有远离孔子温和教义的孤独感，加之无所不在的无聊感。这是他在艺术中展示的核心理念之一。他对温驯

---

①《陈独秀著作选》第1卷第235页，上海人民出版社，1984年版。

②《李大钊选集》第80页，人民出版社，1959年版。

的、奴性的心态的拒绝和等级制的反抗，都是尊重个性需求的产物。儒家的许多思想乃治人者立场的产物，不是普通人的自立的精神。在鲁迅看来，个体的价值与情感的自如表现，在孔子那里是没有的。

鲁迅的基本逻辑是，人是生物。一要生存，二要温饱，三要发展。但这生存不是苟活，温饱不是奢侈，发展不是放纵。而做到这一点，是要争到人的资格。儒学发展了上千年，中国人却没有争到做人的资格。这是很荒谬的。

在鲁迅眼里，至少以下几点是中国儒者的欠缺：

一是不能睁着眼睛看世界，堕入瞒与骗的大泽；二是儒学造就了官魂，相对应的是民间产生了匪魂；三是产生了以老者为本位的专制链条，新事物不得发展；四是出现了人吃人，被吃的也是吃人的恶性循环的生态；五是“合群的爱国的自大”超过了“个人主义的自大”。而鲁迅在他一生的选择里，多是上述五点相反的东西。他的精神呈现出另外的特征：一是直面惨淡的生活；二是注重民魂；三是关注新生的力量；四是拒绝伤害无辜，也反抗一切压迫；五是警惕大中华主义和专制主义。在文学作品的审美层次上，他和先前的士大夫们都不同。他选择的外国小说，都是具有极端色彩的、苦闷的作品。这些均远离儒家的尊卑意识，与中国的新文学家亦距离甚远。

我们要是认真阅读鲁迅的作品就会发现，他的许多精神状态是偏离儒家的训诫的。无聊感在鲁迅的文字里比比皆是。他在五四前后一直被这样的情绪所左右。此外便是他内心时常流露出的无力感，辐射到其作品里，成了他作品的基调，那就是对自我的怀疑。在这样的过程里，他自愿地失败于自己的选择，在荆丛里走来走去。后来与马克思主义相遇，艺术观念变得全新起来。上述选择，不可能使其与儒家思想建立亲切的关系，虽然他身上依然带有山林儒的痕迹。他从现代人的荒诞体验与个体经验中，把自己从旧的文化秩序里划分出来。文学的现代意识在他那里真正地取代了旧儒学的意识。

在《新青年》杂志上较为活跃的张申府后来在回顾五四新文化运动的历史时说："就拿五四时代的启蒙运动来看，那时有两个颇似新颖的口号，是打倒孔家店、德赛二先生。我认为这两个口号不但不够，且亦不妥……至少就我个人而论，我以为这两口号至少都应下一转语。就是：打倒孔家店，救出孔夫子；科学与民主，第一要自主。"[①]张申府这个补充，其实在胡适、周作人那里早就做到了。五四新文化人，在对传统的态度上，都不是民族虚无主义。陈独秀出版过《字义类例》，胡适有《中国哲学史大纲》，鲁迅写过《中国小说史略》，整理过《嵇康集》，钱玄同与刘半农都有关于语言学的文章。胡适的身上未尝没有儒风，周作人就说自己是非正宗的儒家。那一代人对儒家的反抗及无法摆脱儒家思想的苦境，都印证了他们和传统无法割断的联系。而在新文化的传播中，他们把古老文明的有价值的东西也激活了。

六

五四并非只是极端个人主义的冲动，它内在的辩证性是深藏其中的。鲁迅在新文化运动中的激进态度，不亚于陈独秀、钱玄同等人。他的小说对现象界的颠覆，是极为惨烈的。就是这样激烈的人，在思想背后却有着很柔软的东西。他的言语看似激烈，其实都是有界定的，不是随意的倾吐。

比如他说过，"人各有己"，但接着说，"自他两利"。各有己，是强调个人的重要，可是在人与人之间的关系上，就要彼此互利，不是主奴的关系。我们看他对左翼青年的呵护，有时候甚至带有父爱的特点，在支持青年的创作与翻译时，他是不顾及自己的。《新青年》同人可贵的地方就是很少想到自己的苦，倘能救人于苦海，也不妨受苦。陈独

---

① 《张申府文集》第1卷第90页，河北人民出版社，2005年版。

秀、胡适也是这样，他们在极端激烈地抨击传统文化的时候，总还小心翼翼地呵护传统中被忽略的弱小的存在。在整个新文化运动里，除了个别人的个别言行较为激烈外，在深入探讨问题时，他们的思想表现出较为理性的一面。比如同是讲个性主义，胡适还强调社会的责任感。他在《易卜生主义》一文中既肯定了个人的精神，也强调了担当意识。“发展人的个性，需要有两个条件，第一须使个人有自由意志。第二，须使个人担干系，负责任。”①他十分赞佩易卜生从无政府主义向世界主义的转变，在作者看来这是个性精神张扬的落脚点。蒋梦麟在那时候也说过类似的话，他在《北京大学开学演说词》里谈到古希腊注重个性主义的意义，希望北大也是培养个性的园地，为社会造福。个性是前提，为人间服务是目的。五四的激烈言辞背后的大爱意识，是深藏其间的。

最为偏激的钱玄同，在那时候主张废除汉字，“打倒孔家店”，其言行多为今人所诟病。但是细读他的文字，内中有一股热力，散出他的爱意。在《保护眼珠与换回人眼》一文，他一方面将旧文化视为“粪谱”，另一方面有浓烈的责任感，“愿我可爱可敬的支那青年做二十世纪的文明人，做中华民国的新国民”。钱玄同言行一致，为了弘扬个性精神，保持思想的清洁，在道德上恪守着戒律，不与旧俗为伍，为同人们所称道。周作人曾称赞钱玄同与蔡元培是民国中少有的思想家，其实是看重他们的道德操守的。

新文化运动的社会关怀体现在许多方面。李大钊对新文学的理解，很有精神的暖意。他在《什么是新文学》一文里说：“我们所要求的新文学，是为社会写实的文学，不是为个人造名的文学。”②在他看来，刻薄、狂傲、狭隘、夸躁都不是新文学的精神内核，“宏深的思想、学理，坚信的主义，优美的文艺，博爱的精神”③才是应有之义。鲁迅后

---

①《胡适全集》第 1 卷第 614 页，安徽教育出版社，2003 年版。

②《李大钊选集》第 276 页。

③《李大钊选集》第 277 页。

来评价李大钊时说，他儒雅、朴质，不计较个人利益，乃无私之人。他的遗文是“先驱者的遗产，革命史上的丰碑”。鲁迅把李大钊看成殉道者，这种殉道的精神不就是普度众生的大爱吗？

五四新文人的新，不都是概念的新，而是对人与人、人与社会关系的新的理解。1923 年，鲁迅在译过了武者小路实笃的《一个青年的梦》后，讲到了这样一段话：

> 我的私见，却很不然；中国人自己诚然不善于战争，却并没有诅咒战争；自己诚然不愿意出战，却并未同情于不愿出战的他人；虽然想到自己，却并没有想到他人的自己。譬如现在论及日本并吞朝鲜的事，每每有“朝鲜本我藩属”这一类话，只要听这口气，也足够教人害怕了。[①]

这其实有对人与人之间关系的渴望。用高远东的话说，是“互为主体”意识的流露吧。在看重自己的个性的伸张的同时，也看重别人的自我表达。做到这一点，真的大难。而那代人做的就是这样的选择。人间最不易做到的是彼此的沟通，人和人的无法逾越的鸿沟横在面前。超越它，在一些文本里是缠绕着这样的渴念的。在激进的话语后的这个思考，值得我们思之再思。

陈独秀、胡适、鲁迅远去久矣。现在他们的言论已经成为后人不断叙述的对象。在他们慷慨激昂的文字后，辐射出的是民族之爱与人类之爱。今天我们看他们的言行，有的也许过激，甚或谬误，但就主体来看，那种高扬个性的仁慈精神和无畏的牺牲意识，乃民族自救的一次伟大的选择。今天走在现代化之路的人，其实都在分享前人的果实。对此，我们这些后人应对他们三致意焉。

---

①《鲁迅全集》第 10 卷第 195 页，人民文学出版社，1981 年版。

08 东亚之痛

一

“东亚”一词似乎早被污染了。因为有“大东亚文化圈”的记忆，国人对此一直有种不快的印象。有位欧洲的朋友很奇怪这样的反应，说欧洲人战后，能不再计较前世的恩仇，组成了欧共体，东亚似乎不行，彼此被一条绳索捆住了。

我那时候沉默着。心里想，没有在东亚战场上生活过的人，无法理解那些记忆。问题的复杂性在于，对于以往的历史，战争制造者留下的苦果还没有吐出来。

我对东亚的理解，多是感性的片断。因了“二战”的资料的梳理，一些概念才开始形成。事情是从对华北、东北的现代史的理解开始，后来及于我们的台湾，和日本、韩国，一些话题便联翩而至，那些远去的旧影也慢慢有了轮廓。

曾经有段时间，日伪时期的北平文化一直吸引着我。帝都在太阳旗下颜色突变，已不复往日的姿容了。老舍在《四世同堂》里写过北平那时的惨状，但因为是远离故土的地方的书写，有隔膜的地方也说不定。然而关于那时候的生活，除了像老舍这样的作家生动的记录，别的文字都显得苍白，困守在城里的人，后来没有写出反映那个时期的好文章，真的可叹。

日本的存在，对近代中国是个复杂的参照。如果去掉这个参照，我们将无法看清许多近代的迷雾。每次去日本，都带着诸多疑问，新奇的与惆怅的感觉都有。在渐渐了解了其间的情况后，似乎从中看到了我们的被遮蔽的存在。

有一次在仙台的东北大学图书馆，看到民国时期的北京市民生活图，作者是民间的画匠，内涵很丰富，有多样的神采在。据说那作品是青木正儿带回来的。看着那件作品，忽地觉出近代日本人对北京的特别感觉。许多文人墨客对旧京历史的兴趣，真的不亚于我们国人。后来日寇进犯北平，东瀛的一些文化人也追随其后，这些旧事人们谈得不多，其间还是大可深究的。

中国读书人眼里的日本与日本文人想象的中国，是大不相同的。德富苏峰《游中国偶录》里叹道："日本人对中国的一大错误是以日本的标准衡量中国。中国人自己陷入的一个误区是把中国人和日本人看做一样的群体。"[①]此话未必对，但说出了内心的真切感受。一百年来，两国人一直在这样的错位里彼此凝视着。离着最近的，可能相去甚远，这是东亚的悲剧。

除了三百多年前的甲申之变外，1937 年的北平的沦陷，乃京城大的耻辱。我偶读到日伪时期的北平资料，见流血的时光下百姓之苦，真的不能平静。也就是那时候，文人生活发生了逆转。比如胡适、沈兼士走上抗战之路，周作人变成了附逆之人，老舍由中立作家一下子担起文坛重任。战争时代的文人生活是个可以深谈的话题，在民族危亡之际，思想与情感之间的张弛有着诱人的地方是无疑的。

失去暖意的北平在迷乱里流着血。

日军入京的那一天，城里城外一片死气。马路上的紧张、无序，在一些人的日记里可见一二。俞平伯在那年的日记里写到了日军进城的场面，真的让人不寒而栗。俞平伯不善关注时事，但此次巨变，让他触目

---

① 引自杨小洲：《夜雨书窗》第 193 页，岳麓书社，2009 年版。

惊心。此后的文字也越发阴冷，不复有亮色了。与他同时期的作家，多有类似的记录，都是刻骨的文字。但是也能够看出国人的抵抗。比如伟翰先生在《“通州事变”见闻》中对那时的场景是这样描述的：

> 1937年7月27日晨，我正在梦中，突然听到东南方向枪炮声大作。直到9时许，枪炮声才逐渐停止。此间，听说日军在南门外被杀若干；在潞中校内被杀若干。这时大家被压抑的心中突然闪出一线希望，收复失地了！
>
> 枪炮声停息后，我们进一步了解到，日军为攻击29军南苑大本营集结时，途经通州留下了一部分兵力。27日晨3时左右，即以众多兵力和较强火力向驻守通州新南门外的29军军营发起进攻，企图将这批军事力量逐出通州。29军立即奋勇应战。晨8时，日军百余人出新南门向车站冲去，刚越出百余米，即遭到埋伏在公路两旁苇丛和青纱帐内的29军官兵的袭击。战士们手持大刀与敌展开白刃战，杀死日军多名，余下的退入城中（白刃战的战场两侧正是潞河医院门旁，有一个看门的刘老头就是因目睹人头滚地的场面而惊吓死的，足见当时战斗之激烈）。日军又加强火力，以数十人冲入潞中校园，两军在校内激战多时，互有伤亡。29军官兵终因敌众我寡又无后援，而向西南北平方向撤退。①

日寇入侵北平，百姓的生活一下子改变了。但一面也是抗日的活动此起彼伏。知识界的抵抗从未停止过。日军对此颇为恼火，对反抗者的镇压手段极为凶残。政治犯、经济犯都在那时出现。北大红楼的地下室就是囚禁学生的地方。孙道临当年就被关在那里。据沈兼士回忆，军警殴打学生的声音传出，真是惨极了。

留在北平的读书人的生活可用暗无天日来形容。从后来的各种回忆

---

①《文史资料选编》第32辑第145页，北京出版社，1987年版。

录里，我们能够看到空气的压抑。即使是年轻人，他们的文字也潇洒不起来的。比如女青年雷妍的小说、散文，总体的调子是压抑感伤的，无边的苦楚流水般地涌动着。赵荫棠的苦述，南星的独语，都是黯淡者多。我偶读顾随的文章，见其贫困交加之态，为之一叹。既不是英雄，却也非奴隶，要保住内心的宁静，是大难的。顾随毕业于北大，后一直以教书为业。他颇有才华，性情温和，文章亦好。偶有诗作，都写得苍冷沉郁。他本来学的是英文，可是古代文学的修养很好。在困苦的日子里，他常以读鲁迅的文字解脱自己，内心总有一种渴望在。但残酷的环境实在无法让他快慰起来，他的旧诗多记录了彼时的心境，可看出那种凄苦绝望之情，如 1943 年所作《浣溪沙》云：

> 城北城南一片尘，人天无处不昏昏。可怜花月要清新。
> 苦药堪同谁玩味，心寒不解自温存。又成虚度一番春。

同年还作《临江仙》云：

> 可惜九城落照，被遮一带遥山。凉波淡淡欲生烟。悲风来野外，秋气满尘寰。　早识身如传舍，未知心遣谁安。紫薇朱槿已开残。今宵明月好，休去倚阑干。

顾随的诗词乃京城生活的折光。它让人忽地想起那些死灭、灰色的片影，哀怨的调子可谓极矣。他是典型的安静型的学者，而那时的平静也被打乱了。他是曾被鲁迅关注过的作家，内心是认可鲁迅的意志的，精神有惨烈的血气。可是这些不是外化在社会政治的层面，都交织到学问之间了。那时候北平这样的人很多。齐如山、郭绍虞都拒不与日本人合作，沉默中留下了沉重的诗句。我们要写抗战的文人史，这些是不能不关注的。

张中行、启功、邵燕祥等人都有关于日伪时期人们的生活的文字，这些文字能让人了解到那时候的环境与生态，都是黑暗社会的一缕闪光。从那时候坚持写作的京城作家的文本里，多少能嗅出一丝绝望的气息。张中行、启功因困顿而不得不委曲求生，俞平伯则在朱自清劝导下坚持不入世，以免有失节之虞。读书人以小反抗面对日寇的很多。邵燕祥那时候很小，他回忆说：

> 我小学六年全在日本占领下度过。所受的是奴化教育，首先倒不在于增加了日本教官和日语课，而是从历史教科书里删除了由甲午战争以来日本侵华的记录，删去了一切有关辛亥革命和孙中山、三民主义的内容，删去了北伐战争、国民政府等字样包括蒋介石的名字。涉及历史——更不用说涉及抗日和民族解放、涉及对压迫者的反抗的书刊都遭查禁销毁。我们沦陷区的青少年，依靠亲友师长私下的教导、社会传闻，还有劫余书刊字里行间的消息，了解世界形势、民族历史和社会现实的一些事象，确认我们是忍气吞声当亡国奴。偷听《义勇军进行曲》的唱片，一声“起来，不愿做奴隶的人们！”老的小的，真是“一声何满子，双泪落君前”啊。①

北平人在无声中的抗拒，真可以写一本大书。漂流在那里的青年写下的文字，多是寂寞和苦楚的，没有多少温存可言。我浏览日伪时期的一些资料，看到那时候的文人之生活，觉得大凡坚守底线者，都在饥寒之中。可是他们的目光中流出的哀怨和坚毅，怎么也不能让人忘记。

二

北平是有一批日本通的。

---

① 邵燕祥：《别了，毛泽东》第 4 页，牛津大学出版社，1998 年版。

在日本入侵北平之前，北大是有一个日本文化研究的小圈子的。他们多是留日的出身，对东洋文化有深的理解。周作人、钱玄同、钱稻孙、朱希祖、张定璜等都是，自然不都是拥日派。日本的法西斯主义与文化的关系，他们还没有梳理清楚，侵略者的铁蹄就踏进来了。曾经迷恋过日本文明的文人们，怎么也没有料到，黑暗的网也恰是从那里来的。周作人、钱稻孙、沈启无的亲日选择，得到的是无尽的羞辱。而像钱玄同等人抗日的决然的态度，也真的让我们叹之又叹的。

五四后，一些了解日本文化的人，是热心于介绍日本的文学的。在那些译者看来，日本固然有侵略的野心，也有有良知的知识分子。他们对这些具有叛逆色彩的知识人是认可的。周作人在武者小路实笃所作《一个青年的梦》中，看到了一个和平主义者的日本新人的形象。鲁迅后来翻译了这个作品，也是有相似的期待。可是到了四十年代，武者小路实笃却不再坚持和平的观点，转而支持帝国的战争。连喜欢他的周作人也卷入事件里，他与武者小路实笃的对话，就显得极为复杂和难堪。

我在周作人的一本书里看到一幅武者小路实笃的画，是赠送给周氏的。他们的友情还是1919年建立的。那时候武者在搞新村运动。周作人颇为关注，还到新村参观过。日本人把乌托邦变为现实的设想，很是感染了中国读者，作为一个介绍人，周作人把东瀛的新风吹到中国，一些幻影也随之到来了。

武者小路实笃的转变，给熟悉日本文化的中国学者许多疑虑。对其进行质疑的是流亡在北平的台湾作家。那时候几个从台湾来的青年吸引了我。比如张我军、钟理和、洪炎秋，流落在旧京，成了一群漂泊者。家乡已被日军所占，而北平亦复如此。他们翻译日本文学，从事创作。日本、北平、台湾的话题复杂地纠缠在一起。张我军和鲁迅、周作人一样，对日本的白桦派作家很是喜欢，可是后来白桦派作家在战争中的态度很使其困惑。在大谈人道主义的作家面临侵略战争的时候，应持一种什么态度，深切地困扰着东亚的作家。我在张泉先生《抗战时期的华北文学》一文中看到了张我军的一段话，是质疑武者小路实笃的：

> 日本的国民是不会反对日本政府的国策的，这事我充分知道。然而，一向被称为人道派的他们，对于这次战争，拿着什么方法来使自己的信念和政府的国策两相调和呢？一向彻底主张个性的自由的他们，拿什么方法来使个人主义或自由主义和全体主义或统治主义融洽下去呢？①

张我军对武者小路实笃的质问，其实也是对中国读书人的质问。武者小路实笃在战争中的表现和当年在《一个青年的梦》中的表现是不同的。鲁迅当年所赞赏的对“他人的自我”的尊敬，现在被大东亚意识代替了。早年主张新村主义的武者小路实笃，文字多是爱意的东西。而战争来了，头脑开始发热，先前的冷静似乎也渐渐退去。周作人也有这样的问题。二十年代曾那么激烈地批评日本的侵略性，到了日伪时期，则是另一个样子。据说周作人的家，当时挂了日本的国旗。妻子乃日本人，而自己的身份就复杂起来。他在日伪时期作为一个教育官员，有表演的一面，后来也承认是逢场作戏的地方居多。可是作为一个启蒙主义者，难道不知道这样的选择是危险的吗？

在异族治下的日子，周作人的内心一定是阴影重重的。这有他的作品为证。奇怪的是，他的文字在那时候显得极其沉静，丝毫没有激越的样子。他后来辩解自己的出任伪职，乃抱着政府可伪，文化不可伪的信念，懂得汉文明是不可能消亡的，元代如此，清代如此，大概不会有根本的改变。有趣的是，在敌占时期，他的文章越发古典意味，很中国，儒家的气质完全呈现在文字间。在左翼作家最鄙夷他的时候，他却写出了一生最澄静、美妙的文字。恰如木山英雄所说，他在用政治的身份，做非政治的事情。历史在

---

①《抗战时期的华北文学》第274页，贵州教育出版社，2005年版。

开一个玩笑，五四的英雄开始沦入黑色的旋涡，是许多人无法接受的。

东亚的战争的残酷，远比人们想的要严厉。而文化间的碰撞，却也在轰鸣中进行着。许多人都卷入疯狂的血腥里。连当年反战的一些文人也是这样，高呼着大东亚的口号，以为可以由此，给黄皮肤的人带来福音。这给许多喜欢新日本人但又反战的中国读书人带来困惑。知识分子在战争中如何坚守自己的良知，的确不易的。

知识群落卷入狂热，是日本近代的耻辱之乱象之一。日本的入侵是帝国主义的理念所致，狂热的东瀛人以为自己可以成为亚洲的领导者。而正在大讲个性主义的中国新知识分子，在突如其来的逆转中突然回归传统，矫正了先前的方向。这是一次历史的错位。双方在文化研究的数量上是不对称的。我们的知识分子研究日本的文章远不及日本对中国的研究数量多。而那时候北大的教授对东洋人的态度，善意的多于敌意，相反，日本出版的《支那论》、《支那民族性的解剖》、《支那国民性与经济精神》等，对中国的研究之系统，是要令国人惭愧的。较之于周作人对东京的回忆的文章，能够看到中国读书人的安宁。没有对东瀛人的敌意。我在北平的一些刊物里，读出了那个时期人们的错乱。中国读书人的道德感和失去道德支撑的惶惑感，都交织着。

往年神圣的北大红楼，如今蒙受羞辱。沈兼士说周作人主持文学院时，听到学生挨打的叫声，没有反应，内心如何，匪夷所思。可是那些流血的日子，他几乎没有记载。沈兼士、吴承仕等人对周氏的微词，能够看出知识界的普遍态度。战争在考验着人的良知。不是所有的人，都能挺过这样的关头的。

留守在北平的读书人，看着周作人的一言一行，理解者有之，惋惜者亦有之。而更多的是不满吧。历史把血腥的一页覆盖在当年的文人身上，自称是看破尘世的人，真的未能挺过这一关。

三

对于入侵中国的日本人来说，分割古老的中华，是一个使命。那第一步的任务则是奴化教育。

东洋人入侵的一个后果是，种下了奴化的种子。北平的文化被大东亚的理念所操纵。1938 年，北平成立“新民会”，后来成立“宣抚班”等组织。王揖唐等人媚态地随着日本人走来走去，大谈新民的精神。1937 年 11 月 3 日《申报》载朱镜心文章《古都陷落后形形色色》，介绍了那时候教育界的情况：

> 平市中等学校，为数最多，私立者，均有政府辅助，事变后既以学生不敷，经费无着，大部无形停办。闻有少数以收学费为目的之学校，勉强开学，学生亦寥寥无几。小学及民众学校一律强迫开课。课本内提倡民族意识及抗日思想者，均由日方令维持会文化组，与社会局教育科，负责删改。以是特组中小学课本审查委员会，分别审查，一一删改。原拟重新复印嗣以赶办不及，临时剪贴应用，所有与当下国家民族有关，以及青天白日满地红之国旗，均被删去。
>
> 课程方面亦有极大之变动，党义根本取消，日方亦令警察局转谳各校党义，此外公民改为修身，军事训练军事看护及童子军改为武术，并加添日语一门，强迫学生上课，以便养成毫无民族意识之汉奸，将来充彼之活动傀儡。①

日本占领者不仅在华北如此，在东北更有甚之。和北平的困境比，

---

①《日本侵略华北罪行档案（10）》第 169 页，河北人民出版社，2005 年版。

东北百姓的奴役史更为漫长。我出生在大连，往前推算十二年还是“关东洲”。辽南的百姓，对日本统治时期的记忆很深，在今天残留的一些建筑里都可以唤回许多痛苦的形影。幼时在旅顺口听到的故事多是关东洲的。比如我的母亲上学的时候，教员都是日本人，没有国语的教育。她回忆说，一次教员问同学：

“谁知道自己是哪国人？”

她回答道：

“俺是大清人。”

啪！

日本老师一巴掌打过去，冷着脸道：

“记着，你们是日本关东洲人。”

那一巴掌给母亲永久的恨。她回忆那时候的自己也叹道：“我们小的时候很可怜，连自己是哪国人都不曾知道。”

旅顺这个地方很特别。我的姥姥经历了日俄战争。那一年她十六岁，日本与俄国的军队在旅顺交战，姥姥和自己的父亲逃到山里。他们天天听到枪炮声。清家兵（旅顺口人对清朝的部队的称呼）无所事事，眼看着两个异国的军队在此交火，完全不知道是失去了祖国的领土。

旅顺与大连的地理位置在辽南的最南边，是东北的出海口。日本人早就看上了它。而俄国也把目光投射到这里，把它也看成自己的势力范围。俄国作家曾有一本小说《旅顺口》，写的就是那时候的故事。这本沙文主义气息浓烈的书，我们现在读它，有些气闷也是自然的了。

自1895年起，大连、旅顺是俄国的殖民地。1905年至1945年，日本握权于此，并把它当成自己的一个州。相当长的时间里，辽南被日本化了，建筑、教育、工业基地等，都染有日本人的色彩。日据时期的奴化教育很是残酷。我的母亲能说一口流利的日语，但国语的书面表达完全不行。我们现在去大连看看，日本的痕迹很浓，残留的一些建筑都暗含着昔日的苦涩。

漫长的苦日不都是宁静的。旅顺、大连地区的抗日活动暗中进行着。姥姥的家成了抗日活动的秘密据点。母亲记忆里的夜晚常常有陌生人来，然后又悄悄到盐场一带运送货物。每一次都是用船载着粮食，捎给部队。母亲关于中国的概念那个时候才建立起来的。

旅顺的历史中没有什么文人值得一提，唯有罗振玉显得特别。我幼时在旅顺博物馆一带玩过，对这个博物馆熟悉得很。看到那里的展览，便知道日本的气息很浓。后来上大学，读近代史，知道一点罗振玉的情形，便对他与旅顺之关系有了点兴趣。

罗振玉的到来，和伪满洲国的存在关系极大。他那时候号称遗老，自己也真的有前朝旧人的样子。他从天津来到旅顺，乃有复辟之梦，以为可以拯救故国。在旅顺的日子，身边常有重要的学人聚集，那是辽南现代史中少见的文人雅聚。郑孝胥和他的交往，都有可深究的故事。学问的背后是信仰。这些遗老给伪满洲国带来的是可笑的遗存，现在想想，真的是士大夫病态文化的一种扭结。儒家文化负面的因素都可在此找到。

旅顺、大连的文化，那时候是东洋的色彩，日语的旋律四起，本土的真的没有什么。罗振玉给这里带来的不过是一种难堪的点缀。罗继祖《庭闻忆略》中写到那时候的情形，真的是尴尬不已：

> 来到旅顺以后，可能由于在日本有了名气的关系，凡关东军司令官到任，都亲到家拜望，无论新旧任都如此，祖父以为关东军司令官的权限要比天津领事和驻屯军更大些，自然更能代表日本政府，所以每见必谈东亚大势，如《集蓼编》所说：
>
> "居辽以后，颇与日本关东司令官往还，力陈欲谋东亚之和平，非中国协力从东三省下手不可，欲维持东三省非请我皇上临御不能洽民望。友邦当道闻之颇动听。"
>
> 人家从田中奏折起，早就"成竹在胸"。听了祖父这段话，尽管口径不甚相同，但大方向是一致的，所以不以为怪，而不好拿来

利用。其实日本人对“民望”两字的概念是临时取代“大和魂”的。祖父哪能体会到呢？[①]

罗继祖对祖父罗振玉的描绘无疑有美化的地方，掩饰与回避也是有的。中国的大学者对日本的看法如此，日本人如何而想可以猜到，但国人的愤怒是自然的。日本统治者慢慢地把大连、旅顺同化着。神社、学校、商铺，都是东瀛的色彩。一些无耻的文人也随声唱和，没有什么新意。日据时期的辽南没有像样的艺术品，汉语的书写是无力的。

我看到的有限的资料，得出的结论是气闷的。整个占领期故土的百姓基本是顺从的。辽南人的奴性的造就，就是与禁锢的统治有关。反抗是不行的。但也有例外，我的三姨因为说了几句不满日本的话，被奸细告发，日本警察揪住不放，那时候她正在孕期，遭受毒打而流产身亡。这是一笔血债。母亲后来暗自参加地下党的活动，也许与这个事件有关。她对日本的看法一直在这个影子里，以至于我后来每次去日本开会，她都持狐疑的眼光，意思是不该去的。人一旦在苦楚中泡过，精神就不同了。怎么能乐起来呢？

现在我每次到旅顺，路过盐场的时候，便想起那酸楚的一幕。而那时候的百姓，多是不敢言语的。失去祖国的人们，把时光忘记了。此后的旅顺、大连，每次运动与变迁，百姓都是默默地承受，极少反抗。惨烈的记忆或许也磨光了棱角，许多鲜活的存在均被时光冷却下来了。

四

二十五年前，我随自己的导师王忠舜去黑龙江查阅抗战时期的文人

---

①《庭闻忆略》第 109 页，吉林文史出版社，1987 年版。

资料，那是我第一次对满洲国时期的文化进行调查。后来导师病逝，我一个人又赴哈尔滨，完成了相关的调查任务。在哈尔滨访问了几位抗日诗人。我在老诗人鲁琪那里，读到了他在日本监狱里写下的大量诗文，才知道日本时期的东北，反抗的作家很多，白山黑水之间，战斗者的身影是时隐时现的。

关于鲁琪，我后来写了一篇文章，现在还记得被其诗文感动的样子。他那时候已经六十多岁了，不太爱说话。满脸的皱纹印证着沧桑的岁月。在谈话中我才知道，1944 年他因写诗而被捕。日本原来要在 1945 年 8 月处死这位诗人，后因战败而未果。他在伪满洲国时代写下的诗文都很激越，悲壮之气逼人。作品显得很肃杀，没有一点暖意，在什么地方受到了鲁迅的影响，黑色的山影，无声的河，还有没有灯光的街市那么无奈地缠绕着他的世界。鲁琪的诗歌在绝望里有不平的声音，这是日本人害怕的。在反叛一类的作家那里，民族感十分的强烈。可是那时候许多文人，绕过了这一话题。后来，当鲁琪做了黑龙江文联的领导人的时候，他怎么也无法想通，那些大东亚文化的作家，怎么能是爱国的呢?

东北沦陷区的文人，在那时候有多样的状态。一是像萧红、萧军那样的逃亡到上海；一是鲁琪那样的抗争。还有的是默默地以非流行的方式书写自己的文章。后者的情况很复杂。有的是流浪的悲歌，有的系自恋的文本，但他们多被看成汉奸文人。

据说在 1945 年后，东北曾开展过汉奸文人的讨论。有人把沦陷区的文人的写作都看成汉奸文学的一部分。问题的复杂是，虽然人们不都是鲁琪那样的斗士，而默默地写作的人，也都有自己的寄托在，未必都是投降的人。这段历史说起来，让人感叹不已。

关于东北的记忆都很凄婉，作家的笔触下有荒凉与残酷的形影。萧红的作品是天籁的回响，动物般的生与死深深地纠葛着一切。萧军虽然有野性的力量，可是惆怅的影子也是有的。至于梅娘、山丁、王秋莹都不乏灰色里的绝唱。整个作品都没有什么快慰，东北人的不幸在一些人的文字里还是能够感受到的。我的朋友高翔很推崇沦陷时期王秋莹的作品，认为那才是东北人内心的写真。关于王秋莹，我几乎一无所知。后来在高翔的书里看到他摘录的一段话，才知道了一点抗战时期的作家的底色，王秋莹说：

> 我深深地感到自己的残酷，为什么我要把这些男女们放在万难忍受的炼狱里煎熬他们呢？可是客观的现实也同样煎熬着我的良心。使我又如何用粉饰的笔来抹掉他们的血与泪呢？①

王秋莹受到了后来的史学家的表扬。可是还有许多沦陷区的文人一直背着不好的罪名。比如梅娘，比如山丁。这几个作家的作品我没有读过，不知道究竟怎样。只是在张中行的一段文字里，看到了为其鸣不平的话：

> 有人也许要说，沦陷区，敌伪统治之下，也有记上一笔的作品吗？沦陷，不光彩，诚然，但是也可以问一问，这样的黑灰应该往什么人脸上抹？有守土之责的肉食者不争气，逃之夭夭，依刑不上大夫的传统，把气节留给不能逃之夭夭的，这担子也太重了吧？所以远在一千年前，花蕊夫人就有“十四万人齐解甲”之叹，花蕊夫人，有高位之人也，也只能叹一声，平民小姑娘又能如何！所以肯拿笔呐喊几声，为不平之鸣，终归是值得赞扬的。②

这是在时代稍微宽松的时候才有的言论。张先生说的未尝不对。可是较之那些在血火中挣扎的文人，缺少诱人的魅力也是无疑的。我们不是人人都可以成为英雄，但英雄总是可贵、可爱的。与山丁、梅娘这样

---

① 《现代东北的文学世界》第 193 页，春风文艺出版社，2007 年版。

② 张中行：《散简集存》第 308 页，中国社会科学出版社，1999 年版。

的作家比，鲁琪的坚毅之躯，还是更让我感动。

1985年岁末，我一个人在冰天雪地的哈尔滨街道上走着。怀中揣的是从省图书馆抄写下来的报章材料。那时候还没有复印机。我在图书馆里面对着无数远去的灵魂。哭泣的、倔强的、无奈的形影都伴随着我。鲁琪的那些诗句，一遍遍叠印在我的眼前：我终于明白，那些不屈者的歌哭，才是我的故土值得缅怀的存在，东北如果没有那些抗争者的血迹，我们的记忆里真的将是一片空白。作为一个东北人，从那一刻起，才知道先前的人们，不都是奴隶。

五

在东亚的历史里，韩国的反压迫的话题，真的值得一提。在对“二战”的看法上，那里的人们的记忆不仅没有退化，而且越来越鲜活地存活在人们的思想里。

我仅有的一次韩国之行，被深深刺激着。那也是与日本的占领有关。来到韩国才知道，朝鲜半岛受到的奴役比我们的东北还深。

日本对朝鲜半岛的占领，至今被半岛的人所不能原谅。那一年我和木山英雄等朋友去韩国的首尔，参观了许多日军侵略的遗址。奇怪的是一些监狱的格局与旅顺的大牢完全一致。后来问专家才知道，那是同一个日本人设计的，从朝鲜半岛到辽南半岛，占领者用的是一个模式。

据林庆元、杨齐福《“大东亚共荣圈”源流》考证，日本侵略朝鲜的历史，是从丰臣秀吉的时期开始的。1864年，幕府就有征韩的意向。1882年7月朝鲜京城里的开化党与守旧党矛盾突起，守旧党发生政变。日本以保护公使馆为由，出兵朝鲜。1884年，朝鲜内乱加剧，清政府出兵镇压。日本也趁机在朝鲜牟取利益，占据汉城（首尔）。暗地里签订了汉城条约。甲午海战后，终于吞并了朝鲜。此后，东亚的厄运开始弥漫起来。[①]

韩国受到的压迫是惨烈的。反抗一直延续在民间。在一些作品里，我读到了许多类似鲁琪的意象，那些文字是带血的，那么深地纠葛着殖民的历史。我后来在几个留学生的博士论文里，了解了那些片断。压迫是强烈的，而反抗也更激烈。殖民统治下的朝鲜半岛，诞生了奇异的文学，白乐晴曾将这些看成是民族主义的文学。民族主义的概念，和我们理解的不同，那是在压迫下寻求自我的文学。三十年代，韩国也曾有过左翼文学运动，其间流动着的，就是那些不屈的灵魂的歌吟。作品是血水之中的挣扎、叫喊，还有无量的悲哀。东亚人最凄楚的一页，是写在那里的。

那时候有几个流浪到中国的朝鲜人，在东北和北平都留下了有趣的文字。有意思的是他们注意到了鲁迅的资源。在二十年代后期，就有韩国读书人造访鲁迅。在那些半岛的诗人看来，只有鲁迅那样的文字，对被奴化的人来说是重要的。

我后来有机会认识了许多韩国学者，才知道他们的鲁迅情结是那么重。2005 年，我们在沈阳召开东亚问题的学术会议，韩国的李泳禧先生讲起日本的殖民统治，眼里是愤怒的目光。他在叙述里形成的语态，给我的印象是木刻般的黑白分明。那种对侵略罪行的拷问，在中国的读书人那里已经很难看到了。李泳禧是韩国有名的民主斗士。他在狱中写下的著作对读者曾有巨大的影响。这个鲁迅的研究者对朝鲜半岛的命运的思考是有力量的。在他看来，亚洲的问题是漠视了历史上的主奴关系，日本当年发起的战争的罪过未能彻底清算。东亚学者有义务对这个问题进行认真的整理。

正是这次会议，我和朴宰雨先生一起主持出版了《韩国鲁迅研究

---

① 参见林庆元、杨齐福：《“大东亚共荣圈”源流》第 106 页，社会科学文献出版社，2006 年版。

文集》。读着那些分量很重的著作，我感到了一种精神的真与深，许多文字在刺激着我，比如李泳禧写道：

> 在阅读鲁迅众多的著作时，我为将思想付之于实践的知识分子的生活所感动。我否定了那些安于“买卖知识商品”的教授、技术人员、文艺作家的生活，开眼于与受苦民众同甘同苦共患难的“知识分子的社会义务”，这些苦难，当然是由于不正的社会条件所造成的，这样的义务感则出自于“对人类之爱”。①

坦率说，在中国的学者那里，这样的惨烈的文字已经不易看到了。我们只是在民国的时候有过大量类似的文字，而现在的表述多被学院体代替了。

韩国知识界对日本侵略时期遗留的问题一直穷追不舍，据一位熟悉情况的朋友说，近年来，韩国对战争时期的汉奸的遗产和罪行进行了大规模的调查和清算，对历史的污点绝不宽恕。起初听到这个消息，我很惊讶，以为是太过了。但这就是韩国人的精神。他们不苟且，坚守自己的立场。曾经被奴役了，现在不能再被压迫着。八十年代民主化运动的成功，是韩国的一个奇迹。我去光州看到起义的展览，心被强烈地震撼着，好像看到了这个民族的精神内核。那么多青年为了自由而死。当年抗日的时候，也是这样的吧？

在殖民地经验里，朝鲜半岛留下的一切，让我久久感念着。韩国的气候与地貌，与我国的东北很像。而人的精神似乎更为强悍。在半岛穿行的时候，我注意到了那些上百年的遗物。我们之间相似的地方很多。可是在对历史回望时，彼此却有着那么大的距离。韩国离我们很近，可是我们并不都了解他们。这是文化上一个不该有的盲点。

---

①《韩国鲁迅研究论文集》第 111 页，河南文艺出版社，2005 年版。

六

我曾经想，日本的知识分子是如何看待战争的记忆呢？也许我们还不能一下子说清吧。十多年前我第一次去日本，才知道在对战争的问题上，那里的左翼知识分子一直在与右翼团体对抗着。至少在四十年代末，一些反战的电影是吸引过诸多民众的。然而一切都是短暂的，美国与日本政府对左翼文化采取了镇压的态度，左翼知识群落遭到重创。面对战争责任的拷问便被冷战的烟雾掩埋了。

在我熟悉的几位汉学家里，当年都因“左倾”的思想被捕过。我们在阅读丸山升、木山英雄的文章时，还能嗅出当年激烈搏击的信息。可惜那些声音，一点点远去了。至于年青一代，已经在隔代的陌生里对以往的生活不甚了然了。

但不料今年的一次冲绳之行，使我认识了日本的另一面。对“二战”的后遗症的认识，还是这次冲绳之行后才清晰起来的。我在那里读出了四十年代以来日本的阵痛。像一个活的标本，东亚问题的症结，几乎都在这里聚焦了。

记得那一天，北京正下着雪，我匆匆飞到东京又转机到冲绳的那霸市，北京与那霸，简直是两个天地，那霸完全是夏天的感觉。炫目的阳光，无边的海，还有美军的战机的起落之音，以及不时可见的抗议美军基地的标语，令人感到时光在倒流，又回到了冷战的世界。

对中国读者而言，冲绳的存在多少是带点神秘的色彩的。这个古琉球国的一切，对我来说是那么新鲜。在此的一周过得很紧张，造访古琉球遗迹，参加民间的聚会，一直被异样的感觉冲击着。

冲绳人好客、大气，又带点自嘲。他们不太喜欢冲绳的叫法，一直自称是琉球人。而有意思的是，在这个古琉球的土地上，六十多年间，反法西斯的声音从未中断过。

自 1945 年美国占领冲绳，这个古老的琉球帝国已开始失去自己旧有的存在。在一般中国人眼里，琉球已经消失，它的神姿已被冷战的烟雾遮掩了。

冲绳的民众从那时候起，一直为自己的存在而抵抗着“二战”的余威。除了大规模持续不断的群众运动外，艺术中的抵抗思潮，成了这里的象征性符号。

冲绳曾与明朝有过朝贡的关系，1879 年并入日本。这个古国有自己的语言、习俗与信仰。1945 年，日军与盟军的唯一地面战争在这里进行。死伤之惨重，在“二战”史上是少见的。日军战败前，曾要求那里的百姓为天皇殉命，无数人蒙难。我在岛上看到海边洞穴的青年遗骨，忽想起当年在法国的诺曼底烈士墓园的情景，东西方战场的残酷，乃人类黑暗的遗存。无辜者的遗骨中的冤魂四射，我们的心无法安宁。

随同我访问的胡冬竹小姐正在写关于冲绳的博士论文。路上恰好翻看了她翻译的新崎盛晖的《冲绳近代史》。我才感到，对战争的感受，及东亚悲剧的诉说，冲绳似乎是最有代表意义的。

我在那霸遇到了几位艺术家，其中包括新崎盛晖先生。这个坚守故土文明的知识分子浑身都是诗人的气质。1972 年，当冲绳回归日本的时候，本土的日本人都在狂欢，还是学生的新崎盛晖冲到会场上，大声说：“这样的时候，你们知道冲绳的人是一种什么样的感觉吗?”这次冲动绝不是一时性起，乃几百万人内心的闪光。此后，他便踏上了为冲绳回到自由的道路，把一切献给了冲绳史的研究。

除了新崎盛晖这样的学者外，更多的是民间思想者。其中佐喜真道夫先生给我留下了深深的印象，在美军基地铁丝网旁，矗立着佐喜真美术馆。这个美术馆专以反战为题目，做各类艺术展。佐喜真道夫是个憨厚可亲的琉球汉子，他祖籍琉球，生于东京。小时候东京的孩子总骂他是琉球猴子。这种记忆使他后来有着强烈的回归故土的愿望。然而故土已经沦落，无数冤魂与血迹，在他那里抑制着呼吸。六十年代，他还在大学读书的时候，便被鲁迅的文字吸引。那些小人物的命运，人与人的隔膜以及不屈服的反抗的意志，像暗夜里的火把，吸引着这个失去故土的人。在故乡，无数人死于非命。也有无数人沦入苦境，但谁为之代言呢？当读到鲁迅介绍的珂勒惠支反战的作品时，他惊呆了。一直希望找到那些原作。对故土而言，珂勒惠支的悲悯、大爱、忧伤而不屈的内心，是多么亲切的存在。在死亡与反抗中的神思，也恰是在替着美军基地边的贫民发出吼声。

后来，他与画家夫妇相遇了，这坚定了自己用艺术进行反抗的立场。丸木夫妇是战争题材的作者，曾以《原子弹爆炸图》、《南京大屠杀》、《冲绳之战》而闻名。佐喜真道夫收藏了二人大量的作品，尤以《冲绳之战》而闻名。这两位老人的画作充满了惊恐、死灭和亡灵的歌哭。几十幅巨画，完全被地狱般的幽暗所笼罩。据说鲁迅作品的原作曾感染过他们，在这些画面里，鲁迅当年控诉的杀戮及血河里阴森的冤曲，悲壮地流着。珂勒惠支的版画是低缓的夜曲，有独吟的苦意。丸木夫妇的作品则是冤魂的合唱，在错乱的散点透视里，跳跃着哀凉。他们不安的、苦楚的笔墨流淌着几代人的哀怨。

佐喜真道夫身边有几位气质很好的文人，他们是这个岛上精神领袖式的人物。其中仲里效让我久久难忘。仲里效是那里的批评家、自由撰稿人。他对冲绳史与艺术的独特理解，使我发现了过去没有意识到的东西。他追问战争的责任的同时，也在追问自己的文字意义，那些对本土文明的态度，不是一般的地域意识，而是对人类良知、信念乃至操守的拷问。他们从青年时期就一直从事着对“二战”问题的研究，这些不是象牙塔的，而是他们生命的一部分。也由于此，我的文字布满了冲绳人的乡愁与苦梦。

回忆当年的历史，思想者们的活动多是在秘密中进行的。各类反抗的集会和沙龙约谈，那么有趣地展示在他们的生活里。朋友们结成沙龙，一起研究冲绳的命运。当政府把无辜受害者与日军的死者的纪念碑放在一个园地的时候，仲里效就发问：这是不是在美化日军的历史？日本人对战争真的反省了吗？许多文章背后的复杂的盘问，是带着血的声音的。读着这些沉郁的文字，你能够感到知识分子真的精神。

一天，我参加了他们的一个聚会。地点在比嘉康雄的故居。比嘉康雄是著名的摄影家，已去世多年。他1938年生于冲绳，在东京写真学校受过教育。他对古代琉球的遗风有相当的研究，用自己的镜头忠实地记录了各个岛屿的习俗和渔民的生活。作品极具穿透力。在黑白对比里，琉球消失的灵魂一个个被召唤回来。那一天来了许多当地文人。除了佐真喜道夫和仲里效外，有诗人高良勉、摄影家比嘉丰光、教师安里英子、县博物馆副馆长等。他们用琉球语写作，唱琉球的古歌。诗人高良勉看到中国的客人，高声说，今天不是中日会谈，而是中琉会谈。我们的心向着中国。

琉球艺术与语言，顽强地留在几位艺术家的心里。但也真的无法阻止旧有文明的慢慢消失。在离开冲绳的晚上，我听到了琉球的古音，朋友弹奏着三弦，苦吟着古曲，极其幽婉神异，在夜的上空流转着。同行的几位东京的教授说，也不知他们唱的什么，因为一般的日本人是不知道琉球的语言的。我在那个声音里听到了与日本本土不同的旋律，似乎也与台湾的乐曲有别。联想起参观古皇宫时候的感受，我才猛然感到，一个民族的心是不能被混血的，只要种子还在，开出的花蕾总是自己的。在这个多样的世界上，保存自己的个性，是多么的不易。

冲绳人的六十余年的抵抗运动，对日本知识界是一个冲击。许多知识分子对他们持有相当的同情心。大江健三郎曾写过一本有名的《冲绳札记》，还惹来无穷的官司，为右翼分子所嫉恨。冲绳问题涉及的矛盾很多。大江健三郎的态度直指日本的战争罪责，追问：我们日本人到底干了什么？我们没有罪过吗？他的刺耳的文字给人的感动是持久的。这使我感到他的亲近。在日本，这样的声音有多少我还无法判断。但这些撕开了精神的黑幕，近代以来东亚的迷津，也可能因为幕布的落下显出原态。

许多年来，在碰到东亚的问题时，我无法理清内中的原由。在北京、东京、首尔、台北、那霸等地得到的结论是那么的不同。可是在从那霸返回国内的途中，联想起几个城市的血腥的历史，一个线索终于出现了。那就是，我们东亚的百姓还没有摆脱旧文明的主奴关系的时候，重新进入新的主奴的战史里。也许，当我们清理了这些双重的垃圾的时候，彼此才能开始新的、自由的、轻松的对话。那时候，面对无数冤魂遗骨的时候，我们可能会不顾忌地谈论着一切。

这一天什么时候能够到来呢？

09 儒的是与非

儒的概念在今天已难以确定了，有布衣儒与贵族儒、山林儒与台阁儒、事功儒与隐逸儒，等等。概念的不同所导致的各种争论，使不同的学派浮出了水面。我所感兴趣的是对儒学的批评文本，批评与反批评的势力各自消长，才提供了一种精神话题。近百年来，对儒家文化一直存在着相悖的看法，比如亲儒与非儒的各有自己的学术背景，情状很像西方近代关于神学的论争。不过中国毕竟是中国，一个问题竟纠缠了近百年，基本的难题未能解决。看各类有关儒学研究的著作，似乎没有超出陈独秀那代人的思路，人们还在老问题上兜圈子。陈独秀当年曾讲过这样一段话，大概的意思是，现在治国学的人，章太炎、梁漱溟是向后看，王国维在中间，只有胡适向前移动，有一种生气在。①在阅读原典的时候，能保持一种阅读的生气，且有当下人的激情，是很不容易的。所以，五四之后，谈儒学和旧的文化，除专门家的独特性为人所接受外，好的学者，是懂得一点西学的。从西学的营垒出来的人，讲国粹就有一点犀利的眼光。也就是有鲜活的意识。陈独秀欣赏胡适的学问，大概是看重了这一点。

现在是孔夫子大热的时期，关于《论语》的话题也多了起来。讲解孔子，前人的著述多矣，明清文人的不说了，仅近代以来的章太炎、

---

① 参见《胡适全集》第30卷第123页，安徽教育出版社，2003年版。

马一浮、钱穆就有很有分量的文字行世。不过就眼光和境界而言，胡适和鲁迅的态度更让我喜欢。他们也许不是专门家，可那种现代人朗然、健康的态度，倒是可以将我们拽向历史的原态中去。比如胡适认为儒文化只是众多流派的一种，大可不必定于一尊。鲁迅眼里的孔夫子是有血有肉的存在，和历代权势者描述的那个圣人有别。而且鲁迅嘲笑孔教不过是权力者治人的工具，哪有什么神圣可言？类似的看法，在五四那代人里常可以看到，在一个缺少个性文化的古国，孔教的拦路虎作用，是不言而喻的。

孔子在现代的被质疑大概来自两种思潮。一是科学主义的挑战，如杜威的反玄学、反唯道德主义的视角，就击中了儒家传统的弊病。胡适的清理儒学，用的是这样的思想。因为唯道德的思路，解决不了现实生存与发展问题。另一个是克尔恺郭尔和尼采以来的自我意识，以及个人主义观和民主观。当一种主流意识形态不能输送出新的信息时，人很可能进入自欺的窘地。鲁迅的批孔，就有这样的意味。在鲁迅看来，孔子的学说，忽略个人潜能的发掘，让人固定在一个地方，不能动，其实易成奴才。欧洲近代以来哲学界的变化，就存在着向旧有理论挑战的现象。美国学者理查德·罗蒂在《哲学和自然之镜》中，讲到了“系统的哲学”与“教化的哲学”的区别，前者是主流的，后者是外围的。主流的承担着恒定的话题，乃建设性的话语系统。外围的哲学家大多是怀疑主义者，提供着讽语、谐语与警语。杜威、维特根斯坦、海德格尔就是这类外围的人物。他们颠覆精神的神话，旨在穿透以往哲学中的盲点。①五四的前辈，做的就是类似的工作。他们将女权、平等、幼者为本位，虽然那些著述不及西方哲人的深邃，但在处理传统和现代的问题上，与上述人的状态多有相近的一面。对古老的哲学体系倘不能穿越过去，精神是不会有新色的。

近读李零先生的《丧家狗——我读〈论语〉》，心里畅快不已。此

---

① 参见查理德·罗蒂：《哲学与自然之镜》第346页，商务印书馆，2003年版。

书很有历史上怀疑主义的锐气，也使我联想到胡适《说儒》、鲁迅《在现代中国的孔夫子》诸文的气象。好像彼此的心联结在一起。李零的读解孔子，是现代人的眼光，因为在个人主义与自由意识中浸泡过，看《论语》就不是仰望的样子，是冷静的还原，还有会心的嬉戏在。前人讲《论语》是在述圣，替人开圣明之道。虽然也流着悠然、平和之音，唯独少了个人。李零讲孔子有史家的精微，独行者的洒脱。他带着今人的复杂体味，进入远古的典籍，剥落一切伪饰的外衣，从客观的角度还原这本儒学经典。似乎有钱玄同那样的放达，也多知堂的机敏，刘半农的匪气。为什么这样？一正襟危坐就易道学腔，一谨小慎微就陷于宗教的老路里，一附会流行语就易意识形态化。这三者是李零不喜欢的。也是胡适与鲁迅不喜欢的地方。所以我读李零的《丧家狗——我读〈论语〉》，孔子的印象不深，而李零的形象却浮现出来，似乎是五四学人的再现，较之一般读经的学者，他和读者的距离是近的。

读原典如果没有超俗的境界，滑入道学的路径也是可能的。李零的特别性在于，他一方面靠考古学、训诂的方法还原典籍的本意，另一方面，以自己的幽默和愤世嫉俗，与周边的话语体系相抗争，揶揄着流行的东西，营造着一个独立的王国。他说不跟知识分子起哄，也不给人民大众拍马屁。用一颗鲜活的心，和远去的灵魂攀谈，有时是精神的诘问，有时又多笑意的反讽。我在翻阅他的书时，常常发出笑声，胡适讲解典籍时没有这样，钱玄同述学时也无类似的语态。倒是鲁迅、王小波的文字有这样的效应。李零与后两人的相近性，给了我们一种好玩的印象。在超越极限的跋涉里，还能散出那么多的快意，那分量是一般学人所不及的。

从李零的学术思路，我想起了五四那代人非儒的精神。中国搞国学的人，在经典面前不乏奴态的面影。思路在伦理里翻着跟头，难免卫道的老态。自从五四运动后，人的价值变了，有了自我的观念。方法呢，实验主义、人类学、民俗学、比较文学等，开一新的路径。研究学问乃生命的体味，和精神的攀越，既不想做国师，亦非大众的引导者。学问是智慧与自我的表达，济世也罢，自娱也罢，不为潮流所动才是真的。我觉得李零近几年的著述，就和世风大异，是衔接了五四的余脉的。有人骂他、讥讽他，丝毫无损于著作的光芒。重读经典，如不能有李零的智慧和勇气，以及打通古今的气象，我们可能真的不能了解古人，也鲜知自我。从孔老夫子到现在，跟着别人跑的人，总比独行的人多。孔子的热与冷，都与此有关。

五四前后关于儒学的争论，在今天仍是一面镜子。亲儒与非儒的交锋，隐含着复杂的文化期待。马一浮对章太炎、胡适等人的学术思想是有过批评之语的。马一浮晚年谈民国前后的学术时，认为章太炎、胡适等人的思想存有偏差。大意是将儒学的基本思想领略错了，而且误用了先秦学说的有价值的东西。近代以来社会的变化，是学术偏离的原因所致，还是政客的因素使然，人们各执一词，看法不甚相同。但一般读书人将国家兴亡系于古文化的继承与否上，未必切中要害。这从另一方面也证明了一个现象，那就是社会变迁的深层动因，除了社会文化心理的要素外，学人思路的引导，是大有作用的。马一浮认为理解儒家传统，不能离开心性的领域的。他觉得五四那代人，在此存在着问题。

民初学人治史成风，胡适的引人注意，也是其新史学意识的强劲使然，其《中国古代哲学史》、《中国中古思想史》、《戴东原的哲学》等，都有发人深省之处，是学林的新声。胡适每每讲到先秦学术，喜引用章太炎的观点，彼此心有戚戚焉（虽然在对一些问题的读解上，两人存在分歧）。所以我们看五四前后，那么多的章氏弟子和其交往甚深，大约是思路相近，或彼此尊敬的缘故。这对后来社会思想的发展，起到了很大作用。比如在对儒学的看法上，非儒意识的兴起，和他们的精神演进是连在一起的。章门弟子中对儒家叛逆的故事很多。鲁迅、周作人、钱玄同、朱希祖都曾是非儒的骨干之一。不过在学理上，能将儒术深入剖析者，大概是胡适吧。他的那篇《谈儒》及《新儒教之成立》，就用了历史分析的方法，将旧学说迷信的一面，虚伪的一面说清了大半。可是在马一浮这样的学者看来，讲到儒学时，仅用史的逻辑未必都对，忽略义理是大的问题。他说：

晚近学术影响之大，莫如章实斋“六经皆史”之论。章太炎、胡适之皆其支流。然而太炎之后，一变而为疑古学派，此则太炎所不及料者也。

尊经之说，微论何键，即如章太炎非不尊经，而原本章实斋“六经皆史”之论，实乃尊史。《春秋》不可作史读，作史读则真“断烂朝报”矣。《尚书》虽亦当时诏令，而《蔡传》序文所谓“史外传心”者，最是中肯之语。是故经可云术，其义广，不可云学，其义小。《论语》言“学而时习”、“学而不思”云云，“学”字之上，皆不容别贯一字。今人每言“汉学”、“宋学”、“经学”、“史学”以及冠以地名人名，标举学派，皆未为当。即如“佛学”之名亦不如“佛法”为妥。读经须知非是向外求知识，乃能有益。①

上述的语录大致看到了新儒家学者与新学人间的分歧之处。在胡适看来，儒家不过是贵族的而非民间的，是仪式化的、伪态的精神形式，是社会进化到一定阶段的产物。但马一浮认为，非儒化的思潮，其实漏掉了心性诸要义，把怡然的性灵驱走了。五四学人遭人诟病，多缘于此。

类似的交锋，就能让人觉出儒学命运的多舛。其实晚清非儒的学人，大多是最有性情的人物。怡性在他们看来不是一个问题，因为无论陈独秀还是鲁迅、钱玄同，都写一手好字，诗文又佳，儒者的风范是都

---

①《马一浮集》第3卷第979页，浙江古籍出版社、浙江教育出版社，1996年版。

有的。孔子所云的温柔敦厚、文质彬彬，在胡适身上不是历历在目吗？就孝道与人情味而言，那些大讲读经的人没有几个比得上鲁迅、胡适，这是有目共睹的。而偏偏是这些文雅的君子，要扯旗造孔夫子的反，岂不咄咄怪事？难怪后来国民党要封杀胡适，就精神要义而言，其实质是对人伦纲常是大为逆迕的吧。

近代以来非孔运动的发生，是科学民主意识传播的结果。非孔非儒最厉害者，多是留学归来的人。而愿阐儒学之幽光者，也是从欧美留学归来的人。有时对比两派的文章，就看出价值点的差异。前者以科学信仰为本，故不屑于谈玄论道。后者关注心灵与人生境界，于是便从先人哲思里寻些什么。力主科学理念者，认为孔子学说于今无用，徒生些虚幻的存在；大讲心性之学的，就希望从儒家遗产里生出“极高明而道中庸”的“超世间”的人生境界。胡适自然不同意于后者，以为是非健康理性的遗存，不必过于依恋。唯有从现代科学与理性里才能生出新的文明。

这样的争鸣，到抗战时期，依然如此。五四时期的胡适、陈独秀与林纾、章士钊等人交锋，后来就演化为学术内部的纷争。即便在友人之中，类似的看法，从未断过。比如1943年冯友兰《新原人》出版，接着又推出《新原道》，在价值取向上，是明显倾向于儒学精神的。张申府看到两本专著，大发感慨。这位温和学者在《新原人与新原道》中批评了新儒学的空洞，于人生无补，和现实殊远的问题。他说：

中国哲学不长于讲宇宙，因此欠少博大精深的宇宙理论系统；因此更没有科学产生。中国哲学说是偏于谈人生，但其实完全落了空，人生一点也不长进。常说“过犹不及”。但是不肯过，结果遂长此不及！“与境为乐”不能说不好。但中国过去一些哲学家却常是耽于自己的幻想。在国家民穷财尽、兵荒马乱的时候，而徒自觉“道通天地有形外，思入风云变态中。富贵不淫贫贱乐，男儿到此自豪雄”，正是陷入此等幻境中。说宋儒达到中国一种极境，其实是由于一种偏好。①

新式学人间围绕孔子学说与儒家传统所产生的争论，基于的现实问题意识点的不同。在胡适、张申府看来，历史是进化的，每一时代有每一时代的思想，旧有的大可以存疑。关键的问题是，支撑人的精神原点的东西是什么？马一浮、冯友兰诸人认为是心灵的境界，脱凡的愉悦者正是，而胡适、张申府则觉得，科学的理念观照下的自我解放、自由理念，却可以填补儒学的空白，把人引向新生的境界。达到这一点，旧儒的系统，大约已没有自己的力量了。

五四那代人精神是潇洒的，处世为文都不拘小节，有独来独往的气象，胡适看到自己身边生活的变化，自叹改良的意义，因为自己相信，旧社会的陋俗被废掉者，多系西洋思想传来之故，八股、太监之废除，不是儒学之力；电气、交通之发展，亦无旧学的效应。中国旧的那一套，合人性者当存，不合时宜者应去，都非用《论语》可以解决的事。阻碍社会进化的因素，其实是古老的幽魂对今人缠得太深，不得前行，那就必得铲除旧影，迎来新知。除此，大约是没有出路的。

对于胡适的看法，陈独秀、钱玄同、周氏兄弟是赞同的。看他们那时的通信，则可了然于彼时的情景。不过《新青年》分裂后，那些人对儒学的态度发生了诸多变化。除鲁迅、胡适、陈独秀外，许多作者晚年却儒风渐多，有了马一浮、冯友兰式的情调。士大夫式的移情，悠然渐渐出来，对孔夫子甚或带有理解中的敬意。典型的例子是周作人，三十年代后期，激进的思想里多了柔和的儒意，冲淡超然中带有反冲动的平和。而且也自认自己是儒家的一员，虽然并非正宗的脉络。按照周作人的观点，胡适也可算是类似的儒生，在操守上和格调上也有古人之

---

①《张申府文集》第2卷第616页，河北人民出版社，2005年版。

风。但胡适不同于周氏的地方，一是警惕沦为儒学的附庸，因为那样个体的自由就消失了；二是没有周作人、马一浮那样笔墨闲情，非吟风弄月之流。虽身缠中和之音，却偏喜异端式的思考，在求知的领域，是反心性中和与神秘主义色彩的。由于上述的原因，胡适和周作人一直有着距离感，在坚持科学理性的路上，比周氏走得更远。所以后起的自由主义文人，谈治身与治世之道，每每推举胡适，而喜谈自由的周作人却被冷落一边，其中深浅的道理，不细细分析，是不能一目了然的。

儒家的学说很是丰富，连胡适、鲁迅这些非儒的人，一生的选择也未能完全摆脱旧学的余影。“仁”与“中庸”，是孔子思想的重要元素，胡适本身就折射了其中的余光。你看他的待人之道与为江山社稷奔跑的样子，与孔夫子亦有相近的地方。只是在学识和境界上，不愿坐在旧车上，用着理性之力分别明暗短长，以怀疑的目光，做不疑之事，希望在精神的链条上，注以新鲜的血液，这就在气象上别立新宗，和欧美的个性主义文人近似了大半。李敖、陈映真等人，在一些地方就有胡适式的勇气，此种余音，至今还可听到。李零写《论语》的书，也有几分类似的特点，青年人是喜欢的吧。而马一浮这样高明的学人著作，今人少有问津，可能和当下语境过远有关。可我们读胡适的书，似乎仍在对当今发言。其火种星星点点，偶可在四处见到。思想者的魅力，有时是超时空的。

这大约是一个悖论。反儒最用力者，其一生的行状、足迹、倒和历史的许多贤儒相近，本色是中土式的。胡适一生的文字，讲科学民主最多，但给人印象最深者，却是“己所不欲、勿施于人”、“诲人不倦”、“以直报怨”、“以德报德”那些儒家的东西。我们看鲁迅的文字，虽创造了智性的高度和奇迹，但那人情之中的暖意，何等的中土化！和古之君子如六朝之人相近极了。孔子所讲的忘我和大爱，是深埋内心的。孔子的许多思想，鲁迅不以为然，但不随流俗这一点，是颇为相似的。鲁迅是真懂孔子的人，所以知道离开孔子、回到自己的意义。近百年来，大凡举儒旗者，对近代思想贡献有限。倒是非儒者，丰富了中国人的智慧。而瞭望这些智慧，你能觉出不是东方式的吗！那些也像孔夫子的流音一样，散落在世间的诸多角落。或因似儒而被后人撷取，或因非儒而自成新调，使古老的文明被调适到现代之路。在我看来，这后者之力，乃我们社会进化的动因之一。凝望儒学遗产的时候，我们不能不生出这样的感叹。

10 在想象与叙述之间

近代以来的文人喜欢谈明末清初，其实是大有寄托的。而研究明史也就有了各自的心思。晚清文人喜欢明史，大概和排满意识的滋长有关，民族主义的因素重，那是自然的了。而五四之后，明代文化不断被叙述，因素就显得复杂。史家的眼光和作家的视野就不太一致，至于政客者之流引用明代史料，其内意晦明不已，是政治文化特殊的现象。历史在不同的方式下被想象与叙述，本身就值得研究。

新文化运动出现不久，周作人就说，白话文的出现实际不是今日之事，乃是明末就有了的。于是把新文学的源头推到了三百年之前。细想起来，也不无道理的。周作人的欣赏明代文学，对三十年代的文人多有影响。与友人私下通信时，讲过多种心得，见解可取之处很多。比如与钱玄同讨论野史中的流寇杀人之事，含着对明代文化史的别样的看法。我偶读明人文集，对其语言、逻辑，都觉有趣，和我们今人的思路相差无多。《史可法文集》里的家书，所谈族里亲疏之意，似乎是现代人的文本。比如家庭伦理、朝野礼仪、主奴关系，亦仿佛是在写近人的生活。雍正时代的一些文献，就表达的方式而言，去今不远，有时候甚至像现在人的陈述，没有什么隔膜的。阅雍正时期囚犯的口述资料，完全是大白话，《清代文字狱档案》中这样的句式极多，都可以从语言学的角度证明许多问题。从明清到民国，其实有精神的链条在的。

周作人谈明代文学，很易让人曲解。而沈启无等人的见解，也限于书斋的思路，似乎把世间的血腥都过滤掉了。至于随着他们而大谈张岱、袁宏道的林语堂，总是表层的陈述居多。胡风等人对周作人周围的明人气息，颇为反感，曾有过批评的话，但未必都看到其间的要害。倒是鲁迅能从苦雨斋的群落中，嗅出内在的不平之音。理解他人，也并不容易的。

新文学作家里的“明人气”，在京派的群落居多。而那时正是风雨飘摇之日，他们的锐气自然不及左翼作家们，显得老气与过于儒雅。阿英在三十年代写过一本《夜航集》，其中《明末的反山人文学》，暗示的就是新文化营垒的分与合。他写明代的灭亡与一些清谈的名士过多有关，自称是“山人名士”，是大有问题的。原因是退居山林，自命清高，而不理国事。讲的都有道理。作者认为，“山人名士”的文学出现，同时也有反“山人名士”的作品在。这个看法，也许缘于他的左翼立场，是意识到问题的要害的。阿英自己是喜欢周作人这类作家的，但又认识到其明代文人式的气质折射的要害。他自己警惕滑到旧路上去，也是颇有道理的吧。

当林语堂大谈明代小品的好处的时候，鲁迅是不以为然的。那就是，明代的小品文，表面看去是闲适的，实则也有愤世的形迹。所谓闲适的文字，亦含有幽怨的因子，怎么能不染上红尘呢？关于明代文人的认识差异如此之大，那是立场或学识的原因所致，还是别的什么思路影响的结果，难以说清。在纠缠里，反倒可以看到士大夫文化的一种心结。

新文学与明代文学的关系，其实是读书人的血缘的例证。研究新文学的人，一旦进入历史的景深里，大概会有独特的体味的。赵园对明代文学与历史的考释，解决了许多接受美学中的问题。她由现代文学的思考而进入明清之际的历史，有着不同于常人的视角。近读《想象与叙述》，看到关于历史认识的辨识，使我想起周氏兄弟对明代文化不同的认识。历史观也是人生观，我们的基因里还有远去的韶光里的隐含，那是只有深入史料的人才能触摸到的。

进入历史，必然存在材料的问题、想象的问题，最后是如何叙述的问题。赵园在书中都涉及了。我由她的研究想到一个问题，人们对历史的认识，的确限于想象与叙述的有限性里。明代离我们也就三百余年，然而其间的隐曲、教训，后人多不明了。人们凭着各自的理解而走进过去，那自然各有千秋的。

明代文化有两个部分令人关注，一是士大夫的生态，二是游民的群落。在专制的网络里，两者给那时候的社会带来了许多变数。后世读书人欣赏明代的衣食住行里的诗风，那多是把对象世界想象得过于美好的缘故。一旦读那些野史与乡邦文献，则会有另种感受。民国知识分子一再检讨国民性问题，与晚明的记忆不无关系。

人与历史的关系，其实不都是事件的缠绕，那里的诗情——悲愤或绝望而引发的天人之际的感慨，似乎更接近原态。政治事件下的日常生活，由巨变带来的生死与悲欣，大概是人们阅读历史的兴趣之一。明末清初的士林，惊奇的故事多多，每每阅读，都有震动人心之处。清人刘廷玑的《在园杂志》里曾写到士大夫在易代之际的苦楚，令人不寒而栗。操守与人伦之间，社稷与生命之间，都到了紧张的极限：

> 明末浙东冯宦，曾为某省抚军，予告家居，适遭国变，城破，登楼欲投缳尽节，其子及家人环绕而泣，遂偷生投顺。其后愧悔悲号，不食，三月而卒。[①]

这一段文字，似乎写下了那位士大夫的心境。积存了许久的儒家因子，深刻在士的内心。由此而知，儒家的设计，在现实面前怎样地与人生为难，实在是与生命价值不同的存在。李贽曾抨击孔学的失当，不是没有道理。在国家沦丧的片刻，中国士大夫的苦境，真的使他们潇洒不起来的。

---

①《在园杂志》第109页，中华书局，2005年版。

只有读史，我们才会觉得国民性的问题由来已久。赵园一再强调历史比我们想象的要来得复杂，真是悟道之言。作者讲“民变”、“奴变”，写到易代之际的平民的杀戮，由奴变为暴民，令人想起鲁迅关于游民的论述，读后倒吸一口冷气。甲申之变后，读书人的日常问题暴露无遗，而民间原有之痼疾亦浮出水面，显现出我们民族文化中的本然。“反奴为主，易主为奴，不出主奴之间；易卑为尊，也无非人上人下，过一把做主子的瘾。”这在明代如此，在晚清乃至民国，何尝不是这样？梁启超、鲁迅对国民的内在性的理解，就有明代的阅读记忆在。鲁迅说二十年代末的中国还像明季，时光无论怎样流逝，一切照旧，独与岁月无关，那也真是我们民族的宿命。暴君的政治，必然产生暴民。而暴民一旦掌权，其残酷甚于当年的主子无疑。鲁迅说：“大明一朝，以剥皮始，以剥皮终。”以暴易暴的惨剧在那时候发生，真的不足怪也。

对那样的历史，士大夫之流也是关注到的。《立斋闲录》、《思痛记》、《虎口日记》都有涉猎。钱谦益致龚云起的信中，谈到战乱之苦。杀人屠城之惨，非今人可以想象。后来的学者在唐甄的《潜书》里也涉猎于此，读之甚觉历史腥味之浓。钱玄同在民国时期注意到《思痛记》的内容，曾推荐给胡适与周作人，以为是不可多得的历史教材。其感叹亦与钱谦益当年的程度不差，一句“触目惊心”，背后是无量的悲哀。

士大夫在兵乱之际，其态多为近人所不齿。软骨症表露无余。《再生记》所载读书人“缩首低眉，僵如木偶，任兵卒侮谑，不敢出声”之状，是士林之奇辱。国家沦亡之际，儒生除了有杀身成仁者外，多被强暴者所囚，或俯首称臣。当年只能念些四书五经的人，其实成了无用的奴才。像钱谦益那样的人，晚年闭户读书，在念佛中超度自己，也是无力感的表露。一方面忧虑有明一代精神的沦丧，一方面在独处中以诗文自娱。他与友人的通信里喜欢用“遗民”的字句称颂别人，而自己能做的，不过窗下的笔墨之乐。他在巨变时期的内心活动，很能代表士大夫的状况，江山改易，四海焚如，内心的焦虑都有象征意义，或者不妨说是儒文化衰微的象征。深读文献，不能不觉得读书人的可怜。

明代后期的文人五光十色。关于那段历史的叙述一直有不同的声音。像顾炎武、黄宗羲一直被后人推崇。傅山的精神为一般人所不及，有着英雄的气概。这也是阿英所说的“反山人名士”的代表人物。顾炎武被人称颂，是因为有操守与气节，那是儒家的道德标准的体现。但到了民国，人们对士大夫的表现有了另类的眼光。对儒家的气节、操守不免怀疑起来。为一个专制的魔王守节，值得吗？围绕此点，争论多多。直到九十年代，张中行还著文谈明代文人的所谓气节，不过奴性。于是招致争议，有人甚至斥之为汉奸言论云云。较之于各类观点，赵园更相信士大夫选择的严肃性，而非将道德的尺度相对化。作者从遗民与忠烈的悲壮里，也有感于人性的光泽，其间坚不可摧的气韵，乃一种遗产。中国的进化，和这份遗产的存在也不无关系。在这一点上，赵园坚守的无疑是鲁迅的立场。

我自己对明代历史知之甚少。王夫之之深切，钱谦益之渊博，袁宏道之洒脱，都让我感动。在朝廷腐败，江湖险恶之日，读书人退隐山林，或读经念佛，不说是苟全性命于乱世，也是一种精神的逃逸。钱谦益自己就嘲笑己身的无能，不过像众人一样“皆习于偷安，竟无能以仇虏为念”。但另一些文人，便在苦涩中悠然于山水之间，精神远离尘世，搞的是性灵之作。审美的路异于别人，自成一家，遂与世俗分离了。

三十年代北平的文人大谈明代小品，精神上未必没有呼应的地方。也许还有更深层的原因也未可知。按周作人的理解，像袁宏道这样的人，在乱世里有别样的文章，实在不易。但他们的消极与逃逸，不是西洋宗教式的参玄，而是一种政治态度。这很重要。所以我觉得他对明代文学的理解要比林语堂、沈启无等人深切，是有文化的忧虑在的。周作人欣赏明代的一些作品，却并非认同一切。他在精神的深处是寻找一种文化的呼应，也是自己的本色。在为林语堂的重刊袁宏道的作品所写序言里，也批评了明代文人的一些精神，不是像一般人所说的那样的一味说好。借着古人说事，乃一种策略。其间也融入了他对世俗世界的不平之音。明代文人给他的亲切感，与古希腊的著作多少相似，虽然内容大异，但血缘的因素还是有的。跟随他的人未必都有这样的情怀，以致被许多人误解，那也是无可奈何的。

历史的诡秘在于，大事件下的人生体验，总是不同的。同一件事情，学人总有不同的看法。明代历史的表述是一直存在差异的，连亲历时代的士大夫，也给我们留下了不同的版本。赵园注意到，王夫之、黄宗羲对事实的记载，就有不同的语调，偏袒、回护的地方也是有的。历史在不同的人那里，折射的是各异的光泽。到了民国间，读书人有不同的阐释也属正常。历史有时候比我们想象的要丰富得多，但也未尝没有规律。从明清到五四，读书人重复着一种模式，打破它的，也只有陈独秀、胡适、鲁迅那代人才可以做到。

考察这一段历史，便能理清后来社会的一些线索。赵园近年对明清之际士大夫和社会结构的研究，就有一种现代史理念的投射。她大概是带着民国后的历史的记忆进入明末清初，并没有隔膜的感觉，反倒得心应手。经历过“文革”的人，倘深入到明清的文献，其经验一定会有所作用。对应明清之际的文化，也不无神似的地方。这样的研究其实也是生命的自问。较之于那些为课题而课题的经院派研究，赵园的劳作，是有精神的温度的。

我疑心明清之际的文人一再被关注，可能是乌托邦主义的消散所致。历史的循环论在许多人的叙述里是隐含的因素。周作人当年讲明代文学，其实就是太阳底下无新事理念的闪现，也恰是他玫瑰色的梦破灭的时候。知道未来的期许有虚妄的地方，于是退到书斋，与古人为伍，找的是自己心仪的对象，或从前人的文字里体验生命的内蕴。今人讲明史，其实未尝不是在讲我们今天的体验。不同于五四后期文人的历史读解，当代的一些读书人，借此是照照镜子，寻找士大夫原点的存在。赵园的明清士大夫研究带有强烈感受的部分，那些生命的体味与神往，是打动读者的地方。只有被历史打动，才能在叙述中打动别人，作者无意中做到了此点。她说：

> 打动我的，始终是那些贴近士大夫的人生境遇的思想，更直接地反映着他们在这一历史瞬间的感受与命运，他们以之回应冲击、震撼的思想。还应当承认，某些言论材料的被我选中，也因了富有感染力的表达。士大夫的“精神气质”也系于他们言说的态度与方式，这一点往往被忽略，言说被抽离了具体情境中的具体生命，不再是曾经鲜活的个人的言说。无论明清之际士人的经世、任事，还是清理他们有关井田的谈论，我们都曾感动于明代、明清之际士人立身处世的严正。①

对中国现当代文人的理解，倘参之明清的资料，当能看到血缘的脉络。而高低起落之间，写的恰是今人的心理原形。不过，恰如赵园所说，历史远比我们想象的要复杂。在多变的时代，文人记载的只是一小部分，其余的多沉没到时光的黑洞里了。而那一小部分，也因了己身的经验的局限，不得向真实的旷野洞开，实在也是可怜的事情。叙述的过程也是遗漏的过程。也许只有那些情感的余波，才更能传达彼时的情境吧。

历史研究与文学研究，在赵园那里是互动的存在。一旦交织在一起，就会有异样的力量。其中的声音、表情、心结，都可以回味再三。《想象与叙述》开头部分写明朝的灭亡，用的是史料，但叙述中史料的连缀却有强烈的画面感。我在那些陌生的资料的排列里没有芜杂的感觉，反倒觉得是一种精神的调色板的移动，纷至沓来的刀光剑影，血与火的流散，烟雾下绝望的呻吟，都可在文字中体味到。读者不觉得是文学的叙述，但却有极强的文学效应。真的迥别于前人，是学术里的诗

---

① 赵园：《想象与叙述》第310页，人民文学出版社，2009年版。

剧，颇可一览。赵园关注的是细节，是日常里读书人的喜好、信念。她对士大夫于生死之际中表现出的对生活的热爱及紧张里的闲逸的心境，给予了诸多的关怀。“废园与芜城”一节，是史与诗的萦绕，在大量的日记细节的梳理中，书趣、乡愁、人际关系，历历在目。这样的还原，比读那些抽象的教义要生动得多。

我由此而明白了作者对明清之际的考量，为何有如此深的感叹。赵园的书没有多少明人味儿，倒多了五四的气息。以五四的记忆重返明清之际，那眼光自然是另一个样子。几百年过去了，我们究竟在多大的层面上，跨越了古人呢？士大夫的流音不绝，才会招致动荡中的某些不幸。鲁迅当年对京派文人的旧文人气的警惕，不是没有道理的。

借着古人的遗迹而想象昨日，倘能还原场景里的气息与温度，那就有了生命的质感。历史也是生命的组合，聚散的背后是诗的闪光。司马迁写《史记》，用的是智者的目光，诗情内嵌着，最感人的还是那些呼吸间的活灵活现的场面。《史记》的叙述里不乏想象。要不是那些画面，我们对远古的理解，也许少了颜色的。史家的大境界不是简单的非议与认同，而是在史料的组织里隐藏着对人与事的理解。晚清之后，激进的文人喜欢简单地对待逝去的存在，那是没有耐心静观的缘故。只有体贴地解读了前人，也就会冷静地对待我们自己。冷而有热度的叙述，才不至于把想象夸大。赵园的《想象与叙述》，小心翼翼地勾勒着旧迹，在浩若烟海的文献里寻找对象的原态，精神的冲动一直被控制着。和那些把历史简单化的作者比，复杂的体验中的诗情，更有庄重感。我们回望过往的生活时，类似的态度就显得异常珍贵。

11　又远又近的老舍

一

我在多年前，从一位北京艺人那里，听到了一些老舍的故事。结尾的时候说："先生是很苦的。"短短的一句话，给了我长久的印记。我由此自忖到，老舍是一个知识分子与普通百姓都喜爱的作家，他的名气之大，是北京出身的作家难以比肩的。在人们的眼里，他的出众，并非别的，而是复原了北京的市井生活，将一群于生死线上奔波的小人物，有意味地勾勒出来。而且那些文本，透着帝都千百年的风雨，在弱小者的生命里，一段苦涩的文化史也感性地凸现出来了。

老舍的作品参差不齐，失败者多于精品，可反复阅读者也仅几部。但那几部的分量却沉得很，乃至后人再写北京，不得不在他的影子里摸索。北京的百姓熟知老舍，像熟知前门、大栅栏一样，他的文字仿佛残留于世的碑文，见证了老北京的人间喜剧。不仅叙述了一道道风景，而且也融入人们的日常生活里了。

谈及老舍，总想起他之前的那位曹雪芹，好像彼此间有着什么关联。曹氏写帝京，真是出神入化，高远得只能使人敬慕。《红楼梦》中的传神笔法，以及浩茫的哲思，都为后人难以企及。但就对底层人命运的把握而言，老舍不亚于曹氏，身上没有富人的雅态。我们看北京的人与景，大观园似乎过于花团锦簇，而《正红旗下》则一片黎民的凄静了。所以，一个曹雪芹，一个老舍，是北京文化史上的两个高人。前一个有一点缥缈神异，后一个却清晰可感。而懂得北京人的风俗人情、喜怒哀乐，大概还得到《骆驼祥子》、《正红旗下》、《我这一辈子》中来找。那里的人生，与我们今天的百姓，还息息相关呢。

老舍记录了北京几个朝代平民的命运，古帝都熟透了的文明，被他具象化了。他久居京城，却无士大夫气，京派文人的典丽清秀之风与之无缘。他熟悉胡同里的故事，对婚丧嫁娶、人情往来颇为了解。百姓在苦日子里的冷暖阴晴均在其笔下活现出来。北京人与外省人有着不同的特点，皇城下的奴性与人性，折射着旧文明的光环。中国文化的特征，在北京人那里，以别样的方式保存着，它的奇异性和多样性，是经由老舍而被世人知道的。

老舍一生，虽做过大学教员，但对社会思潮与文化哲学的兴趣，远不及民俗那么浓厚。我读他的小说，常未觉其故事怎样好看，亦不知结构怎样高明。老舍是历史的看客，他站在城墙的一角，看往来的人们，品味着人们谈吐里的余韵，举止里的情调风俗，他的文字透着一股股人气，一道道场景，人是泥土气的、市井化的，声音呢，是城池上的鸽哨，河边的清风，脆亮里拖着历史的脉息。一部《茶馆》，已将城的故事说透，大清朝的日落时分人已如瓦砾间的枯草，瑟瑟地抖动，那哀歌的悠远，与《红楼梦》庶几相似吧。

他笔下的古城，永远灰蒙蒙的，即便有一丝朗照，也仿佛片刻的幻象，让人难觅踪影。《正红旗下》写北京春天的风，何等可怖，读了不禁生叹：

> 这一年，春天来的早。在我满月的前几天，北京已经刮过两三次大风。是的，北京的春风似乎不是把春天送来，而是狂暴地要把春天吹跑。在那年月，人们只知道砍树，不晓得栽树，慢慢的山成了秃山，地成了光地。从前，就连我们的小小的坟地上也有三五株

柏树，可是到我父亲这一辈，这已经变为传说了。北边的土山挡不住来自塞外的狂风，北京的城墙，虽然那么坚厚，也挡不住它。寒风，卷着黄沙，鬼哭神号地吹来，天昏地昏，日月无光。青天变成黄天，降落着黄沙。地上，含有马尿驴粪的黑土与鸡毛蒜皮一齐得意地飞向天空。半空中，黑黄上下，渐渐混合，结成一片深灰的沙雾，遮住阳光。太阳所在的地方，黄中透出红来，像凝固了的血块。

我读这一段文字，便想起鹤见佑辅《思想·山水·人物》中对北京的感叹，那“大而深”中，是有着历史的苍凉的。不过老舍对北京的感受，是彻骨而肉感的，他把其间的疼痛隐没在一种讽喻里，使我们看到了超限的无奈。人之哀凉，在他那里，永远都弥散着。

二

翻阅老舍，常常不是因为那里的智慧如何超拔，故事如何惊心动魄。老舍还原了一种穷人的空间，那里的衣食、谈笑、对白，还有提笼架鸟者的有腔有调、有板有眼的似阴似阳的长音，把昏暗里的苦涩人生，无奈地艺术化了。《骆驼祥子》写胡同里的人们，微茫里透着苦乐，而《我这一辈子》多厄的命运，则把痛感隐到一种木然的艺术语境里了。老舍大约不爱躲到象牙塔里，他对底层百姓有着天然的情感。他从未居高临下地哀怜胡同的穷人，而仿佛他们的代言者，残酷里透着爱意，以至灰色生活里亦溢出些许的快活。作者看人的目光，似乎处处有些节制，不愿意泛滥情感，那大概是理性起了作用。谈及《老张的哲学》时，他这样说道：

假若我专靠着感情，也许我能写出有相当伟大的悲剧，可是我不彻底；我一方面用感情咂摸世事的滋味，一方面我又管束着感情，不完全以自己的爱憎判断。这种矛盾是出于我个人的性格与环境。我自幼便是个穷人，在性格上又深受我母亲的影响——她是个愣挨饿也不肯求人的，同时对别人又是很义气的女人。穷，使我好骂世；刚强，使我容易以个人的感情与主张去判断别人；义气，使我对别人有点同情心。①

穷、刚强、义气，乃老舍精神的原色，他的文字的美，差不多都是由此呈现出来的。《骆驼祥子》写祥子寒酸、潦倒的人生。时时还能唤起人们阅读的快感，便是对穷人刚强性格的义气化的再现使然。即使写百姓的丑、不堪入目的地方，也不给人龌龊的感觉，倒仿佛洋溢着人性的气息，让你久久咀嚼，从中品出生命的美来。老舍的文字从不哭天抢地，那原因是学会了“一半恨一半笑地去看世界”。手艺人、乞讨者、妓女、教徒，在他那里有血有肉地活着。以自娱麻木着苦痛，并且用细腻的韵致去抵抗粗糙的日子，将无聊的生活戏剧化了。看他写祥子时何等从容，那凄苦里也有一丝快慰吧：

天是越来越冷了，祥子似乎没觉到。心中有了一定的主意，眼前便增多了光明；在光明中不会觉得寒冷。地上初见冰凌，连便道上的土都凝固起来，处处显出干燥，结实，黑土的颜色已微微发些黄，像已把潮气散尽。特别是在一清早，被大车轧起的土棱上镶着几条霜边，小风尖溜溜的把早霞吹散，露出极高极蓝极爽快的天；祥子愿意早早的拉车跑一趟，凉风飕进他的袖口，使他全身像洗冷水澡似的一哆嗦，一痛快，有时候起了狂风，把他打得出不来气，可是他低着头，咬着牙，向前钻，像一条浮着逆水的大鱼；风越大，他的抵抗也越大，似乎是和狂风决一死战。猛的一股风顶得他

---

①《老舍生活与创作》第5页，人民文学出版社，1982年版。

透不出气，闭住口，半天，打出一个嗝，仿佛是在水里扎了一个猛子。打出这个嗝，他继续往前奔走，往前冲进，没有任何东西能阻止住这个巨人……

这里的语言是欣赏、赞誉、品玩，已全无五四时期“人力车夫”之类作品那种怜悯、痛爱的调子。老舍在穷苦人那里看到了生命的力之美，以及那其中散出的人性的情调。中国的左翼作家可谓多矣，但像老舍那样深味穷人衣食住行者，却少得可怜。是他把一个贫瘠、枯燥的生活，罩上了色彩，而这色彩，千百年间，有哪些文人发现了呢？

三

他写作的时候，好像未受过前人文本深深的暗示，倒是想说什么，就写什么，脑袋里仅有生活里的人物。茅盾写小说，依傍的是托尔斯泰、左拉；曹禺有他的易卜生、奥尼尔。老舍坦言，刚写小说时，对此一行业知之甚少，乃内心孤苦，欲倾诉情感所为。谈及这一点，他曾说：

二十七岁出国。为学英文，所以念小说，可是还没想起来写作。到异乡的新鲜劲儿渐渐消失，半年后开始感觉寂寞，也就常常想家。从十四岁就不住在家里，此处所谓“想家”实在是想在国内所知道的一切。那些事既都是过去的，想起来便像一些图画，大概那色彩不甚浓厚的根本就想不起来了。这些图画常在心中来往，每每在读小说的时候使我忘了读的是什么，而呆呆的忆及自己的过去。小说中是些图画，记忆中也是些图画，为什么不可以把自己的图画用文字画下来呢？我想拿笔了。[1]

①《老舍生活与创作》第4页，人民文学出版社，1982年版。

写作是一种记忆，而老舍记忆里的，都是些沉闷的东西。他知道那些存在，多有荒谬、可怖的影子，所以常常用幽默的笔墨，戏谑着笔下的人物，将人性的弱点，昭示出来。《老张的哲学》、《赵子曰》、《二马》均失之油滑，未尝不可说是游戏之作，但到了《月牙儿》、《骆驼祥子》就是另一番情态，内中溅出血色来了。很长一段时间，他一直游离于主流社会之外，既不像“新青年”集团那么多现代理性，又不像“语丝”派那么散淡、闲适。他像个文坛上的工匠，躲在不热闹的一隅，修理着一个破碎的世界。这个世界有异样的声音，语言是带色彩的，生活是有乐子的，人物呢，又像是一幅幅漫画，变形里流着滋味，苦状里透着爱欲。他觉得人生是一种大苦，但苦亦有苦的活法，人间的舞台，可咀嚼、可吟咏的正不知有多少呢。你看他写旗人的生活。难说仅是一种欣赏，一种批判，那其中延伸出的是别样的滋味和情调。而贫苦的人们，离开了这些，也就了无意义了。所以他抓住了人生的这一点亮色，竭力渲染着，从民风看人性，又以人性透着民风，中国文化核心的东西，便在这不经意之中浮现了出来。

老舍的很长一段时间写作，是没有意识形态的话语的。从《老张的哲学》到《正红旗下》，都是纯正的北京话，与布尔乔亚语汇与左翼文人的文风，均格格不入。像《断魂枪》、《微神》那样的笔墨，乃文坛中精品，八十年代后一些醉情山林野店风格的寻根文人，似乎亦难及此中境界。唯汪曾祺的《大淖记事》、《受戒》略含此风，然又不及其冷隽寒栗，对后人影响，是不可小视的。老舍是个找到了个体精神表达式的人，他远离了文人的笔记、八股文体，又远离了泛道德化的写作。他由书斋走向了大众，模仿着他们，提炼着他们，歌哭着他们，生活这本大书，被他读深、读透了。

四

曹雪芹经历了由荣华富贵到穷困潦倒的生活，写出了《红楼梦》。每读其笔下大观园的酒宴、诗令的场景，便含有一种感觉，那是记忆里的一缕自恋吧？曹氏深味奢侈、淫荡对人性的摧残，但每一念及“意绵绵静日玉生香”的日子，亦不免怅惘和感怀。老舍是个由清贫而走向小康的书生，他却不忘情于胡同里的吆喝，城南的卖艺人家，以为那恩恩怨怨、苦苦乐乐之中，也有自己的影子。老舍不愿意写深宅大院的富人，那些拉洋车的、遛鸟的、摆小摊的、流浪乞讨的，才是真的北京。曹雪芹善写贵族、奴仆的各类对白，栩栩如生；老舍刻画下层人的谈话，原汁原味，似乎没了儒雅之气，但却觉得那么美丽。《红楼梦》言及穷人，点到为止，并不铺陈，而老舍一旦涉猎此地，便收不了缰绳，滔滔不绝，以致显得胀满，那也是眷恋起了作用。《正红旗下》的人与事，似乎学会了曹雪芹的某种含蓄，但因醉于“京味儿”的咀嚼，亦不免过于松弛，反不及《红楼梦》那么紧严了。唯有话剧《茶馆》，经由焦菊隐的处理，显得炉火纯青，真真是一部永垂后世的超凡之作。北京艺术的精华，终于在《红楼梦》之后，有了可凭世人陈说的新的文本。

《红楼梦》是一座迷宫，进去而不知所及；《茶馆》是一个盆景，精致地雕出人间舞台。旧世界的种种苦味，种种人生，在这里流动着，变化着。促使曹雪芹写出人间悲剧的，一是生活，二是佛家的苦命哲学，倘没有“四空”的意识，宁荣二府的由盛而衰，是不会生动地呈现出来的。《红楼梦》里处处有逃离尘世的暗示，人间荣华，终是虚幻，到头来不过落得个“白茫茫大地真干净”。老舍的写作固然也渲染了世道的灰色，但情怀却是基督徒式的。他对人性恶的揭示远不及曹雪芹，以至有时显得过于暧昧，但他悲天悯地的韵致，与芸芸众生同苦同悲的情态，却是带有一点西方式的。老舍在看似过于泥土气和市井气里，融下了许多基督式的人道语汇，倘不是它的催促，“京味儿”小说便难以形成。后世模仿老舍者，语言或许颇像，调子亦仿佛乱真，唯少了基督意识和人本精神，气象上是难以相比的。老舍的非凡在于找到了现代人的语序，他以逆俗的目光打量了俗世，将一个活生生的现实很人文地复原出来，少了古典式的静谧，代之而来的是现代人的性情。世俗社会木然的生活，被他的性灵之笔深深激活了。

我在读《正红旗下》时，常常想起《红楼梦》，觉得二者在什么地方有相通的地方。但后来一想，老舍还是过于宽厚，有不忍之心，远不像曹雪芹那么决然。他还留恋着世俗的苦乐，把一种人性的光泽，尽量放大，给这灰色的人间一抹暖色。他后来能去写《龙须沟》、《方珍珠》那样的作品，绝非趋时一句话可概括，乃善良的心起了作用。直到六十年代初，他还执著于大众化的写作，以为人性的美就在那里，我以为还是博爱精神支撑的结果。

晚年的时候，他的文字日趋老到，已没了京油子的痕迹，即便是幽默文体，也干净朴素，气脉隽永。北京语言，是因他的升华而变得美丽了。你在他的文字里，读不到鄙俗、恶气的调子，北京语词里非健康的成分，丑陋的成分，均被拒之门外。他提炼了帝都子民的语言，那些被学者、诗人鄙视的俚语、土话，经由他的妙手，变得那么动听感人，使你如同走进乡俗画廊，内心的快意自不必表。他对北京土语的加工、提炼过程，也恰似基督式的爱意迸发的过程，虽然他和宗教徒，还有着本质的区别。

不懂得老舍的此点，要想和他对视，确是困难的。

五

1935年，在快到中年的时候，他在《益世报》上发表了《又是一年芳草绿》的文章。那一篇短文，写得很幽默，典型的京腔京调，但却说出了自己的苦楚。老舍承认自己是个悲观的人，但又认为“悲观有一样好处，它能叫人把事情都看轻了一些”。老舍的悲观不是鲁迅式的，他没有鲁夫子的奇谲之气，似乎并不那么自虐。因了对世事的悲观，所以看什么，都有一种可笑的感觉，此前写的《二马》、《老张的哲学》、《赵子曰》等，就滑稽得很，国人日常生活的可笑可叹之处，都在那戏谑中流动着。老舍不喜欢正襟危坐的人，对文人的不自量力，殊多反感。他说：

> 我就怕什么“权威”咧，“大家”咧，“大师”咧，等等老气横秋的字眼们。我爱小孩，花草，小猫，小狗，小鱼；这些都不“虎事”。偶尔看见个穿小马褂的“小大人”，我能难受半天，特别是那种所谓聪明的孩子，让我难过。比如说，一群小孩都在那儿看变戏法儿，我也在那儿，单会有那么一两个七八岁的小老头说：“这都是假的!”这叫我立刻走开，心里堵上一大块。世界确是更“文明”了，小孩也懂事懂得早了，可是我还愿意大家傻一点，特别是小孩。假若小猫刚生下来就会捕鼠，我就不再养猫，虽然它也许是个神猫。[①]

由悲观而进入童贞感中，这在老舍，大约是个矛盾，他揭示了人性的弱点的同时，可能找到另一个自娱的天地，在幻象中陶醉着。那是生

---

①《老舍生活与创作自述》第347页，人民文学出版社，1982年版。

存的不得已与无奈。不过老舍毕竟是个幽默感很强的人，他不会像巴金那么过度燃烧自我，也没有京派文人的矜持。他作品里对人物的讽刺，常常有一种效应，读了不禁让人对人生发出感叹。《二马》中的主人公，常让人捧腹，那些世俗生活，在他眼里都成了笑料。《马裤先生》虽是短小的篇章，然而人物的刚愎自用、无聊丑态，跃然纸上，好像一幅漫画，笑的背后是一种悲愤。老舍写人的丑态，大多以对话的形式，三言两语，人物已血肉丰满，真真是出神入化。他后来擅写话剧，对白生动、富有人气，京味儿作家，至今没有出其右者。

《茶馆》人物对话中的讽刺效应，在他的写作生涯里已达到至高境地。仿佛是个历史的看客和野史的作者，对过眼烟云，从容道来，叙述波澜壮阔，人物各路纷纭，不愠不火，奇意迭出。写大人物的恶习，小人物的苦运，多惊世之笔；谈历史过客，有史家风范、画匠工笔，反讽与哭诉相间，真真是回肠荡气，让人笑中带泪。那气象，五四以来的话剧，很少见的。

幽默不多是无聊，真的艺术家，是由此见真义的。鲁迅的《阿Q正传》如此，钱锺书的《围城》也如此。分析此种文本，是有诸多趣味的。

六

汪曾祺在一篇文章里，写到了老舍的可爱，言外有一种心灵的呼应。汪氏喜欢老舍，大约是读出了他的平民心态，其中的散淡之气，是别人少见的。老舍一生，写了大量配合形势的宣传品，从抗战到建国初，数量很多。但那些作品，固然因时令性而缺少了生命，而细细一读，还是很人本、很有情调的。汪曾祺就在老舍身上看到了非功利气，先生的养花、吟曲、市民情感，那是正襟危坐气的人的身上所没有的。抗战的时候，他能在复杂的环境下，与各路文人友好相处，我以为正因了那种平民心态。

他的一生，不太爱谈论自己，偶一涉及，便如胡絜青所言，有点“自嘲”的口吻。他从来未把自己当成什么人物，对金钱与官位，都有着距离。他知道自己的短处，不愿做力所不及的事。那篇介绍自己抗战生活的长文《八方风雨》，写得真挚可爱，像一个忠厚之人的聊天，让人看到其乱世里的苦乐。老舍不屑于写自恋式的文字，他一直警惕自己别滑入贵族的圈子。抗战八年，写了十多篇鼓词，旧剧四五出，话剧八本。那也都很有民间气的。因为他懂得，书斋里的东西再丰富，亦不及生活丰富。生活里的美，只能用生活化的语言加以描述。

在他谈论自己的时候，常常言及“失败”二字。从未有过成就感。似乎永远是文坛的学徒，自省着哪些过失，哪些不足。例如语言吧，先前的时候，他只注意俏皮，便犯了泛用技巧的毛病，过于雕饰了。后来又偏向文言，补救白话的浅俗，结果又走入了误区。老舍毫不回避自己的挫折，言及文章的败笔，多自责自讽的语调，心中的善意，是流露其间的。

这种自责自讽的语调，使他的叙述视角，一直保持着自下而上的状态，笔下的人物、故事，都非传奇式的，而仿佛亲历者的倾诉，让人觉得，普通得不能再普通。老舍曾说自己的作品都是习作，不是自谦之言。1944 年，总结写作生涯的时候，多否定的话语，他说：

> 《大明湖》以后，我写了四部长篇——《猫城记》、《离婚》、《牛天赐传》与《骆驼祥子》。其中《骆驼祥子》与《离婚》还有可取之处，《牛天赐传》平平无疵，《猫城记》最要不得。
>
> 《老牛破车》是谈自己写作经验的一本小书，不过是些陈谷子烂芝麻而已。
>
> ……
>
> 今年是我学习写作的第二十年，在量上，我只写了二十多本

书；在质上，连一篇好东西也没有。[①]

许多年前读这一篇文章，觉得有些过于自谦。后来读了他的文集，浏览全部的创作，才知道他说的都是实话。看到了己身的有限，并非每个人都可以做到。三四十年代，不是有许多文人已自炫起伟大吗？老舍的缺陷，大约是少了一种节制，他不会精炼作品，叙述冗长，且失之平实。作者其实早就意识到了此点。他承认自己缺少诗才，又无哲学式的冲动，所以后人每与曹雪芹对比，总觉得他有些一览无余，没有深邃的隐喻。这些，不仅是老舍，即便是后来的许多作家，也大抵都是这样的。

七

但老舍在内心里，是有大寂寞的。他的文字虽幽默、有趣，而背后也常带岑寂的影子。我读《月牙儿》时，内心就颇为痛楚，那沉闷的语序里，其实隐含着绝望的。《月牙儿》的凄惨的叙述语态，感人的故事，已看不出一点笑料的味道，而是一种对他来说罕有的细致、婉转。其绵绵的抒情笔致，在作者的小说中，是为数不多的。老舍写下层人的生活，有他特殊的体验和笔法。而对贫困女子的生存状态了解之深令人惊异。他先前写《猫城记》，多有反讽的东西在，曾受到过非议；写《二马》、《赵子曰》等，因为过度游戏化，也受到冷遇。但到了《月牙儿》这里，艺术上的缺陷渐渐减少，如同《骆驼祥子》一样，流动着人本的哀凉。《月牙儿》写女子的不幸，有泪、有血，亦有不平之声。近代以来，写女子苦境的小说甚多，但像老舍这样以第一人称来叙述“我”的境遇，在男性作家那里是不多见的。他习惯于写小人物

---

①《老舍生活与创作自述》第87页，人民文学出版社，1982年版。

的悲剧，善良者的死在作品中常可见到。《骆驼祥子》描述小福子的死，虽不是直面介绍，但于人物对白里，可以感到那景象的凄然。老舍写人间的绝境，笔触残酷，像是咀嚼着其中的鬼气，其内心的苦楚，非他人可感的。舒乙在一篇文章中说，其父的许多作品，都写到了自杀，想一想很带一点宿命。以此种心绪反观人间，说他点染了人性的深，我以为是对的。他后来选择这样一条道路，自己结束自己的生命，是不是有一种必然。

当代作家中，没有一个人的死，像他那样让后人痛心，其悲壮之态，让一切苟活者顿失光泽。他的投湖结束了人间的幻象，将一个灰色的预言，留给了人们。其实存在常常是荒谬的，人注定无法逃脱异己的网对己身的控制。他在描述那些弱小的死者时，也隐约地感受到了自己的无奈。在残酷的力量面前，人们大抵是无能为力的。

理解了这一点，当可以懂得他何以带有那么浓郁的苦难感从事着创作，即便像《龙须沟》那类讴歌类的作品，其出发点，亦与人的挣脱苦海有关。这是他的一个基石，他的乐观常常是幻象式的，一旦破灭，则跌入更大的深渊。《正红旗下》，我以为便是幻象破灭的产物，读懂了它，便了解了先生的原色。然而长久以来，人们对他新中国后的写作的描述，大约简单化了。老舍之于后人，不简单是一种民俗意义上的平民写作，他对人间的悲欣，有着一种彻骨的体味。虽然不像尼采、加缪、卡夫卡般那么玄学地打量己身，但却还原了中土文明中空寂的存在。他的痛感是带着韵律的，平实里流动着乡俗和市井的哀歌。在无趣的生活里，先生写出了苦涩的“有趣”，那意义已远远超越了文学。有段时间，人们说北京的百姓，是最了解老舍的，但是细细一想，似乎并不尽然。老舍懂得穷苦的百姓，百姓呢，未必懂得真的老舍。北京人要认识他，并不容易。当今天的市民们以悠然的情调消费着“文化人的老舍”时，他与人们的距离，其实已很远了。

12 汪曾祺散记

一

我认识汪曾祺先生是在九十年代初。那时候做记者，有一年春节的时候，文艺部搞联欢，决定把汪先生请来。我与汪先生是邻居，去送请柬后才开始有些交往。其后，偶有信件和电话联系，直到他去世，时间不长，也只是五年的光景。

他去世时，我在报社连夜发出了报道。那次经历给我深深的刺激，因为在不久前我们还见过面，谈了些趣事。他还帮助过一个女工，为其文约来几篇评论文字，都发表在我编的版上。我很感动于他的悲悯之情，对人的爱怜态度，只能用真来形容这个人。老一代的温暖感，在他那里都有一些，可谓是古风吧。那时候经常接触一些有名的文人，我得到的只是一些乏味。可是他的存在，似乎与整个环境无关，完全是别样的。在我看来，是灰蒙蒙天底下一湾清泉，走到那里，晦气也消失了。

当时文坛吸引我的人只有张中行、孙犁和汪先生三人。孙先生无缘见面，他和张先生给我的印象之深，是永难忘记的。那时候人们说他是个士大夫式的人物，可是我却在他那里感到了一丝孤独的东西在内心的流露。我们谈天的时候随意而快慰，自己在这个老人面前很放松。我觉得他身上有着迷人的东西在流溢着。声音、神态都像林风眠的绘画一样透着东方的静谧。不时对时弊的讥讽，都自然无伪，很有趣的。

他的住所在晚年变动了两次。一次是在蒲黄榆，后来搬到虎坊桥，与邵燕祥先生很近。他家里普通得不能再普通，没有奢华的装裱，可是很有味道。汪先生对来客很热情，从没有拒人千里的感觉。我见到他像和自己的父亲一样随意，觉得是个值得信任的人。直到他去世很久，大约十周年时候，我主动为他举办了生平展览，内心依然保留着那份眷恋和敬意。他对汉语的贡献是我们这些后来的人所难以企及的。

八十年代的文学如果没有他的存在，我们的文坛将大为逊色。我在他那里读出了废名、沈从文以来的文学传统。汉语的个体感觉在他那里精妙地呈现着。那时候的青年喜欢创新，可是他们的文体都有些生硬，觉得不那么自在。汪老的作品不是这样，一读就觉出很中国的样子。而且那么成熟，是我们躯体的一部分。我也正是通过他的小说，发现了现代以来一个消失许久的传统的隐秘。

汪曾祺的人缘好，像他的文字一样被许多人喜爱。他好像没有等级观念，与人相处很随和，身上有种温润的东西，我们从中能呼吸到南国般的柔风。废名的古朴，沈从文的清秀，在他那里都有些。重要的是他的文字后有着欧美文学的悲凉的况味，这是一般人所没有的。较之于他的父辈，他似乎更好地把文学个人化处理着。在人们还在讨论人道主义与异化的问题时，他却无声地回答了诸多的难题。而且，就精神的色彩而言，他总要比别人多一些什么。

现在我决定用一段时间回望这个老人。我知道这只是一次寻找。许多片段已散失到历史的空洞里。但瞭望他的时候也是对我自己生命的一次自省。和他对话，发现自己缺少许多精神的准备，有的东西是从来就没有的，是先天的贫血。有时候私下想想，我的喜欢他，也许源于未曾有过那样的生命体验吧。是他把我们这些俗人从喧嚷里隔离开来，稍微体味到静穆的味道。而且，在相当长的时间里，我是没有过静观的快乐的。也恰恰是他，在粗糙的时代，贡献了精巧的珍品。汉语的写作魅力，无法抵挡地在我们的身边蠕活了。

二

在汪曾祺去世后很久，我才读到他早期的文字。那些都是四十年代的作品，在风格上完全是现代青年的那种唯美的东西。我相信他受到毛姆、纪德的影响，连伍尔芙的影子也是有些的。当然，那都是译文体，他得到了启发。模仿着谈吐，把色彩、韵律变得神秘而无序，现代主义的因素是浓厚的。

有趣的是，那时候的文章都没有一点左翼文学的痕迹，是社会边缘人的倾吐。作者的情趣在自然和历史旧迹之间。没有清晰的理念的排列，完全是意识流动的碎片，有感而发，绝不矫情。在阅读他的作品时，总是感到有种忧郁的东西在里流着。我想，他内心的感伤一定是无法排走才那样抒情地发泄吧。屠格涅夫在写到山川河谷的时候，自己就有着淡淡的哀伤。那是与生俱来的呢还是环境使然，不太清楚。汪曾祺的文字倒像似先天的沉郁，好像在内心深处一直淌着苦楚。

在四十年代的几篇文章里，透露出他和废名、沈从文相近的爱好。文字是安静的。即便有焦虑的地方，可还是生命内省时的焦虑，那些时髦的观念几乎在他那里没有反映，好像在另外一个时代里。在回忆儿时的文章中闪现的是对童贞的诗意的描摹。那是没有成年理念的精神涂抹，在随意点染里看出他对童声的兴趣。那里对乡俗的敏感，神秘的猜想，我们在废名的文字里未尝没有看到。同样是花草、云雨、河谷，各自神姿摇曳，宋词般倾泻着天地人的美意。他对鸟虫、林木的眷恋几乎是童话般的美丽，那些失去家园的惆怅似乎也有鲁迅的痕迹在，只是他显得更为单纯些罢了。而他运用文字时，毫无模仿的痕迹，自己的心绪自然地流露着。以致我们不知道是从别人的文体那里受到暗示呢，还是别的什么影响了他。总之，读他的文字，是成熟的秋意，色彩里反射着生命的一部分。他的向内在世界延伸的渴念，与雨果、屠格涅夫的笔触偶然重合了。

但是他的目光没有在废名式寂寞里久站，很快就闪现出现代绘画般的凌乱、无序及思想的紧张。在《背东西的野兽》、《礼拜天的早晨》中，我看到了凡·高的诱人的色彩。画面朦胧而多致，甚至有波多莱尔的痉挛。他一定是欣赏着现代主义的艺术，那些冲荡而迷惘的颤音我们在其字里行间是彻骨地感受到的。《礼拜天的早晨》写到疯子：

我走着走着。……树把我覆盖了四步——又是树。秋天了。紫色的野茉莉，印花布。累累的枣子，三轮车鱼似的一摆尾，沉着得劲的一脚蹬下去，平滑地展出一条路。……啊，从今以后我经常在这条路上走，算是这条路上的一个经常的过客了。是的，这条路跟我有关系，我一定要把它弄得很熟的，秋天了，树叶子就快往下掉了。接着是冬天。我还没有经历北方的雪。我有点累——什么事？

在这些伫立的脚下树停止住了。路不把我往前带。车水马龙之间，眼前突然划出了没有时间的一段。我的惰性消失了。人都没有动作，本来不同的都朝着一个方向。我看到一个一个背，服从他们前面的眼睛摆成一种姿势。几个散学的孩子。他们向后的身躯中留了一笔往前的趋势。他们的书包还没有完全跟过去，为他们的左脚反射上来的一个力量摆在他们的胯骨上。一把小刀系在链子上从中指垂下来，刚刚停止荡动，一条狗竿着耳朵，站得笔直。

“疯子。”

这一声解出了这一群雕像，各人寻回自己从底板上分离。有了中心反而失去了中心。不过仍旧凝滞，举步的意念在胫髁之间徘徊。秋天了，树叶子不那么富有弹性了——疯子为什么可怕呢？这种恐惧是与生俱来的还是只是一种教育？惧怕疯狂与惧怕黑暗、孤独，时间蛇或者软体动物其原始的程度，强烈的程度有什么不同？

在某一点上是否相通的？他们是直接又深刻的撼荡人的最初的生命意识么？①

完全是絮语、低吟，光线的零乱与场景的倒置，和毕加索的绘画呼应着。晚年回忆自己的写作时，他承认曾受到现代主义的影响。因为生活的复杂，用程式化的语言是无法还原社会的，于是从逆反的语序和晦涩的句子里隐曲地释放幽思。这样的描写是一种快慰。但汪曾祺年轻时候的尝试只是短暂的一闪，他还在摸索的途中，运笔并不入化，对比鲁迅的《野草》，就能见出其间的距离。好像只是意识到这种写法的价值，但背后的东西稀少，只是后来才有所领悟，随着年龄的增长，才从形式的展示向内心出发了。

在最初的作品里，他的画面感是好的。这显示出他高超的技能。清寂的江南的雨，北京街市的风土，灰蒙蒙的人群，都刺激了他的苦梦。张爱玲也描述过南国街巷里的微雨和古道，那是贵族式的流盼，冷冷的目光里是台阁间的冰意，我们只能远远地看着。汪曾祺不是这样，他的苦楚似乎是幼稚的孩童的旋转，根底还是单纯的。他的画面是水彩的写意，西洋的与东洋的光泽都有一些。他不愿意把画面搞得一本正经，自己喜欢从视觉上有奇异的东西卷来。

他用自己的画面要证明的是，好的散文不像散文，好的小说也不该像小说。智巧的东西才是作家要留意的存在，我们的一些写家似乎不注意这些了。尤其那些相信外在理念的人，把文字搞得狰狞无味，在他眼里是殊无价值的垃圾。文学要有清静之地，他觉得自己要找寻的就是这个吧。所以文章之道不是个伦理的问题，而是趣味的问题，非社会的传声筒，而是自己的个体的智慧的延伸，别的低语都没有太多的意思。自己向着自己的空间展开，与神秘中的那个存在对话才是真的。汪曾祺注

---

①《汪曾祺全集》第 3 卷第 55 页，北京师范大学出版社，1998 年版。

意的就是与自己的对话。这一点，他与周作人、废名真是接近得很。

很有意思的是，他那时候的审美观念与毕加索、凡·高很像。在《短篇小说的本质》里说出这样的话：

> 毕加索给我们举了一个例。他用同一“对象”画了三张画，第一张人像个人，狗像条狗；第二张不顶像了，不过还大体认得出来；第三张，简直不知道是什么东西了。人应当最能从第三张得到“快乐”，不过常识每每把人谋害在第一张之前。[1]

明显得很，他对那时候的写实文学是不满的，镜子般的反射生活似乎不能满足他的需求。不满于写实主义大概有下列的人，一是浪漫者，他们以为那些拘泥于生活的人太粗俗了，殊不可取；一种是逃逸现实的人，总觉得在环境里才可以有种美的陶冶，想象对人来说是多么重要。还有的乃以智性的攀缘，在审美的冒险里承受沉重，以洒脱的精神游弋于此岸与彼岸之际。汪曾祺显然是后者一类的。这在四十年代是被左翼颇为蔑视的群落，可是他却觉得中国那时候缺少的恰恰是这样的艺术。在与纪德、伍尔芙的相遇里，他很快就意识到了这一点。

有着这个梦想的他，在那时候得到的一定是孤独的反应，因为在民不聊生的时候，类似的声音往往是微弱的。而且只有唯美主义或先锋主义者才可以意识到这一点的价值。四十年代的中国遭遇着巨变。他也盼着艺术的内在转型。他转了，而时代未转。精神的天却越发灰暗起来。

五十年代后，他的文风突然被一种力量所止，不再向前滑动。他编辑《说说唱唱》，流放到河北的坝上，回城后参加样板戏创作等，心性多少还是有所扭曲。但那时候他学会了逃逸，自知不会作宏大叙事，便在废名、沈从文那里停下脚步。前者是他的恩师，后者对其有审美的引

---

①《汪曾祺全集》第 3 卷第 30 页。

领意味。而且随着年龄的增长，禅风略多，先前的现代主义的痕迹竟渐渐消失了。

直到八十年代，他才为人们所注意。他的出现，在自己看来不过是一种风格的延续，并非创新者，他也自觉把自己归为废名的传统里。

三

谈到汪先生的文章好，那是人人承认的。但好的原因是什么，就不那么好说。他的家里，书不多，绘画的东西倒不少。和他谈天，不怎么讲文学，倒是对民俗、戏曲、县志一类的东西感兴趣。这在他的文章里能体现到。他同代的人写文章，都太端着架子，好像被职业化了。汪曾祺没有这些。他在一定程度上，是个杂家，精于文字之趣，熟于杂学之道，境界就不同于凡人了。

晚清后的文人，多通杂学。周氏兄弟、郑振铎、阿英等人都有这些本领。五十年代后，大凡文章很妙的，也有类似的特点。唐弢、黄裳就是这样的。汪曾祺的杂学，不是研究家的那一套，他缺乏训练，对一些东西的了解也不系统，可以说是蜻蜓点水，浮光掠影般的。但因为是审美的意识含在其间，每每能发现今人可用的妙处，就把古典的杂学激活了。我想，和周作人那样的人不同，他在阅读野史札记时，想的是如何把其间的美意嫁接到今人的文字里，所以文章在引用古人的典故时，有化为自己身体一部分的感觉，不像周作人，自己是自己，别人是别人，彼此间有着距离。汪曾祺尽力和他喜欢的杂学融在一起，其文章通体明亮，是混合的东西。

他的阅读量不算太大，和黄裳那样的人比，好像简单得很。可是他读得精，也用心，民谣、俗语、笔记闲趣，都暗含在文字里，真是好玩极了。他喜欢的无非是《梦溪笔谈》、《容斋随笔》、《聊斋志异》一类的东西。对岁时、风土、传说都有感情。较之于过去学人江绍原、吴文藻等，他不太了解域外的民俗理论，对新的社会学史料也读之甚少。这使他的作品不及苦雨斋群落的作家那么驳杂。见解也非惊世骇俗的。但他借鉴了那些学问，从中找到自己需要的东西。尤其是中土的文明，对他颇为有意义。在创作里，离开这些，对他等于水里没有了茶叶，缺少味道了。

现代的杂学，都是读书人闲暇时的乐趣。鲁迅辑校古籍，收藏文物，关照考古等，对其写作都有帮助。那是一种把玩的乐趣，在乡间文化里大有真意的存在。周作人阅读野史，为的是找非正宗文化的脉息，希望看到人性之美吧。连俞平伯、废名这样的人，都离不了乡邦文献的支撑，在士大夫的不得志的文本里，能看到无数美丽的东西，倒可填补道德化作品的空白。中国有些作家没有杂学，文字就过于简单。多是流畅的欧化句式，是青春的写作，优点是没有暮气，但缺的是古朴的悠远的乡情与泥土味。茅盾先生是有杂学准备的，可是他把写作与治学分开来，未能深入开掘文字的潜能，只能是遗憾了。汪曾祺是没有作家腔调的人，他比较自觉地从纷纭错杂的文本里找东西，互印在文字里，真的开笔不俗，八十年代后能读到博识闲淡的文字，是那个时代的福气。

有人说他的作品有风俗的美，那是对的。他自己在《谈谈风俗画》一文中就说：

> 我很爱看风俗画的。十七世纪荷兰学派的画，日本的浮世绘，我都爱看。中国的风俗画的传统很久远了。汉代的很多像石刻、画像砖都画（刻）了迎宾、饮宴、耍杂技——倒立、弄丸、弄飞刀……有名的说书俑，滑稽中带点愚蠢，憨态可掬，看了使人不忘。晋唐的画以宗教画、宫廷画为大宗。但这当中也不是没有风俗画，敦煌壁画中的杰作《张义潮出巡图》就是。墓葬中的笔致粗率天真的壁画，也多涉及当时的风俗。宋代风俗画似乎特别的流行，

《清明上河图》是一个突出的例子。我看这幅画，能够一看看半天。我很想在清明那天到汴河上去玩玩，那一定是非常好玩的。南宋的画家也多画风俗。我从马远的《踏歌图》知道“踏歌”是怎么回事，从而增加了对“桃花潭水深千尺，不及汪伦送我情”的理解。这种“踏歌”的遗风，似乎现在朝鲜还有。我也很爱李嵩、苏汉臣的《货郎图》，它让我知道南宋的货郎担上有那么多卖给小孩子们的玩意，真是琳琅满目，都蛮有意思。元明的风俗画我所知甚少。清朝罗两峰的《鬼趣图》可以算是风俗画。杨柳青、桃花坞的年画大部分都是风俗画，连不画人物只画动物的也都是，如《老鼠嫁女》。我很喜欢这张画，如鲁迅先生所说，所有俨然穿着人的衣冠的鼠类，都尖头尖脑的非常有趣。陈师曾等人都画过北京市井的生活。风俗画的雕塑大师是泥人张。他的《钟馗嫁妹》、《大出丧》，是近代风俗画的不朽的名作。①

从他的审美习惯看，应当是属于陈师曾那类的文人情调，和丰子恺的禅风略有差异。汪氏的入世与出世，都和佛家的境界不同，也就谈不上神秘的调子。他的文风是明儒气的，杂学自然也和那些旧文人相似。他说：

我也爱看风俗的书。从《楚荆岁时记》直到清朝人的《一岁货声》之类的书都爱翻翻。还有上初中时候，一年暑假，我在祖父的尘封的书架上发现了一套巾箱本木活字聚珍版的丛书，里面有一册《岭表录异》，我就很感兴趣地看起来，后来又看了《岭外代答》。从此就对讲地理的书、游记，产生了一种嗜好。不过我最有兴趣的是讲风俗民情的部分，其次是物产，尤其是吃食。对山川疆域，我看不进去，也记不住。宋元人笔记中有许多是记风俗的，《梦

---

①《汪曾祺全集》第3卷第349页。

溪笔谈》、《容斋随笔》里有不少条记各地民俗，都写得很有趣。明末的张岱特长于记述风物节令，如记西湖七月半、泰山进香，以及为祈雨而赛水浒人物，都极生动。虽然难免有鲁迅先生所说的夸张之处，但是绘形绘声，详细而不琐碎，实在很叫人向往。我也很爱读各地的竹枝词，尤其爱读作者自己在题目下面或句间所加的注解。这些注解常比本文更有情致。我放在手边经常看的一本书是古典文学出版社出的《东京梦华录》（外四种——《都城纪胜》、《西湖老人繁胜录》、《梦粱录》、《武林旧事》），这样把记两宋风俗的书汇为一册，于翻检上极便，是值得感谢的。①

我读这一段话就想起周氏兄弟的爱好，他和这两人相似的一面还是有的，尤其是与周作人的口味极为接近。只是他不是从学问的角度看它们，而是以趣味入手，自己得到的也是趣味的享受，后来无意间把此也融进了自己的文字中。八十年代，汪曾祺红火的时候，许多人去模仿他，都不太像，原因是不知道那文字后还有着不少的暗功夫。这是日积月累的结果，汪氏自己也未必注意。我们梳理近代以来读书人的个性，这个民俗里的杂趣与艺术间的关系太大，是不能不注意的。

从汪氏的爱好里，我也想起中国画家的个性。许多有洋学问的人，后来也关注起民间的艺术，从中吸取经验。林风眠、吴冠中都这样。连张仃的画，最好的是毕加索与门神的结合，谣俗里的意象可让人久久回味的。杂学的东西，是精神的代偿，我们可以由此知道艺术的深未必是单一的咏叹，而往往有杂取种种的提炼。这个现象很值得回味。没有杂识与多维的视野，思想的表达也该是简单无疑。

像他这样从民国里走来的人，读书经验未必与学院里的东西有关。而是从文化的原态里体悟什么。这样的书就读活了，而非死读书那类迂

---

①《汪曾祺全集》第3卷第349页。

腐的东西。比如他到一个地方，很喜欢了解乡间沿革里的东西，对语言方式、音调都有兴趣。人们怎样生存，凡俗的乐趣在哪里，都想知道些。他说自己喜欢《东京梦华录》一类的作品，就因为从中能读出更丰富的人情美与风俗美的。

风俗美是对士大夫文化无趣的历史的嘲弄。我们中国的旧文化最要命的东西是皇权的意识与儒家的说教，把本来丰富的人生弄得没有意思了。行文张扬，大话与空话过多，似乎要布道或显示什么。张仃在“文革”中厌恶红色的符号，遂去搞焦墨山水画，在黑白间找思想感觉。汪先生其实也是这样的吧。他的作品有童谣的因素，也带点市井里的东西。色调都不是流行的那一套。在民风里实在有些有趣的存在。比如赵树理的小说，迷人的地方是写了乡里的人情，汪曾祺就十分佩服。沈从文的动人还不是写了神异的湘西？汪曾祺的阅读习惯与审美习惯，其实就是在边缘的地方找流行里没有的东西。他自己知道，士大夫文化没有生命力的原因，是与人间烟火过远的缘故。

过去读书人涉猎杂学，多与笔记体文字有关。笔记是小品的一种，可以任意东西，五湖四海，不一定深，浅尝辄止。士大夫写八股文，多无趣味，但在一些笔记里，能看到点真性情的影子。笔记有秘本、抄本等不同样式，汪曾祺看的多是通行的本子，没有秘籍，也鲜奇货。有些人看到笔记体的书籍，注意的是版本里的东西。黄裳、唐弢都是这样。他们的杂学也都不错，文字亦佳，有目录学家的气象的。但孙犁这样的作家，就与他们不同，倒和汪曾祺很像，只注意内容，不顾及版本。因为喜欢随便翻翻，不作专门家研究，眼光自然不同。孙犁在《谈笔记小说》中也讲到了汪曾祺喜欢的那些作品，看法有些特点：

> 笔记以记载史实，一代文献典故为主，如宋之《东斋纪事》、《国老谈苑》、《渑水燕谈录》，所记史料翔实，为人称道。如《梦溪笔谈》、《容斋随笔》，则以科学研究学术成绩，及作者之见解

修养为人重视。

笔记，常常也有所谓秘本、抄本的新发现，然不一定都有多大价值。有价值之书，按一般规律，应该早有刊刻，已经广为流传，虽遭禁止，亦不能遏其通行。迟迟无刻本，只有抄本，自有其行之不远的原因。我向来对什么秘籍、孤本、抄本，兴趣不大。过去涵芬楼陆续印行之秘籍，实无多少佳作。①

或许都是因为出身于小说家，对杂学的兴趣也都止于内容的接受，采其手法，接其神气，化为己用而已。好的作家对野史与笔记间的东西有情趣，或许是那里的不正规的文气与心理让人喜欢？笔记里的谈鬼怪之作与民间传说，多灿烂的想象，思路与一般人迥异。汉语书写易走进套路，唯野性的思维可让人飞将起来。且那里知识庞杂，多不正经之音，或让人一笑，或有惊异感叹。对于汪曾祺而言，早期是西洋现代小说开启了其思想，晚年则为野史笔记引路前行，遂有了一种脱俗之象。考察晚清以来文章好的人，在这一点上，多少是一样的。

四

我有时候看他的书，尤其是小说，就仿佛觉得是个远离恩怨的讲述者，把烟火气滤掉，把痛感钝化掉，一切都归于平淡了。可是那平淡后面是无疆之爱，就那么缓缓地流着。汪曾祺喜欢单色调纯情的事物，那是不错的。可是他看人的眼光则不那么简单。他知道人的价值不是好坏的概念可以涵盖的。许多作品对人的描述，有点沈从文式的中立的态度，不去简单地价值判断。在《詹大胖子》里，他描绘了此人如何的

---

①《耕堂读书记续编》第 13 页，大象出版社，2008 年版。

世俗，如何的庸常，在学校靠自己的特殊职位推销高价货物，赚了许多钱财，笔触里对其不乏温和的讽刺。学校的校长有作风问题，他清清楚楚，善恶分明。但在有坏人整校长的关键时刻，他却保护了校长，没有使悲剧发生。保护校长，与他的私利有关，因为他可以照常那样生活，可是恶人来的话，就要历大苦楚，那是更坏的结局。这样的选择，是复杂的因素所致，结局是保持了生活的宁静。他写这个俗人，真的有人间烟火气。人物的神态、举止都很生动，觉得颇为有趣和好玩。人生的本真不过如此，但在他笔下却有了诗意的风景。对这样的人物，他并非欣赏，也不批判，他觉得生活就是这样，不是崇高和矮小可以涵盖之。有良知的人未必伟岸，而伟岸者的背后也有可笑的小。似乎很像聊斋的笔法，在悠然的词语里，读出了俗画里的冷暖。《金冬心》写人间的世故，入木三分，显得极为老到和从容。金冬心是画家，遭到袁枚的冷落，却无意间在吹捧别人中得到好处。他小看袁枚的世俗，自己未必不俗。简单几笔，活画出士大夫的本相。汪曾祺写俗像，笔触却是反俗的，没有一点庸俗画的低眉气。他在高贵的笔触里，刺激着芸芸众生的一切，词语的背后跳着洗练的音符。这里有他的人生观，颇值得玩味。许多人模仿他而不像，大约是没有这样的世界观所致。而这，和流行了几十年的思想是没有关系的。

他端详各色人物时，都是有些俯瞰的欣然。自己并不燃烧其间。沈从文说写小说要贴着人物去写，这是汪曾祺认可的。可是他并非都是贴着人物，有时是扫描的笔法，自己并不仿着人物，距离感是强烈的。小说是回忆，这是不错的。他在回忆里把世间万象寓言化，我们感到一种快慰。一切恩怨都消散于此间，生命不过一个过程，在这个过程里，有什么想不开呢？

像左翼作家的创作，他是不太喜欢的，原因是燃烧得过多，没有距离感。况且作家是审美地打量人生，不是简单地价值判断。他在《陈小手》里写人性的恶，感情是控制的，很含蓄，又不流溢自己的情感，但震撼力是那么的强烈。作者在风俗里写人，风俗有亮的，也有暗的，这里暗示着善恶问题，美丑问题，却又不是道德化写法，而是审美里的渗透。汪曾祺了解行帮的黑暗，也知道生民之苦。人是可怜的存在，大家都在命定里存活。但反人性的东西怎么可以饶恕呢？对此也只能怒而视之。不过即使这样，你在他的作品里感到的依然是平静的气息，不是火气很盛的存在。许多人活过，许多人死了。活过的人生前的好与坏，不过过眼烟云，那些荒诞的故事，都可以饶恕么？在阅读汪曾祺的时候，我们会想到很多很多。

人生本来平凡，没有什么大起大落。他写的人也普通得很。小人物，小故事。但人间本色的东西都在。《讲用》里的郝有才，一个在剧院里打杂的工人，平平凡凡地过日子，工作也很积极。“文革”来了，突然与荒唐的时代相遇，于是一切变得很可悲。他有点爱小，爱占点小便宜，后来被批斗。批斗会上的发言，十分正经也十分可笑，搞得大家莫名其妙。而后来偶然做了好事，又被捧上了天。郝有才以幽默的语调让人忍俊不禁。小说写这样的人物时，我觉得作者是怀着反讽的心来看生活的。他厌恶人们把人分成三六九等，也拒绝对人性进行简单的归类。在汪曾祺看来，人有私欲，乃平常之事。有爱心，也是心性的一种。妖魔化与圣化都有问题。所以他的世界观，是介于妖魔化与圣化之间的日常化的写真。但这写真里有诗，有悲悯与淡淡的寂寞。在日常生活里发现精神的美，给他自己还是带来了诸多乐趣的。

《云致秋行状》写的故事，都为烦琐的小事，像是人物记事。主人公云致秋不过是剧团的一个小干部。其为人处世都不错，工作一心一意，自然也有一般京城人的奴性。他有一套旧京城人的处世逻辑，有一种维持心理平衡的方法。靠着这个法子，他活得游刃有余，自由自在。可是革命来了，旧的一套不行了。人要活，就得有新的维持自我的逻辑。所以在“文革”里也做了三件平时绝做不了的事情。一是去随大流批判领导，二是把记录单位安全秘密包括人事机密的材料交上去，三是写了大量揭发材料。这个一向热心的人，突然在古怪的时代里随着古怪起来。“文革”结束后，又恢复了日常的生活。照样是热心，照样是刻苦，以至去世后引起那么多的人的怀念。在作者眼里，人是社会的动物，好人与坏人的概念，不能简单为之。人间世的一切，比书本里写的要复杂。这里就消解了神圣，消解了意识形态的东西。社会是一本大书，人不过是个过客。帝力之大，而人力甚微，只能被环境所囿。汪曾祺不喜欢客观环境对人的挤压，想的多是人性不变的东西。人有没有常恒的存在呢？还是有的吧。那是恻隐之心，天然之态。可是现在我们被异化在其间，只能在笼子里远眺着天际，想一想。这想一想，就有诗，有爱。汪曾祺使我们返回到人的原我，返回到内心。他眼光里的恩怨，与世俗的那些东西毕竟不同的。

阅世深者，倘有爱意，总有点逆俗的因子。汪曾祺喜欢从别样的眼光里看人，不都是自然主义的思路。他常常在悖论里读人，对美的理解完全是自我的体验。《瑞云》里那段传奇的故事，我们读了，不禁感伤。最美丽的不易得到，受损的反而易近。小说像是童话，实则为寓言。美妙的像普希金的《渔夫的故事》。他描绘的少女如天仙般美妙，可是却在毁灭里才能得到爱情。一旦美质得到还原，爱情却被阴影所罩。作者这样写世道人心，内心一定是难过的。他把淡淡的哀伤点染给读者，我们读了，内心不禁生出苦楚。在宁静里还会生出回肠荡气的气韵，那才是高人的妙处。

在许多作品里，他写的都是日常生活，没有什么宏大的场景。人物呢，也都平凡者居多。这些人有个特点，就是会一点手艺，或画家、医生、教员、卖艺者。氛围中透着书香，或是民俗的情调。也写了些五毒俱全的江湖人物，其间不乏怪异者。《故里三陈》有点黑白相间，《八千岁》是市井的昏暗，底层社会的起伏之状历历在目。《王四海的黄昏》是江湖人的善意的闪光，可是世风的浊气你感觉不到？作者写这些人物的命运时，像一幅幅风俗画，江南水乡、小镇的音色活灵活现。

不错，这些图画都有点老气，我们在鲁迅、钱锺书的笔下见过一些。汪先生写这些，流水般自然，就那么汩汩地流着。琴棋书画、礼仪习惯，如诗般地涌动着，内在的风致清澈洗人。在写这样的故事时，他其实很少悠然与恬淡，我倒读出了他的忧戚的心。那么多美妙的人生的消失，乃大的悲凉。他陷在这样的悲凉之中。1991 年，他的自选集再版的时候，曾写下这样一段话：

> 重读一些我的作品，发现：我是很悲哀的。我觉得，悲哀是美的。当然，在我的作品里可以发现对生活的欣喜。弘一法师临终的偈语："悲欣交集"，我觉得，我对这样的心境，是可以领悟的。

如果不了解这样的心境，对他也许是真的隔膜吧？他的忧患常常被士大夫般的散淡所掩，其实自己的惆怅，比同代的作家并不差多少。他喜欢孙犁、贾平凹这样的作家，其实是内心与他们共鸣的地方很多。因为不愿意呼天抢地，这样的诗情就散失在平淡的文字间了。人生大苦，我们无法超越。而文人可做的，又何其的寥落。不过用记忆与诗，点缀着日常的枯燥，活在这怪诞的世界。文人无用，古人就说过，现在也是如此，有什么办法呢？

许多次，他说自己爱读《聊斋志异》，翻看最多的是《容斋随笔》。那些作品就是俯瞰人间的寓言，把一切彻骨的体验平淡地过滤着。蒲松龄那样的人，对人间万物的理解是含有隐喻的，以空幻与变形的笔法直面世间。他有无尽的情思，无尽的爱恨，可是并不直说，而是借着图像与幻影为之。其间是智慧里的诗，有诸多快慰。在汪曾祺这样的人看来，人表达思想的时候，倘能在诗意与智慧的层面进行，那是心灵的最高境界的舞蹈。许久以来，中国文学流于直白的记录，在庸俗的现实主义理论下创作，那与人的想象力与思想的攀缘是远的。小说是讲故事的，但并非直录，要有点神来之笔。即在平淡里见出奇异来，说出人人心有，笔下却无的东西。这个是硬功夫，不那么易掌握。但作家的任务是向陌生挺进，躺在旧床上的默想，怎么能飞起来呢？

这让我想起巴别尔的作品，总是有弦外之音。生活不是按人们的想象进行，也非流行的理念进行，它运转的方式与人的理念无关，是命定与宇宙规律的一部分。好的作家总是发现新的视角，但又是个生活本然的存在。尼采写世界的表象，是颠倒的方式的。鲁迅总在悖论里发现世界。作家的任务是从人的世界发现理念无法概括的存在。废名做到了此点，沈从文做到了此点。汪曾祺也做到了此点。

五

越到晚年，他越爱写乡间的旧事，故土的那一切在笔下活起来了。我们在汪曾祺那里看到了乡土的美，有的让人想起山水诗和乡土艺术。在泥土与水乡的炊烟里，他给了我们一个安宁的世界。

可是这个乡土过于宁静，似乎过滤了诸多暗影。

沈从文之后，写乡情美的作品很多。但大多有一点单纯。孙犁单纯，刘绍棠单纯，高晓声也单纯。

但汪曾祺还是多了点难言的苦涩，虽然是淡淡的。

汪曾祺在世风里看到了灰色的存在，对人性的诡秘也有所反映。他善于在揭示丑陋的时候来表现美。所以他的文字就比许多以乡土自居的人清醒，还是有话外之音的。

说他的小说里有乡土气，那是对的。比如他喜欢点染岁时、习俗、礼节，对乡间的画匠、工匠、水手的生活细节颇为敏感。作品里不忘江湖里的东西，却非黑暗的留念，而是诗意的打量，在枯燥里看到了丝丝趣味。整个自然乡村，不是冷若冰霜的存在，而是美丑的互动，黑白的对照，而底色里的纯情的美流溢其间，真的洗人心肺。沈从文也写过乡情的美，但没有汪氏内在的苦楚和对世俗拒绝时的老辣。他其实通世故，故写人的俗气入木三分。可是他点缀着江湖的昏暗时又颠覆了昏暗。那里隐隐闪着智性的灯，照着昏暗里的世界，使我们这些在俗气里久泡的人窥见了人性的美意。于是清爽了许多。为之击节不已。

一篇《受戒》，写得清澈、纯情，童心所在，俗谛渐远，性灵渐近，人间美意，生活丽影，在无声之中悠然托出。此种手笔，百年之中，仅寥寥数人耳。而《大淖记事》写女性之美，几近圣母，但又极中国，可谓神妙至极。民国间许多人写过乡土，佳作亦多。可是汪氏在气韵上绝不亚于前人，在神采上甚至还过于前人。自从《受戒》、《大淖记事》发表后，一时倾倒众人。模仿者很多。我读过许多模仿汪氏的文字，形似而韵不似，相差很远。他对乡俗的理解，和一般人总有些距离。在精神深处，他的暗功夫是一时难以被看到的。那些自以为找到了汪曾祺密码的人，其实不知道乡土的隐秘是什么，乡土表现的弱化，乃精神单一的缘故。

乡土文学是个有趣的概念。现在人们讲它的兴衰，为之感念不已，说明了其精神的内在意味的价值。我觉得认识它的历史，需从发生的源头讲起，这才能看清一些问题。

谁都知道，乡土文学的发生来自于鲁迅。这里，鲁迅兄弟的翻译实践起了很大的作用。在 1918 年，周作人写过一篇文章——《日本近三十年小说之发达》，谈到了日本作品的民俗价值。他觉得日本人借用域外的小说形式，成功地表达了东洋人的苦乐，将表达本土化，是个成功的例证。于是感叹道，这样的文学，我们至今没有，言外是对中国文化有种苦苦的期盼。不久周氏兄弟出版了《现代日本小说集》，所译的一些作品，就有很东方味道的存在。这些对鲁迅自己，显然有些启发。他对绍兴的乡土的发现与这些日本小说难说没有关系。而这本译著，后来影响了许多人。废名、沈从文等人都从中感到了谣俗之美，他们自己就是坚持谣俗的表现的。而鲁迅的翻译和实践的确成了精神的先导。

鲁迅小说在形式上有西洋作品的痕迹，尤其俄国人的忧郁与紧张感。他的一部分作品带有安德列夫的阴冷。可是当写到乡村社会的时候，日本人的经验起了作用，不再是个体化的经验的外射，而是民俗学的因子进来。周作人从学理上呼唤这样的东西，以为颇为重要。鲁迅赞成学理层面的理解，但更重要的是从生命体验里发现了它，将乡村社会的本色原态地昭示出来。所以，乡土文学的产生，有一个翻译的背景和学理的背景，鲁迅以鲜活的姿态，激活了这个话题。那个精神的高度在一开始就是众人仰视的。

鲁迅认识乡土社会的时候，不仅有民俗学的参照，关键是有着尼采和克尔恺郭尔式的忧郁与无畏前行的意识。这种超人意识观照下的文化视野，就闪现着文化批评与乡愁的多种意念。他认为中国的乡间、民间文化，在明清以后，基本上就消失了。那些古老的存在早就被士大夫化了。民间的戏曲，本来表现原始初民的那种具有强烈的生命意识的东西，可是士大夫们把儒家的观点，或者是泛道德的东西参与进来，文本就出现了问题。鲁迅讨厌京剧，就因为京剧艺术不断被雅化，本来是原生态的东西，后来到了宫廷就远离了本我，这是对我们民族文化的伤害。他晚年写了《女吊》，对初民创造的人鬼神交织的魅力世界的礼赞，乃是对非主流的文化的一种青睐，中国文化有趣的地方，在那个未被污染的地方。

五十年代后，民间文化渐渐消失。七十年代，我在辽南文化馆搞创作，都是些实用的口号，我们写的东西全是道德化的，借用民间小调却完全扫荡了民间小调。我们已经没有了自己的民间。但在鲁迅那个时代，他接触的日本艺术里，是有与官方意识形态不同的东西。日本人对民俗文化的特别的因素是保持的。早在江户时代，日本民间保持了和宫廷里不同的东西，宫廷里讲的东西和民间的某些艺术是两套存在。

所以，我们中国的民间，其实已经把独立的思维的东西，能够生长智慧的东西慢慢蚕食掉了。鲁迅在小说里发现了中国的乡村，发现了我们民族文化的一些可贵而又灰暗的元素。借着西方与日本的多种参照，出现了我们今天所讲的乡土文学。沈从文写过一篇《学鲁迅》的文章，是佩服他的乡土笔法的。鲁夫子智性里散发出的审美的东西，对当时的作家影响非常之大。但是我觉得后来写乡土文学的作家，缺乏类似于鲁迅的这样一种东西。鲁迅的复杂与多维的视野，在后来的作家那里是很难看到的。

我们看汪曾祺，没有鲁迅的驳杂，缺乏多维的思维，可是他描述乡下的生命，是存在多种感受的，绝不像人们想象的那么单纯。比如《大淖记事》，恶霸刘号长的出现，使故事变得惨烈不安。照一般左翼作品的思路，要靠流血的方式解决问题。可是汪曾祺采取的诗意的笔法，从风情的美里寻找出口。作者不忍美的陨落，而是将美好的结局介绍给大家，在紧张里让人喘上一口气来。气象上自然没有鲁迅博大，但内在的复杂还是可感可叹的。

在六十岁后，汪曾祺才开始真正意义上的乡土写作。他有着半个世纪的苦楚的经验，自然和前人不同。他不是故意美化什么，也非去讲什么乡愁。只是从世间的嘈杂里寻一份宁静，打捞些美的片段。那里有老人的不灭的记忆，他厌恶周围的俗气扰扰的群落，于是寄情乡土，从混沌里滤出清醇的东西。这个与鲁迅的状态很远，可是也丰富了乡土的写作也是无疑的。

刘绍棠写运河，有的很美，也很有意思。可是失之于简单，是牧歌的咏叹，和真的人生较远。但汪曾祺的笔触有沧桑的意味，在最为空幻的地方也能感到是对现实的另一种投射，未尝不是历史的隐喻。只是心底过于柔软，不忍将笔触直指残酷的面影，有些温和罢了。可是这样的乡土，倒让我们觉得真实，是风俗画与人格图。士大夫的那一套消失了，野曲的那些存在也消失了，诞生的是个性化的禅意的世界。鲁迅、废名、沈从文后，汪曾祺无疑是个重要的存在，他把走向单一化的乡土写作，变得有趣和丰满了。

13 穿越法兰西

一

飞机从北京起飞时，晚点了半个余小时，是日黄沙漫天，有些窒息之状。十个多小时后到了巴黎，天色颇好，东西方的气温相近，而天气如此有别。同行的故宫博物院常务副院长李季及上海博物馆汪庆正副馆长都是多次来法的，一路并未显得如何兴奋。唯我与春雨兄兴致很浓，一切都是新鲜的。一下飞机，到处是中国人，好像是在中国南方的某个小城，黄皮肤的人已在世界许多角落生根了。不过进入市区时，方觉出是真正的欧洲风情，印象比机场好多了。巴黎的这个机场很旧，不及东京、北京及新加坡的那么气派。法国搞现代建筑，似逊于赶时髦的东方人。但到了巴黎市内，才知道法国人不屑于摩天大楼的原因。这个民族旧有的东西保存得很好。在塞纳河与香榭丽舍大街穿过时，你将会明白这个国度保持着一种高傲。

下午6时许抵达旅馆。名曰 La Residenu Assano。香港特首董建华的妹妹金董建平恰恰在旅店门口迎接，彼此寒暄了多时。金太太气质不俗，既有东方人的羞涩，也有西洋人的凝重，英法文均好。她刚从美国飞抵巴黎，在异国他乡遇见这么谙熟欧洲的国人，大家显得很快活，一路的疲劳也消失了大半。

汪先生与金太太是老朋友了。他们围绕着一个画展谈了些什么。两人说的是上海话，我几乎听不懂什么。天快暗下来时，金太太建议去一家中国餐馆，并云为大家接风。所去的菜馆不大，离拿破仑的墓地比较近。那菜馆的名字叫“川味香”，服务员都是华人。金太太说她与画家赵无极来过此地，很喜爱这里的味道。赵无极是这家菜馆的常客，闲暇时喜欢于此品茗。果然饭菜很是别致，不像国内川菜那么麻辣，只是微有刺激罢了。坐在“川味香”小馆里，看巴黎的夜景，真是漂亮。街上没有什么行人，连车也不多。整个古都像睡在梦中。空气是新鲜的，好像被水洗了一般，心肺为之一清。我由此而想起中国的杭州，也明白了古老的都城节奏缓慢的因由了。李季说，法国人在享受生活，我们是在活着，信哉斯言。

翻译朱晔是团里最小的，是故宫博物院原副院长朱诚如的女儿。她长于大连，我们算是老乡了。谈话中知道她一年中来了四次法国，对此已很熟悉了。朱小姐说，在巴黎最好不要乘车，步行游览是快慰的。她每一次来都愿意背着包在古老的街道中漫游，那也是一种享受吧？想到在巴黎将待上五个晚上四个白日，意识到时间的紧迫，大家都同意小朱的意见，争取在这里多步行，用手脚去触摸这个城市。

巴黎的夜景在一些作家笔下早就写过了。再费笔墨已属多余。东方与西方就是不同的。先前在书中读文人的高论，都是概念的，一旦深入其中，却有着文字无法描述的东西。是什么呢？大概是精神境界的分歧与反差。逛北京、西安的古街，心要沉下去，不必去思索些什么，那是与先祖血脉的重合，一切都在无言之中。巴黎是猜不透的哲学。这个曾经血染的、无数次爆发革命的地方，现在却被安详与冷清所代替。艺术家与学者，钟情于此地，是自然而然的。

第一次在时差很大的地方入眠，很有些不适，夜里几次醒来。巴黎与北京差六个小时，次序一时乱了。所住的旅店很小，但古朴，房间大方舒适，只是费用不菲。电视里的节目都是清一色的法文，听不懂，于是便躺在床上翻书。读到法国人伏尔泰的一篇文章。历代的学人，大凡有抱负者，都要干涉一下现实，而多知识分子良知式的发热。伏尔泰、卢梭等人，是我青年时代的崇仰者，至今提及，亦有动情之处。他们的可爱，在于坚守，不像中国人，一旦因著述成名，便跑到台阁中去了。欧洲读书人，有清议与批判的意识，巴金在一篇文章里，好似谈到过此类话题。手里没有书，不能引用了。来到法国，是不能不去感受真正的知识分子的生活的。

二

我们此次法国之行是世界遗产委员会邀请的。一切活动都与世界遗产问题有关。一天下来很累，却跑了许多地方，在国内是从无这样的效率的。

上午去了集美博物馆，这是个展示亚洲艺术的圣殿，中国、日本、韩国、越南、印度诸国的青铜器、雕塑很多，气象之大是过去未曾见闻的。总统希拉克在少年时代，几乎每周都要来此驻足，研究青铜器等古物。后来一生都关注亚洲，现在已成了青铜器方面的专家了。馆长是个学究式的人物。一见面便连连抱歉，说中国“神圣的山峰展”布陈时，一面战国时代的铜镜不幸打碎了。法方为此专门写了道歉信，还表示以文物相赔。汪馆长内心很沉重。这是他们上海馆的唯一一面古镜，损失之惨重自不必言。会见后见到几位中方文物专家，连连指责法国人的懒散和漫不经心。现在才知道，粗枝大叶者，在这个国度也比比皆是的。

匆匆忙忙去了卢浮宫，抵达那里时，已是中午了。我们没有时间到展厅里，竟在馆长室延留了多时。李季和馆长谈得很好，内容是双方的合作，据随行的法文翻译廖兵说，卢浮宫的馆长是很难一见的，一般的馆员难以步入其办公室。也许是我们的代表团很郑重，又系文物领导和专家，彼此关心的话题多一些吧！会谈中对该宫殿有了以下的印象：每年参观人数在580万~600万之间，60%~65%是外国人，本国人有200万。收入的情况是：25%的资金来自门票，国家拨款占主要比例，有68%，剩下的系私人捐赠。卢浮宫与中国的故宫相似，是国立的，不像美国大都会博物馆出于私人之手。在这一方面，可以说两国的话题很多。李季建议，以后多多加强合作，馆长高兴地点起头来。

卢浮宫的外表很古老，比想象的要沧桑得多。整个建筑群是浑厚而大气的，见之如睹遥远的过去。人间的悲喜剧都掩其间。法国完全保留了旧迹的原貌，周围看不到一点现代建筑群。唯贝聿铭设计的那座金字塔立于其间，表现了异样的风格。它很巧妙，初看有点不太协调，转眼环顾，再看与古楼的对比，倒让人觉出某种刺激。或许这性灵一笔，把陈旧的故事一下子变成现代表达式了。

待到去凡尔赛宫时，类似的感受也出现了。巴黎人有意地让历史凝固在这里，尽量拒绝着现代气息的渗透。凡尔赛宫的馆长也是个和蔼的长者，始终微笑着。在他办公室坐了多时，谈的都是互展的事。故宫的康熙大帝展品在这里展示。六月后，路易十四展亦将亮相于北京和上海。双方在互展的细节上纠缠了多时。不同的看法最后均统一了。馆长的身上有忠厚大气的一面。但他手下的几位助手，则带有一点法国人的自尊。他们希望中方的画册不要出现英文，应保留法文，那隐含着民族感还是焦虑感呢？真是说不清楚。

时间太紧张，凡尔赛宫内部什么样，几乎没有印象。恰好今日又系闭馆日，参观是不可能了。在馆前的路易十四像前稍待片刻，依稀觉出帝王之气。中国的故宫没有类似的雕像，假如出现康熙大帝的石雕，想必在气韵上深别于此的。欧洲的帝王有强悍的形象。中国的似乎过于文弱。强悍易崩，文弱则衰。旧语云阴阳变动，大抵如此的。不过细想一下，东西方的历史人物，有时可比性不强。有一点大约是对的，即都以百姓的血，写了一世英明。后人还将其称为文明而骄傲，真是奇异的事情。当历史学家不是跪在帝王像前陈述以往时，也许今人才会赢得文化的自尊。

行色匆匆，中午是《欧洲时报》老总请客，晚上在大使官邸用膳。午餐时汪老成为谈话核心。主编让其鉴赏收藏的古画，均系赝品，于是引起诸多话题，此不表。晚宴是赵大使唱主角，大讲希拉克的中国情结。并言及了中法文化年的一些细节。在官邸的最大收获是看见了真的唐三彩作品，及明代文徵明的真迹。汪老一时又成为众人围观的核心。他讲了诸多文物鉴赏的常识，这些都是先前未曾知道的。

在悠闲的古城里，我们却马不停蹄地走着。凯旋门、塞纳河、埃菲尔铁塔等等，都无暇与之对话。只是在其旁稍稍一站，又转到另一个地方了。

三

希拉克是我见到的最有风度的欧洲男人之一。他步入大厅的时候，许多法国人一下子拥了上去。周围没有什么声音，大家只是微笑地握手，礼节是随意的。这是中外的不同。大使馆的公使嘱咐代表团成员，不要带相机。整个活动很低调。希拉克不希望媒体对自己炒作，原因是昨日右派在选举中败于左派，每一言行不可不谨慎行之。

陪同这位总统参观“神圣的山峰”画展，见其兴致之高，仿佛是专家。他先向李季道歉上博的铜镜受损之事，态度很恳切，然后询问了展品的情况，总统对青铜器很有感觉，所问之事颇为专业。看到王蒙、沈周的画时，连连点头。然后说起了石涛，以为是世上最伟大的画家之一。他在中国人面前如此夸赞东方艺术，是出于政治目的还是发自内心呢？在这位风度高雅、神色庄重的总统表情上，看不到答案。法国人因希拉克有中国情结，一时也出现了中国文化热。为我们开车的小何说，他这个在此生活了十余年的新华侨，有些扬眉吐气了。

据云，希拉克的政党属于右派，因国内复杂的形势，百姓对左派近来看好，所以选举时对希拉克政府颇为不利。法国的未来如何，还不得而知。下午游塞纳河时，电话突然都不通了。据云出现了炸弹事件，电信部门临时切断了通信网。晚上在自然博物馆参观时，陪同我们的翻译李小红说，百姓对法国的安全忧心忡忡。所以倾向于左派。但法国的左派对中国不好，倒是右派与我们有着深切的友谊。欧洲的事情，不身临其境，不太好懂。我对这里的一切，充满了好奇。

白天在塞纳河乘船走过时，才真正摸清了巴黎的面目。整个城市是环此而建的。早晨到巴黎圣母院造访，见其在河边上高高耸立，知道了河与古物的关系。没有水，城市是枯燥的。巴黎是座旧城，建筑都是几百年前的，几乎没有什么变化。但唯有这条清清的大河穿梭其间，将古老的遗存一下子点缀活了。我觉得法国人的艺术天赋与水、草木的关系很深，看一些油画，背后是浓绿与湿润之感，没有东方壁画中的枯涩。中国古山水画里，有一些湿淋淋的美感，那是性灵之作，作者的内心染有禅的味道。欧洲人似乎不同，江河的波涛汇入了油墨之中，有冲荡的气韵。在塞纳河岸，有许多画家在向游人售画，其间风景作品为多。每每画到河与桥，多见韵味。水与城的关系，给画家带来的想象是丰沛的。中国人与他们毕竟有着两种思维。

在画展上，结识了赵无极先生。先前在一本画册里看过他的作品，很是喜欢。与老人一起看古画时，他连连说好，并云好的地方在于不同于过去。赵先生是开创新风的画家。他的成就，大概是得自古法又别之于古法。巴黎的历史与文明，或许是提高其境界的外因。如果不是西洋艺术的存在，中国的水墨山水，大概还在旧路上徘徊。赵无极始终笑着，谈话是和气的，没有什么架子。和一名普通的老人无别。希拉克见到他时很是客气，彼此已相当熟了。来到巴黎才知道艺术对一个国度是多么重要。希拉克以为，一个民族的文化，是其发展的根基。那是对的。我和他握手的时候，觉得那手心柔软，和其高大的身材形成了明显的反差。我想，思想会让人强悍，而艺术则使人温存吧？希拉克、赵无极等一系列所见到的人，都有一点这样的特色的。

听景和看景实在是不同的。搞文化史研究的人，不能不到巴黎来。即便语言不通，亲历一下这古堡般的都市，就可知道保存文物对今人的重要。中国的青年人，不太知道昨天的历史，以为是过时的无用之物。法国人大约是懂得此理的。上至总统，下到百姓，将艺术看成自己血液的一部分。我们中国人的生活为什么有时那么苍白？因为血管里流的祖先的血被稀释了。想一想，确是这样的。

晚上在宾馆眺望夜的巴黎，那么沉静深远，这个养育了巴尔扎克、雨果、波德莱尔的城市，给我的是无穷的遐想。于是想起柳鸣九先生所译的《维奥莱特的罗曼史》中一段关于巴黎夜晚的描述：

> 通常，在月亮升起来的同时，一阵微风拂来，使得光线在抖动的树叶中摇曳，于是，他们像是醒来了，在生活着，吸入爱情，又呼出快感。
>
> 然后，渐渐地，窗户一扇扇变暗了，宫殿的轮廓不再清晰，仅隐约可见，黑魆魆地显现在幽蓝而透明的天幕上。
>
> 又渐渐地，随着一辆马车或四轮公共马车驶远，城市的喧嚣声也消失了。万籁俱静，耳朵因而张开了，惟听得沉睡巨大的呼吸声。
>
> 目光于是落在这宫殿上，落在这树群上，它们那一动不动的庞大身躯，在黑暗中显得庄严、雄伟。我常常就这样好几个小时地在窗前遐想。①

文章写得静谧幽婉，中国的废名、梁遇春如写类似的作品，恐怕也有相似的笔法吧。不知道法文的原文如何，但从译文的境界看，和此时

---

① 柳鸣九：《法兰西风月谈》第118页，辽宁教育出版社，2001年版。

自觉的感受很像。巴黎的深，我们是读不透的。

四

夜间下了雨，早晨起来，看天空的几片残云知道又是个好天气，空气清新极了，塞纳河两岸像油画中的世界。见到如此宁静古雅的古都，不禁为北京旧城的消失而一叹，真想为中国的文物古城放声大哭。

李季与汪老有事，去忙公务了，我和春雨是在何羽带领下又去了凡尔赛宫与卢浮宫。下午还造访了奥赛博物馆。夜里路易·威登老总请客，到者均西装革履。吃的是法国大餐。从9时吃到11时半，耗时过长，而及豪华之状，巴黎上层社会的一些旧俗，今天是一一体味到了。巴黎的盛宴与北京不同，每一道颇为讲究，做得精细味鲜。宴桌上一律葡萄酒、矿泉水，白酒是看不到的。这里的人们连生活也艺术化了。

比之于盛大的晚宴，白天的三个博物馆之行，那才叫真正的精神大餐。许多久慕其名的画家的真迹都看到了。达·芬奇、大卫、米勒、伦勃朗等人的作品，在精神上达到的深，令人倾倒。博物馆的陈列手段可学者很多，陈设手法简单舒适。诸多设施均以人为本，能看出这个民族弘大与纤细间的结合。中国可称得上是文化悠久之地了，但我们没有法国人的气度，世界各地的珍品，都收藏了多少呢？我们没有欧洲艺术馆、美洲艺术馆、非洲艺术博物馆，甚至连亚洲历史的展示地也不曾见到。夜郎自大，自以为是，大概是近代以来衰落的原因。国人对此是尚无深切反省的。鲁迅夫子当年苦苦之译介之心，可谓先见之明。对此，我亦想为中国当代艺术家一哭！

凡尔赛宫是贵族的艺术殿堂，卢浮宫则集中了诸多文人精品，到了奥塞博物馆那里，个性主义的艺术已经满目皆是了。西方的油画与中国画的不同点是，讲究光线、比例，尤重形体神色的逼真。他们的绘画流派很多，每一种流派都有值得一写的人物，作品的内幕是深广的。伦勃朗的那一幅《深思的哲学家》，明暗中的老人给人带来诸多的杂想。画面并无特写镜头，主人公的神色是模糊的。耀眼的金色的光穿过窗户，房间的幽暗与亮点形成一种反差。老人就坐在窗前，多么孤苦的形象！这里可让人读出哲学的精神，画家深切的情思于此是让人感动的。西班牙画家穆里洛的《少年乞丐》也是一幅出色的画。卢浮宫的许多油画贵族气浓，是宏大的叙事。走到这一幅画前，我不禁驻足不动，心里一抖，觉得与周围的世界那么不协调。作品成稿于1650年，其贫民意识与忧患之调让我想起俄国的现实主义画派。他从流落街头的乞讨者那里，点出了社会的苦楚，那是让作者久久痛苦的存在，人物的形态呈现的意绪，其深广之状是催人泪下的。关于达·芬奇的《蒙娜丽莎》，后人谈论得已很多了。这画像前拥挤着一层又一层人，也许是源于名气，也许确有魅力。到卢浮宫那里而不与之对视，是很可惜的。这一幅画给我的冲击是，好的作品，未必是宏大的叙事。一花一草、一人一事出神入化的表现，要比那些用力为之的巨大场面更有力度。一个人可以是一部史诗，一曲交响。达·芬奇就让我们领略到了这一切。

五

一切公务已经结束，现在可以放松了。上午众人乘车前往Vezelay(韦兹莱)。离开了巴黎，去法国的小镇转转，据说可以真真品尝到这个国度的风格。汽车在公路上走了三个余小时。两岸的风光确如油画一般。树是茂密的，地是绿的，中国的乡间还很少有这么美的植被，几乎看不到荒漠。车到韦兹莱时，众人一时大叫，纷纷下来拍照，这是个绝好的地方，当年是通往西班牙圣地亚哥朝圣的驿站。圣马德莱娜大教堂高高耸立着，这座12世纪修建的罗马建筑与周围的建筑完好保存着。

难怪它被喻为世界遗产保护地。法国人曾经历了大革命的破坏，但古老的建筑却那么好地保存了下来。享受到历史的人，大概是很会懂得生活的。法国人没有一天不在分享着前人带来的恩赐。

博纳也是个有趣的地方，人口比韦兹莱要多一些。小何告诉大家，一定去主宫医院看看，电影《虎口脱险》就拍于此。这个医院现在已是博物馆了。内中还保存着当年医院的原貌，法兰西人的医学与天主教关系很密。整个医院就像座教堂，上帝的恩爱无所不在。

夜幕快降临的时候，我们在勃艮第地区的另一城市第戎的一家酒店 Sofitel Hotel 住下了。晚上在一家小馆吃牛排。汪老有兴致地与大家讲法国的饮食。大家喝了一点葡萄酒。勃艮第这个地方盛产葡萄酒，它的名字为世人所晓。我不懂酒，自然也少了乐趣。牛排是香的，和中午在韦兹莱一家私人小馆吃的牛肉薯条比，又是一种味道。来法国的每一天，都能感受到饮食的乐趣。唯在此点上，中国人与他们是相近的。

城镇人口稀少，就会产生悠闲的感觉。法国人慢条斯理，不太懂时间的概念。这是我外表的感觉，不知对否。在第戎的剧院和影院前，许多人排队购票，旁边是些露天饮酒的小店，听不到人声的喧闹。人们的表情都很祥和，每个人都有着一种安然爽快的气质。我很欣赏这样的气质。我们在中国人脸上，有时会看到狡黠与木然。法国人不是这样。也许是伪装的，也许天然如此。总之，生动的总要比呆板的更美。

六

车过阿尔卑斯山的时候，全体同人欢叫了起来。远处是高山积雪，近身的乃一片森林。山道上看不到一个人，连过往的汽车都很少。古老的童话世界曾被这样描述过，现在终于出现在我们面前了。关于阿尔卑斯山，有诸多故事。欧洲战争中的血与火，和这个名字都有关系。记不得是哪位诗人写过它，也许是拜伦吧。他讴歌过此山的雄壮。只有来到这里的人，才会体味到神奇与清幽、宏阔与伟岸与这座山的联系。欧洲人的性格里，好似有着这山一样的清峻。这不是苍凉的世界，也不会让人感到恐怖。站在山坡与险路之中，我忽地想到，人与自然交感的那一瞬，是有敬畏与神圣的冲动的。记得是拜伦的诗句，有过关于此地的描述，背后是无穷深远的存在，神话与宗教，是不是与此有关呢？

在阿尔卑斯山上，肮脏、晦气、无聊等词汇统统失去意义。一切都裹在圣洁之中。天是透明的，风是爽凉的。树木是昂然的。开阔的山峦与积雪书写着地球的隐私。打量这个世界时，你不由得好奇和追问着它的幽魂，即便是不再行走，困厄于此，也无怨无悔。在没有烟尘与人语的地方，人与上帝的距离是最近的。

春雨兄不停地拍照，连叹“太好了，太好了”。汪老跑到雪地里，陷进其中，发出爽朗的笑声，所谓“老夫聊发少年狂”，此可证也。李季与小朱轮流对别人抢拍，孩子气统统出来了。我平生从未被自然之景如此陶醉，真真是感谢何羽夫妇把大家带到如此美妙的地方。欧洲能产生无数伟大的作家，我想大自然的存在，不能不是一种刺激。一个有纯情的人如果不在此舞之蹈之歌之叫之，那是奇怪而又奇怪的。

“山那边就是瑞士了。”小何说。

我们的目标是法国与瑞士边境的莱蒙湖，莱蒙湖是法国人的叫法，瑞士人则谓之日内瓦湖。我没有想到翻过阿尔卑斯山就进入了瑞士，小何也未告诉大家，便闯过了法瑞边境。哨卡的人连看都不看，就让众人驶入了另一个国度。“哇！”我们大叫，这么容易就到了瑞士，这在亚洲诸国是不可思议的。前面到了一座城，我问是哪里，小何答：日内瓦到了。众人狂呼，没想到竟“偷渡”到了日内瓦，我们的护照没有这个项目，倘被发现，必然要有麻烦的。别的不管了，我们赚了便宜，这么轻而易举地降临到日内瓦城中，其惊喜比到了阿尔卑斯山更为剧烈。先是在万国宫前留影，门前的高大的椅子雕像特点突出，在我是首次看到的。这雕塑隐含着一个故事，小何的夫人和大家讲了一番，知道与一个什么公约有关。这是联合国的总部，名气很大。而后众人又围着日内瓦湖漫步。湖清而大，一个喷泉冲天而起，煞是好看。汪老说，这是很有名的喷泉。世界有两个喷泉出名。另一个在美国的一个什么地方。这一个自然是举世闻名的。湖的旁边，是瑞士最大的售表商店区，大家只是遥遥相望着，并无前去的欲望。这是劳力士、欧米茄的产地，亦是世界金融中心。汪老在这里有些朋友，多年前曾来过此地。他说这里的东西极贵。宾馆一个晚上单人就要用去 400 美元，现在仍拒绝使用欧元。李季是一团之长，当下决定，不在日内瓦用餐。返回法国再说。后来终于在法国的一个小镇随便吃了一顿麦当劳。

下午 3 时左右到了 Evian（依云），这是著名的矿泉水城。小城曾于去年举行过八国首脑会议。旁边就是莱蒙湖。对面的日内瓦城遥遥相望。大家想起上午的“偷渡”，一时大笑，评价为今天绝妙的一笔。在湖边闲走的时候，想起李季昨天说的一句话，“上帝太偏爱欧洲人了”。说得多少有点道理。不过细细一想，中国的过去，自然山水亦有特色，只是后来人为破坏了它。环境的恶化，与民众的文化心理有些牵连。

夜里到了里昂。下榻在 Sofitel Royal Lyon。晚餐时面条加牛肉，略喝了一点葡萄酒，今天不太累，精神好多了。房间的条件很好，真正欧式的风格。坐在这里写日记，竟然没有疲劳感。搁笔的时候，已是巴黎时间 24 点了。

七

从里昂美术馆出来，汪老有些激动，他愤怒地说：“这里只有三件中国美术品，竟被法国人搞错了，以为是韩国和日本的，他们对中国文化太不了解了。”汪老与李季商量，以后故宫能否也在这里搞一点长期的艺术品展，中国人应宣传自己。先生的一席话，我听了心里很有些不平静，好似刺痛了自己。只有多年从事文物工作的人，才会发出这样的感慨的。

在里昂市政府广场上，我们坐在露天咖啡桌前晒着太阳，享受着法兰西的日光。咖啡很美，有着与中国不同的味道。汪老的思绪还停留在美术馆的事情上，又说：

“这里的藏品真好，那么多的宝贝。但管理太差，藏柜前竟这么厚的灰尘无人打扫，这在上海博物馆那里，是不能允许的。”

几天的法国之行，汪老成了核心人物。他满头白发，74岁了，行走如风，颇有仙气。先生是个美食家，对西餐有一定的研究。这是个学识渊博的人，谈吐不俗，却又无架子。我觉得他身上有一股贵族气质，老式文人的趣味多少都有些。下午到奥朗日的凯旋门和古罗马剧场时，对着两千年前的建筑说了许多精辟的话，与其交流，知道这位深谙中国艺术的人，对洋人的成果是倍加赞赏的。他自叹弗如地在旧遗址前徘徊，连连说，13世纪的遗址如此完整地保留了下来。中国自己的呢？我们还能见到什么呢？

待到驱车来到阿维农教皇城，在这座中世纪城堡游览时，汪老的兴致大发，连连赞叹此行值得。我们坐着游车在城堡与街巷里穿过，真像回到了远古。在城堡上向下望去，罗纳河缓缓而过。河上是一坐断桥，建于12世纪，它和城堡相对，形成和谐的景观。年轻人都在抢着照相，或聊着闲天。汪先生却一个人独自于旧遗址边，一会儿瞧瞧，一会儿摸摸，神态是庄重的。李季说他是我们团的形象大使，这是对的。现在，到哪儿去找这样学识不凡的鉴赏家呢？一个老人和一座古堡的对视里，有着说不完的沧桑感。我用相机记录了这一切，遂想，记忆对人类而言是财富又是力量。然而，中国人已将许多记忆失去了。

同行的张春雨兄也是个很有趣的人，新人到文物行列，长我九岁。

一路上总是忙于拍摄，成了访问团中最开心的人。晚上大家在阿维农一家露天餐厅用餐，他讲了诸多部队时代的故事，引得众人大笑。此老兄实诚，讲话风趣，善于总结事物规律，毫不掩饰内心的思想。比如谈到自己从沈阳“发配”朝阳时的心情云：从中心城市到了边缘城市；从看不完的文件到基本看不到文件；从接不完的电话到盼望接电话。解决此转变的办法是，要调整心态。其战友告之：有条件时摆谱，无条件时吃苦。此均官场人心语，亦人生起伏之格言。与之交流时，知道人世之艰，为人之苦。官场需用心用力，此为我等难为之事。也自幸半生中以业务为生，未被人际冲突所恼。然春雨兄善调心态，以苦为乐之心，可得参证。人间之路，殊途同归也。

为大家开车的司机何羽，是个有性格之人，文化水准很高。一路上关于法国文化史，都是他叙述的。他的腰有点不好，看上去是受过重伤的人。然而坚毅，很有内涵。与之交流时，觉其精神比一般的华人丰富。他讲刚来巴黎时的情状，举目无亲，言语不通，后一一克服，真真是小说题材也。我觉得他身上有很浓的民族情结，不因入了法国籍而有洋气。我喜欢他神态中自信而果敢的样子。要谈的内容很多，可惜只剩下明天一天的时间了。与一个人相识到欲相交，并不很多。小何夫妇是一对可信赖的人。想一想在异国他乡苦苦奔波，也有春雨兄所云的调整心态的问题。在不自由的地方，变得内心自由，那是人生的大境界。我等虽不能似，而苦力为之，亦得神趣。人间确是一本大书。古老的遗产值得一读，旧有的典籍值得一读，每一个丰富的人生值得一读。读书易而读人难，是自然的。从读人之中参悟天地之气，其乐也非书中可以得到的。

八

没有想到马赛留给我的是很坏的记忆。

上午10时许，我们到了这座古城，途中还提及了那首著名的《马赛曲》。近代以来它给世界的影响是相当深远的。认识一下这座古城，对大家而言都是一个愿望。不料刚至一座教堂，便传来不好的消息。我们的车窗被砸，张春雨兄的皮包被盗走了。这个消息让我们一时大生沮丧之情，欲速速离开此地。车重新开始启动，到了基度山伯爵描述的那个岛的对面时，何羽让大家下来拍照。返回车上时，门已关上。突然一个中年人打开车门，硬将小朱的钱包抢走，然后搭上身边一辆摩托车迅速逃逸。小朱上前去追，汪老叫了一声不要追，大约怕发生新的意外。可是小朱并未听到，追了十几米，见到强盗已去，抱住赶来的徐森森伤心地落了泪。我和车上的人一时愣住，接着对马赛开始诅咒起来。几天来美好的游兴一时大变，情绪变得很坏。李季兄作出决定，改变路程。一些预定的项目一时取消了。

何羽是经验老到的，他把现场拍了照，然后领众人到了警察局。报案记录的时间很长，大概有两个多小时。小朱的钱包里装了一千多欧元，五个人的返巴黎和返北京的机票，还有她的护照。损失不小。大家没有一点抱怨，一直在安慰着她。没有想到这孩子如此坚强，很平静地与大使馆与家人联系，将补救的办法一一商量好了。

在车上等待小朱办报案手续时，我的心沉到了很深的底层。平生从未遇到如此的抢劫，人性之坏出人意料。法国并非是一块乐土，它的环境正在渐渐变坏。非法移民、黑社会、种族问题都充斥着这个社会。与那么灿烂的传统比，当下的法国好像生病了。

忽地想起阿尔蒂尔·兰波在马赛的日子。他是死在这个城市的。年轻时候读到他的作品，被深深吸引。但他的诗歌的混乱与晦涩，也带来了阅读的困难。马赛的今天也似乎染上了兰波的混乱，在这个城市，感到一切均不可预测。正像兰波在《灵光篇》中所言：“我记录了无法表达的事物。”此刻，我们都郁闷得无法表达。

去了戛纳，去了尼斯，都没什么玩兴，摩纳哥之行也取消了。汪老说，人未受伤，即是万幸。于是晚上就在尼斯一家海餐厅大饮果酒，吃了一顿很好的美味。酒杯相碰的时候，笑容又回到了我们这个团队，白天的事情，被风吹走了一般。

九

尼斯位于地中海岸边，海水美极了。早晨乘坐法国高速火车从这个港口城穿过时，才发现了地中海的魅力。太阳刚刚升起，从海的尽头那边跳出，形成如画的景致。就要告别南方了。失去了机票的团队，忽然踏上高速车，是个意外的选择，众人叹道：焉知非福？坐在上面，人很少，如同专列。大家对这一选择感到了兴奋。7 时发车，12 时就到了巴黎。一路上饱览法兰西春色，对这个国度的地貌已初具轮廓了。

有两个中国友人已在站台上接我们了。一个是来自青岛的小吴，一个是台湾的移民房先生，大家寒暄多时，小朱的护照问题也解决了。在异国他乡遇到同胞，有着异样的亲切。房先生领众人去了一家越南餐厅，后便率大家赴卢瓦河地区。

卢瓦河地区遍布了各式的城堡，最动人的是香堡和榭农苏堡。前者是意大利人达·芬奇设计的，形态奇异神奥，为先前所未料到。达·芬奇晚年受罗马教皇迫害，被弗朗索瓦一世所招，在此设计了香堡的图案。他死后，这座神奇的城堡才得以建筑起来。达·芬奇还带来了自己的得意之作《蒙娜丽莎》，弗朗索瓦一世用重金买下了它，使法国拥有了这样一笔耀世的财富。一个国王，将域外的艺术家为我所用，奢侈自不用说，连带也保留了文化。所谓文明者，有时不过贵族贪婪的一闪。因为它远离乡野，有高傲的追求，于是便与精神王国相连，记下了超世的痕迹。这一点西方如此，东方也是如此的。

榭农苏堡建于一条大河上，它诞生于 13 世纪。据小朱介绍，是国王亨利献给比自己大 20 岁的情人戴安娜的。这个城堡是我所见的旧遗址里印象最深的一个。法国贵族很会享受，用尽了办法装点自己的家园。整个建筑充满了阴柔之美，很人性化又幽玄多致。西方神话与童话的影子，于此皆能找到。河水潺潺，古堡悠悠。诗人们如果至此，不大发诗兴才怪呢。

夜里，几经周折才到达了一座城堡旅馆。整个氛围是古雅的，我仿佛回到了 15 世纪。我们吃了一顿法国大餐，汪老说的鹅肝，大家也领略到了。奇怪的是我竟习惯了喝红葡萄酒，自己也不知是什么原因。人真是不可思议的。早晨还在法国南部，现在已休息于东北部的卢瓦河畔了。人在时空交错之中，一时不知身在何处，那是快意的。对于我这样古板生活惯了的人而言，已经够眼乱的了。

十

河谷、牧场、吉卜赛宿地、海盗城……几天来看到的都是乡野间的法兰西。几乎每一条河都是清的，草地绿得要流油，乡间的小镇与牧舍，都不像中国农村那么破旧，阔气的山野的主人比城里人还有味道。房先生说这里有真原的、纯粹的法兰西性格。这是真实的法国，不像巴黎有些杂色了。在这个国家，要看民族的本色，大概要到乡下，感谢文物局的友人选择了这样一条路线，在巴黎，无论如何是想象不到这里的风貌的。

抵达圣米歇尔山时，已快中午了。此山上是一座修道院，面对英吉利海峡。修道院十分壮观，高高耸立的尖顶直指苍天，孤零零地立在海岛上。据说修道院是根据一个什么王的梦中所见而建造的。规模庞大，气象迭出，系世界八大景观之一。拿破仑时代，这里是关押犯人的地方，“二战”期间又是战场，其堡垒之坚立了汗马功劳。修道院里阴冷得很，九曲十八折，气氛有点压抑。走在其间，想象当年诸多犯人囚禁于此，恐怖的一面让人有点窒息。在接近上帝的地方，为什么把房间搞得如此森凉，有点不可思议。忽记起马丁·路德的宗教改革运动，就是为了去掉旧天主教过分压迫人性的一面吧？我不喜欢教堂中空寂的房间，倒是其外部形貌有点俊美，让人神情愉悦。我对宗教的看法，向来就是这样矛盾的。在国内去寺庙的时候，也有类似的感觉。

圣马路海盗城是下午造访的地方，它是 17 世纪法国著名的港口，系海盗出没之所。现在这里只留下了一些旧式建筑，店铺林立，可看的旧迹不是太多。大西洋海水涌动着，风很大，有点凉。天空下着零星的冷雨，吹得让人缩回头来。远处有白帆点点，是帆船爱好者在那里嬉戏。悠闲的人们与这古城的历史似乎毫无关系了。

在海盗旧城的对面有一个赌场。房先生问大家是不是愿看看，没有人响应，遂驱车赶到旅店，一天的行程就这样结束了。

夜里又住在城堡里。远远地望去，神秘地隐在丛林中。这是圣马路城边的幽静之地，是 17 世纪一个王公的住所。我在电影《蝴蝶梦》中看过类似的建筑，内中十分豪华，房间布局有宫殿气。晚上的餐厅很讲究，过去贵族用餐的环境再现了出来。服务员是个漂亮的女士，见我们来自中国，十分新奇。这里是很少见到中国人的。她讲自己喜欢《少林寺》，成龙的影片也看过不少，印象很深。还知道中国功夫。法国百姓对中国了解有限，只有几部电影影响了他们。但那渠道太少，丰富的中国他们并不知道多少，人类的互不相通是件无可奈何的事情，民族与民族间的交往，有着漫长的道路的。

夜里在图尔的城堡住宿时，店主就惊奇地看着大家。我们告辞的时候，那女主人说了许多夸赞的话。她从未在这里遇过那么多中国人，且又居住于此，新鲜感很浓。我这才觉得，其实一般的法国人，对我们东方这个古老的民族，还是太陌生了。

十一

诺曼底地区的诱惑力在我这儿是长久的。中学时代便知道它的名字。赶到“二战”时期盟军登陆地时，我被美军士兵的墓地震撼了。那么神圣广大的墓群，洁白的墓碑上写着一个个将士的名字。九千八百余死难者长眠于此。墓地上空高高飘动着美国国旗。房先生让大家小声一点，不要惊动这儿的灵魂。有几个美国人在寻找烈士的名字，一些墓旁还放着鲜花，也许是逝者后代来此祭奠的。墓地是一片绿地，草长得很好，还有园丁在护理着它们。旁边便是茫茫的大海，这是大西洋的一角，当年盟军就是于此登陆，一举占领了该地，从此德军一败再败，二次大战的欧洲局势彻底扭转了过来。

一批异国的将士，把忠骨埋于此地，换来了六十年的和平。美国现在敢于在欧洲人面前横行，大概赖于这一类的资本。这很像美军对琉球群岛的占领，连同日本、韩国全部被控制了。战后的世界格局，是老美为主的西方人确立的。他们也自认为自己应是这个世界的主人。从这里缓缓走过时，我想了许多。一个恶人出现的时候，将有多少善人为之耗神，甚至丧命。世界需要一种秩序，善人的力量一旦聚集起来，才有可能顶住一点点的逆流。然而人类为此付出了过多代价。烈士们的血写着人间的悲苦。但是一般的百姓大抵将这些忘记了。

这个地方叫 Omaha，地势不高，海水日夜喧闹着。海面很开阔，沿岸绿草青青，丛林茫茫。我在一部什么电影里，看过登陆的片段。士兵的死，给我留下了很深的印象。此次欧洲之行的一个重要收获是，懂得了国与国的利害冲突，以及北约存在的理由。繁荣富裕的欧洲人没有忘记历史的噩梦。美丽与幸福常常是脆弱的存在，它需要一种钢铁般的力量保护着，当需要流血的时候，要么毁灭，要么再生，西方如此，东方也是如此的。

下午1时左右，我们赶到了象鼻山。海风习习，两座仿佛大象鼻子的小山遥遥相对排列在海岸线上。莫奈在作品里不止一次地描绘过它。面对海天之际，人显得十分渺小。在自然之间，我们不过一个瞬间的存在，但山与海却是久久存活的。想到云要过去，雨要过去，内心不禁有些茫然。但也渐渐增强了一丝信念：人间万事如流水，功名利禄多尘烟，前人对此已有过描述，我不过暗与古人重合罢了。

车上大家时而唱歌，时而聊天，房先生不断讲法国人的故事。比如他们如何不会数钱，出租车定时管理，对付假警察的办法，自己女儿如何读书。他十分反感中东一些偷渡者以及东欧流氓，这些给法国人带来了诸多麻烦，等等。在国际化的国度里，有这些现象是正常的。但在乡下，我们看不到那些麻烦，乡下保留了这个民族的古朴的遗风，所以我暗自庆幸，这几日一直在乡间奔跑，对这个国度的印象立体化了。

晚上6时抵达巴黎。7时半到一家中国餐馆，大使馆公使、文化参赞刘燊携随员宋经纬设宴为大家洗尘，席间谈得很好，又像回到了家中一般。

十二

姚蒙一大早来到旅馆，与众寒暄后，率大家前往郊外枫丹白露地区。先抵达巴比松画派的小街，游米勒等人故居，很有情调。后到枫丹白露古堡，一一参观各式建筑，拿破仑等帝王的居室富丽豪华，其状远胜于凡尔赛宫。这个城堡建于1137年之前，系路易六世国王狩猎休息地。后来弗朗索瓦一世从1582年起开始扩建，亨利二世与三世在此基础上进一步修缮，至路易十四、十五、十六及拿破仑一、二、三世递次增色，形成各种不同风貌的皇家风格。温和柔美，金碧辉煌。帝王气之外，又带人文的韵律。汪老叹道：这个地方，让大家的行旅达到了高潮。众人在姚蒙指点下，又看了英、法各类园林。蓝天、绿地、清水，画面之美与艺术家的作品是不分伯仲的。

中午匆忙赶回巴黎，满城堵车。姚蒙一路讲述巴黎的情况，如数家珍。姚氏高高的个子，戴着眼镜。现为《欧洲时报》记者。他1982年从上海师大赴法做访问学者。现在留在了那里。其谈吐很有学者风度，不像一般的导游（他除了记者职业外，还兼做旅行社经理）那么平板。这样的人在国内也许早成了教授之类的人物。然而在巴黎只能兼做这类杂活。中国人到了欧洲，要融入那个社会很是不易。不过对国人倒有不小的贡献。这些年北京学界与政界要员来访，都离不开姚蒙这类人物的帮助。他们有时的作用，非大使馆里的工作人员可以相比的。

为大家开车的房先生是个忠厚能干的台湾人。他没有一般读书人的气质，和普通的中国人没有什么区别。但做事果敢、坚毅，车子一直保持着干净的形象。衣服穿得整整齐齐，说话时带着中国人的豪气。他说碰见坏人时，自己有时对付的办法，是用喷气喷敌人，或报警，等等。有一年在比利时遇见小偷，他动手逮住了对方，一时让当场华人士气大振。西欧的小偷一般都怕死，中国人发起脾气来也是吓人的。我由此暗忖：在马赛那一天，如果房先生在场，大概不会发生那一幕悲剧。至少车门是全锁上的。在这个国度生存，要留心和慎重。华人要扎根于此，是需要一种智慧的。

在“川味香”饭庄，中国文化交流中心的侯湘华女士为大家设宴饯行。这是第二次在此用餐了。席间交谈的多是展览之事。餐后我们去了这个中心，看了其中的展览。文化交流中心很有气魄，用一亿多元在此购置了房产。此房就在大都会博物馆旁，地段甚好。我和侯女士说，希望以后能在这里有鲁迅展，她对此表示了很大的兴趣。

就要告别巴黎返回祖国了。坐车穿过塞纳河大桥，从凯旋门旁驶过时，简单地整理了一下自己的思路。不敢说了解了法兰西，对她的一切都是直观的、零碎的，但十二天的旅行对我刺激很大，想了一些从未想过的问题。对这个地球村有了新的感受。西方与东方是不同的。但彼此又有着交叉的思想。我会慢慢消化这一切，让这记忆沉到我精神的里面。待到它发酵、蒸腾的时候，说不定会修正我呼吸的方式。

14 冬夜问答

时间：2008 年冬

地点：北京城南

有客自远方来，俗事之余，偶谈及鲁迅研究，海阔天空，无所顾忌，其间略有醉意，遂记如下为念。

问：我记得九十年代初您说过，鲁迅是中国的康德，现在您还这样认为吗？

答：因为八十年代受到李泽厚的影响，在读康德，便发现鲁迅在精神深处有康德的一面。

鲁迅与康德不能简单类比。在思维方式与获取知识的方式上，相距很远。但他们在一些基本的思路上，都触摸到人类精神困惑的一隅。

比如康德看到人的有限性，对先验范畴不能穷及世界的整体性上，认识很深。鲁迅其实一生就纠缠着这样的问题。他对认知过程的悖谬的揭示，真的高极了。不过在思维方式上，鲁迅和康德有很大的区别。

问：康德后来对人类思想的影响很大，科学主义和人文主义学者都受到他的暗示。鲁迅能够这样吗？

答：是的。他一生一直和现代文化的悖论及古代文化的悖论纠缠着。对悖论的感受，是在日本就有了的。比如一方面谈科学主义，另一方面强调民间信仰。《文化偏至论》就说，科学与实务是不能解决所有的问题的。后来他搞科幻小说的翻译，其实就是有一个幻想，把神灵意识与理性的力量结合起来，不要失之偏颇。在晚年和青年艺术家接触的时候，又强调要多读科学方面的书，这其实都在避免选择中的陷阱。

问：鲁迅的文字艰涩难懂，但后来又说汉字走拉丁化的路，这有什么矛盾吗？既然要大众化，那么为何翻译时又那么远离人们的阅读习惯？

答：在鲁迅的时代，文化上的事情都在讨论中，没有定论。走拉丁化的路，不是他最先提出的，而是后来议论中偶有涉及的话题。他赞成汉字改革，是从普及文化角度出发的一种情怀。但翻译作品的硬译，乃为了改变书写的习惯，是知识阶层的话题，这是两个层面的问题。但这也反映了那个时代的凌乱与思想的活跃。在没有定于一尊的时代，精神的流向是有各种可能性的。他参与的是探讨，当时所提出的话题都有很大的颠覆性。这是真正有气魄的人才有的境界。

问：鲁迅是个没有思想体系的人，我看了那么多的人讨论他与海德格尔、卡夫卡的关系，讨论与马克思主义的关系，他真的那么丰富？

答：是的，鲁迅似乎没有体系。但他的精神层面却有一个始终不变的东西，那就是对奴隶性的警惕，以及对诗性的渴望。他总在黑暗里，却又不属于黑暗。在强大的旧势力面前，他只能以多维的视角和多种的不确定的方式面对存在。鲁迅忠实于自己的感受，绝不去作宏大的叙事。他感知世界的方式都是东方式的。不过他知道这种感受方式的局限。人应该超越这样的局限。

问：您曾说鲁迅的起点总纠缠着认知的基本困惑，这怎样理解？

答：不仅是鲁迅这样，康德、罗素、维特根斯坦都是这样。维特根斯坦曾说，哲学的根本问题是还原到语言的问题，因为我们往往在基本点上出现了问题。鲁迅其实是看到了这一点，他一生都在拷问我们的一些基本的问题。

问：这也是他被不断解释的原因吧？但为什么每个时代对他的理解差异如此之大，其间是否有什么问题？

答：鲁迅的价值是总在现实之中。你可以在象牙塔里理解他，也可以在现实中和他对话。他思考问题总从当下出发，这也是后人总能在他那里得到启示的原因吧。

问：毛泽东对鲁迅的评价把鲁迅抬起来了，鲁迅研究的政治化因素是否是不可摆脱的因素？

答：在毛泽东之前，鲁迅就很热了。1924 年北京就有许多评论的文章，十分推崇他。1926 年他在厦门时期的状况，能说明一些问题。当他离开厦大的时候，学生为其送行时的赠言，很感人。他的魅力在当时没有一个文人可以比肩。三十年代，知识青年喜欢他的很多，我们从李锐与其夫人在三十年代末的通信里可以看到，他们对鲁迅的喜爱，超出了任何一个中国人。毛泽东对鲁迅的全面评价是在鲁迅去世后，那时候，鲁迅已经红遍大江南北了。说鲁迅是毛泽东抬起来的，那是不懂得历史的缘故。

问：鲁迅身上的破坏性因素，是值得警惕的。“文革”中他的走红，是不是说明他的遗产中有令人警惕的因素？

答：“文革”是复杂的。那时候鲁迅的命运有点像孔老夫子，被架空了。其实鲁迅思想是反对专制、独裁的。他的战斗性如果被阶级的话语滥用，就会有这样的问题。鲁迅的思想是病态社会的产物，是反病态的。但在病态出现的时候，他可以被任何一方利用。从孔子到鲁迅，有许多历史的经验需要总结。孔子和鲁迅的思想，都是在无权无势的状态下萌动的。比如，孔子讲孝，是有暖意的，那是人性的反映。可是统治者讲孝，就把百姓奴隶化了。比如说，鲁迅讲阶级性，那是从被压迫者的角度看问题，根底在解放人们。可是如果统治者讲阶级斗争，那么一部分人就会沦为奴隶，平等就失去了。所以，在中国，同样的概念，不同的人使用是效果不同的。孔子与鲁迅被不断借用，是中国文化的奇异的现象，要作系统的分析。

问：鲁迅研究在现代文学研究里占有重要位置，近三十年来也发生了很大变化。您如何看待这个变化。

答：这三十年的鲁迅研究是成果丰富的。王富仁先生曾写过《鲁迅研究的历史与现状》，专门讨论了这个问题，讲得很好。我在鲁迅博物馆前后工作过十几年，对这个领域略有观感。说鲁迅研究史是现当代文化观念演变的一个标本性的存在，也不过分。它本身就是一部大书，虽然每个人的理解并不一样。

鲁迅研究算起来已有八十余年历史，如今已成显学。有时在民间热烈非凡，有时被高高置于象牙塔里。它也曾被弄到吓人的地步，亲近政治，陷于各类风潮。其实按鲁迅心性的特点，及文本的形态，把它神秘化、政治化和学院化都是有问题的。但这门学科有它自己的特征，和时代的关系颇密，也与人生的苦乐大有关联。鲁迅之于现代知识阶级的话题，在今天不是弱化，而是更浓烈了。这门学科的复杂性，随着时间的流逝会进一步呈现出来。

问：鲁迅研究被政治化，曾是青年们反感的事情，现在慢慢淡化了。这个过程是怎样形成的？

答：以鲁迅博物馆鲁迅研究室三十年来的情形为例，倒是可以发现这个学科的轨迹。

鲁迅研究室成立于 1976 年。当时的任务是整理鲁迅的遗稿，对其辑校古籍、遗物进行研究，并编辑出版鲁迅年谱等。由于还处于冷战时期，相关的研究不能不带有意识形态的色彩。比如保卫鲁迅，批驳自由主义文人的言论等在那时颇被重视。到了八十年代初，情况略有变化，学者的研究视野也出现新的内容。比如随着周扬的出山，关于鲁迅的解释就开始面临新的难点。周扬因历史的原因，靠自己的影响力，覆盖了对鲁迅的某些解释，对胡风等人的看法与鲁迅不同，甚至把一些观点输送到研究界。以李何林为首的研究人员对此进行了长期的争论，研究兴奋点被三十年代的话题限制了。比如关于两个口号之争，关于左联宗派主义问题，对立的地方很多，应当说，在这些是非争论中，还掺杂着意识形态的话语，双方难免不被历史的旧账纠缠。八十年代初是历史的过渡期，这些争论导致了人们对其价值的反观，老一代的学者王元化最早意识到这一点，提出要从更开阔的视野里研究鲁迅，而不是把他狭隘化。王元化早年是鲁迅研究的新锐，二十几岁所作的鲁迅与尼采的论文很有深度。后来经由黑格尔、刘勰的研究，而形成大文化的观念，他对鲁迅研究的看法就异于别人，意在把研究从简单的功利层面移到深层的文化静观中。这个看法很快被更年轻的一代人接受，先前的意识形态话语受到质疑，研究室的方向也开始出现变化。

问：这个变化是什么时候出现的？

答：是青年一代研究生的出现导致了新格局的出现。王瑶的学生钱理群就在思想上超出了自己的老师。他关于鲁迅、周作人的思考，在思路上就别于前人，给人的引力是大的。李何林先生指导的第一位博士王富仁，就在思想的根基上动摇了旧的思路，将鲁迅从政治话语的体系里解放出来。即淡化实用主义理论，从更深远的历史角度打量鲁迅与他的身后的历史。王得后关于立人思想的阐释，陈漱渝关于史料的辨析，李允经关于美术史中的鲁迅的把握，都和 1976 年前后的语调有别，思想解放的步履渐渐出现了。

那时候《鲁迅研究资料》和《鲁迅研究动态》的出版，对校正意识形态化的叙述方式无疑有着不小的意义。八十年代知识界的任务之一是新启蒙，鲁迅传统被李泽厚纳入自己的“历史积淀说”的话语结构，解放思想的热潮里，也能感到《呐喊》、《彷徨》疏散出的意念。不过鲁迅研究室似乎还在汉学的传统里打转，人们开始对现代文学的一些基本史实进行考释，把一些不被注意的材料提供给学界。比如鲁迅的同时代人的关系透视，他的藏品，往来信件的整理，都有亮点。所藏汉画像的勾勒，所藏碑帖的研究，丰富了这个学科的内涵。接着是周作人资料的整理、开掘，都有新面貌。周作人附逆的讨论打开了思想界的另一扇大门，周氏兄弟的对照研究里深化了诸多难点的思考，这在后来得到了更年轻一代的响应。钱玄同的日记，钱氏收藏的信件也被展示出来。他的文集的注释出版，把五四的背景扩大了。初期的研究室有八大顾问，王瑶、唐弢、林辰、孙用、杨霁云、戈宝权、曹菁华等，都为理论建设和资料建设做了不少的工作。王瑶关于鲁迅与古典文学关系的思考，与流行的理论区别开来，显示了学识的深切和境界的阔大。后来钱理群、赵园在他的引导下，进入了更深的研究层次。林辰在文章里考辨了许多鲁迅史实，他对鲁迅与苏曼殊关系的梳理，对古典小说与鲁迅的关系的探索，对这支队伍的影响是不可小视的。较之于一般的理论研究，鲁迅研究室属于汉学的流脉，注重资料，本于版本，就少了夸夸其谈。王得后的《〈两地书〉研究》，就是从校勘出发，探寻鲁迅的思想，至今依然被世人瞩目。陈漱渝在《鲁迅史实求真录》里对史学界的错误言论的辩论，还原了一些疑虑重重的事件本质，给人诸多启发。赵瑛的那本《籍海探珍》，对鲁迅辑校古籍的描述，殊多真语，不涉空语，一时被人称颂。她从鲁迅的大量的辑校古籍文献中，发现了鲁迅精神迷人的地方，比那些醉心于玄学的学者显示出扎实的基础。李何林就亲自撰写鲁迅与三十年代论战的史料文章，在格局和眼光上力摧旧垒，都有不小的深度。他本乎良知，远离玄言，所带的队伍形成了一个流派。在知识界大讲人道主义和异化学说的时候，鲁迅研究室的同人们贡献的是史料扎实的著作，在那时的影响力是毋庸置疑的。

问：有人说李何林在那时候起了很大的作用，您如何看这个问题？

答：是的。李何林是鲁迅研究这个学科的奠基人，他带出了一批队伍。这个队伍的特点是以鲁迅的是非为是非，在史料整理与挖掘上做了大量工作。另一方面，他以自己的道德文章的特点吸引了大批学人。这是鲁迅博物馆在那时引人注意的原因之一。

问：鲁迅研究室的基础工作给人印象深刻，比如《鲁迅年谱》、《鲁迅辑校古籍手稿》、《鲁迅手稿全集》都是功德无量的工作。

答：对的。鲁迅研究室在鲁迅手稿、藏品研究上有自己的优势，这个优势在今天依然焕发出魅力来。不过，九十年代后，鲁迅研究开始清冷起来，研究室的兴奋点分别转向鲁迅的藏书研究和同时代人的交叉研究。探讨鲁迅的知识结构和文化背景，也多少推动了认知的进化。这里，姚锡佩女士对德文资料和日文图书的研究令人难忘。她从鲁迅外文图书里发现了许多鲜为人注意的话题，廓清了鲁迅思想背景的模糊的地段。后来关于鲁迅译文全集、鲁迅藏品的出版，都是在廓清研究的精神地图。像鲁迅的译文全集，是近五十年间的一件大事，它的问世不仅给研究者提供了新的资料，也证明了鲁迅首先是翻译家，同时也是作家的看法。而汉代画像的几次出版，能发现鲁迅对传统的一个基本思路，那就是在主流文化之外的支流话语世界，存在着一个健康、朗然的精神世界，汉画像的整理其实证明了先生非凡的视野，他意识到，如果说要复兴旧的艺术，那自然是汉代画像这样的艺术。它们没有道学的东西，是无伪的存在。鲁迅需要的正是这个存在。这些资料的研究给学界的启发是巨大的。鲁迅世界的原色的一面，可以让研究者体味到旧的道德话语对他的肢解。恰恰这些颠覆了旧的思路。人们注视他的时候已不再像过去那么简单了。

问：从您主编的《鲁迅研究月刊》看，近三十年的现状如何？

答：这三十年间，鲁迅研究室最大的贡献是打造了《鲁迅研究月刊》这个平台。当《鲁迅研究月刊》行世后，鲁迅研究室实际上成了中国鲁迅研究的中心。这个杂志几十年间展示了这个学科的基本形态，重要的思潮和观点都折射在这个世界里。从八十年代起，月刊集结了一批史料专家和思想者。前者以林辰、朱正、陈子善、陈福康、朱金顺等为主，后者是钱理群、王富仁、孙玉石、林非、刘再复、汪晖、王乾坤、郜元宝、高远东、李新宇等为亮点，在整体上显示了知识界的质量。日本的丸山升、伊藤虎丸、木山英雄、丸尾常喜、北冈正子也在此显示了自己的实力。三十年间，中国知识界关心的思想问题和学术问题，在这些人的文字里都有体现。说鲁迅研究是中国知识界思想高度的一个参照，有时也并非夸大之谈。

问：好像许多重要的理论文章都在你们的刊物上发出，当时是否受到压力？

答：鲁迅研究室的几代人是比较宽容的。左中右都团结在一起。在这里，李何林、潘德延、王得后、陈漱渝等都起到了很大的作用。他们和各派的学者都有联系，一直合作得不错。于是刊物上保持了思想的多样性。钱理群的论文，尤其是那本《心灵的探寻》曾在青年中有深切的辐射，是思想解放期间重要的收获。他从鲁迅获得的自由无伪的意识，为当下知识界带来鲜活之色。王富仁最初的论文，显然受到别林斯基、车尔尼雪夫斯基的影响，在一较大的框架里建立了对鲁迅认知的新视角。他提出的回到鲁迅那里去的观点，还原了文化史的一页，撼动了泛意识形态的理论根基。随后汪晖从现代哲学的角度，切近对象世界，发现了历史的中间物的特征，就把鲁迅的精神哲学从古典主义论述话语转入现代主义的视野里。他凭着良好的哲学感觉，梳理了鲁迅世界那个不确切的一面，从整体上改变了旧的书写逻辑，无疑是研究界的一次思想进化。不久王乾坤《鲁迅生命哲学》的连载与出版，在哲学的层面丰富了学科的语境。他不仅受到康德、海德格尔的暗示，也受到庄子、老子的熏陶。把旧哲学和现代哲学打通了，置于一个丰富的世界里。而更年轻的学者高远东，从文化的历史里，发掘鲁迅小说与古典文化的复杂联系。他关于鲁迅与墨子、庄子、老子、孔子的论述，资料的娴熟与理论的力度，都超越了前人的视界，厚重的文化感在论文里呈现出来。在他们的研究过程中，明显地呈现出这样的痕迹：鲁迅作为思想解放的参照，他为转型期的人们提供了诸多鲜活的精神元素，现实理性的投射是无疑的。可是后来人们不再满足于这种简单的打量，当王富仁《中国文化的守夜人》、王乾坤《鲁迅的生命哲学》出版后，鲁迅学作为一门学科，显示了它的成熟性。这里不仅涉及传统国学的问题，也和知识分子的价值态度纠葛在一起。当代知识界最关心的话题在鲁迅研究者那里多少得到了回应。

问：汪晖的研究是一个高峰，您怎样看待他的博士论著？

答：汪晖是个有气象的学者。他的视野开阔，有很好的哲学修养和艺术感觉。他的博士论文有一部分章节发表在我们的刊物上，对许多人的影响是巨大的。从他的文本，能体味到现代哲学的因素，有时甚至能看到日本的竹内好式的思维方式，给人的冲击力的确很大。

问：汪晖之后，还有哪些有趣的学者？他们的状况怎样？

答：汪晖之后涌现了许多年轻的学者，队伍是很强大的。薛毅、李新宇、郜元宝、高远东、高旭东、陈方竟等，在不同角度丰富了研究。研究的多维性，证明了鲁迅的百科全书性的价值。这个领域的开阔和深度吸引着无数人文学者参与讨论。钱理群、陈平原、王晓明、陈思和、薛毅、李新宇在近几十年都贡献了他们的思想。钱理群的忧患感和陈平原的自觉的学术理念不同，但在精神深处却纠葛着相似的元素。王晓明的研究是延伸性的，九十年代初关于人文精神的讨论，涵盖着鲁迅式的焦虑，或者不妨说，把鲁迅研究的心得移进当下的思考里了。鲁迅研究的辐射性颇值得关注，这门学科在当代的影响力使它也具有了反象牙塔化的倾向。所以，一方面是日趋的学院化的叙述，一方面是当代性的言说，鲁迅学像孔学一样成为知识阶层绕不过去的话题。说他有元典的意味，不能不说是对的。

问：有个现象很值得注意，鲁迅研究很容易和西方现代语境的东西相遇，西方现代哲学背景下的鲁迅研究也成为了一个景观。

答：近三十年域外的哲学思潮对文学批评界的影响毋庸置疑。西方马克思主义、存在主义、后现代主义等新理念不断渗透在批评家与文学史家的思想里。许多研究者看到了鲁迅文本与这些理论建立关联的可能性，并从鲁迅的世界寻找与西方现代知识分子对话的途径。汪晖、梁展、刘禾都贡献出重要的文章给世人。在讨论现代性和全球化问题时，鲁迅当年的选择在今天的语境里被一种新的意识所激活。至于日本、韩国、美国、法国学者的论述，同样有新奇的地方。韩国学者在跨文化的研究里，发现了东亚问题的新的语境。鲁迅使他们看到了抵抗西方与汇入普世价值的意义。不过这些韩国学者和日本学者一样，是带着本国人的困惑与问题意识进入鲁迅的。他们希望能像鲁迅一样承受着沉重的东西。人们普遍认为，鲁迅作为二十世纪中国的作家，其精神的深层领域与西方重要的思想家、作家都有可以对话的地方。而且其中引发的课题，是极为丰富的。

域外鲁迅研究著作在近三十年的大量翻译，刺激了国内鲁迅研究的深化。普实克、李欧梵、竹内好、丸山升、伊藤虎丸、木山英雄、丸尾常喜等人的著作，使国内学人意识到鲁迅成为话题的深层意义。甚至在对作家伊萨克·巴别尔、博尔赫斯的译介里，人们也联想起鲁迅。三十年代鲁迅对巴别尔的赞誉引起了许多学人的注意。至于比较文学领域里的时空就更为开阔。但丁、陀思妥耶夫斯基、卡夫卡、加缪、萨特等与鲁迅的比较，把中国的现代性引向更为广阔的思考领域。在对现代性的陷阱的警惕这一思路中，鲁迅成为东亚思想史的资源而被不断引用。

问：但是现在人们认为，鲁迅研究被越来越学科化和象牙塔化，这是否也是个大问题?

答：亲近鲁迅的还有一批民间思想者，这些反象牙塔化的人士在三十年间也留下了自己的痕迹。林贤治、邵燕祥、蓝英年、陈丹青、余杰都以另类的声音表达着对鲁迅的理解。林贤治的文字是岩浆般的激流，那是从野草里生出的热浪，毫无伪态，是诗的流淌。也因过于偏执而引发争论。陈丹青的陈述是画家式的敏感，他从一种生命知觉里切近研究对象，就把学院派的老气驱走了。余杰是少年智慧的喷吐，毫无顾忌，指点江山，文字充满火气与力度，连句法也染有鲁迅的风骨。至于邵燕祥的随笔，那多是对三十年代思想的回应，在忧思里衔接着远去岁月的激流，让人流连不已。这些人在精神的原色里延续了鲁迅的传统。他们不是从学理上架构鲁迅的世界，而是从生命的原则里继续着鲁迅式的智慧与审美之光。鲁迅研究与鲁迅意象，就这样在学界和知识界以不同的方式存在着。《鲁迅研究月刊》多少记录了这个过程。

问：鲁迅与当下的对话是您曾强调的话题，很想知道您的具体看法。

答：当代作家加入到对鲁迅的思考里，丰富了这个学科的研究。莫言、大江健三郎等对鲁迅的兴趣给世人诸多的兴奋点。莫言是坚持鲁迅的道路的。他的小说《酒国》被翻译到日本时，大江健三郎就嗅到鲁迅的意味，对此有着高度的评价。大江先生对鲁迅的推崇，可能与他的知识分子的立场有关。他从中国作家对五四理念的继承中也看到了日本作家的问题，他自己对鲁迅的读解，释放着一种绝望和挣扎的精神。而这一点与莫言极为相似。在纪念鲁迅逝世七十周年的时候，莫言在鲁迅博物馆有一个发言，被学界的许多人所注意，那就是自己的写作一直是没有离开鲁迅的。他的表达也令人想起刘恒、张承志这样的作家。他们的文本一定程度折射着《呐喊》、《野草》的意象。在与鲁迅很远的地方与鲁迅相逢，给批评家带来一种历史感的冲击。研究者们从鲁迅主题的延伸里，发现的题旨是很有挑战性的，这是无疑的。

从一个小小的研究室看一门学科的走向，自然能嗅出其间的气息。庆幸的是，这里没有封闭的病态，它一直和现实发生着多种多样的联系，以至和学院派形成了两股势力。鲁迅研究室还给无数作家留下了自己的空间。莫言、阎连科、李耳都是这里的客人。这里还为王小波、汪曾祺举办过纪念展。鲁迅之外的世界，其实恰恰闪烁着现代知识分子的话题，他们与鲁迅传统有着或多或少的联系。鲁迅的开放性，已是一个事实，从鲁迅之外的景观里考释现当代文化的流脉，也许对未来的研究者更有引力。

三十年只是短短的一瞬，但鲁迅的话题的丰富性却让我们不得不对这门学科抱有期待。鲁迅研究是个没有终点的跋涉，未来的可能性给我们的刺激恐怕更多，历史曾证明了此点，未来也会如此，对此我深信不疑。

问：您曾说鲁迅研究还有许多棘手的问题没有解决，具体说来是什么？

答：首先，他的大量外文藏书还有待研究，汉代与魏晋时期的造像、拓片也有待研究。他的美术思想我们还认识不够，一些史料还没有搞清。这都是要细细做的工作。另一个问题是，我们现在使用的学术语言，有时会遗漏鲁迅的思想，把一个丰富的存在狭窄化。特别是八股的叙述，恰是当年鲁迅最厌恶的语言，这种语言在今天不是弱化，而是更厉害了。我们在用鲁迅最憎恶的语言来研究鲁迅，那肯定是有问题的。这是个时代问题，也是国民性的问题，要慢慢地解决。鲁迅是国民公敌，国人要清楚了解他，是要换一种思维方式的。我觉得我自己还没有找到这个思维方式，这是很痛苦的事情。

后记

我到了大学教书后，突然想改变自己写作的样式，向那些正襟危坐的论文靠拢。八十年代，我写过一些这样的专业性的文字，后来放弃了。现在几乎无法恢复那时的语态，形成的就是些感性的文本。这一本书，似乎要装一点学院派的样子，然而不像，结果当然是失败的。

这书是陆续写出，一部分是《收获》专栏的文章，一部分乃教学之余的资料梳理。因为杂务缠身，到美国探亲时，腾出时间整理了多日。不能用英文交流常常让我尴尬，但这次却感谢它给我带来的好处，有了独处的机会。在陌生的环境中多了少有的寂寞，自己才有了编辑它的兴趣。人在无聊的时候，才能想一点真实的事情，于是才知道先前的文字是多么喜欢乱发议论，题旨也就简单，都非经得起阅读的东西。我自己对别人的文章苛刻，而不太修理自己的文字，写得并不讲究，而且越发散漫了。这也是表里不一的一面。想到也一同苛刻地看别人的文章的人在审视自己的新书，内心也不免发毛。于是也想，那些文字除了一点自恋的表白，大概没有什么价值。我的写文章，多半是无聊感的排遣，绝不敢说在强调深刻的意义。因为自己就浅薄，怎么敢教化别人。生命一点点老去，留下的不过焦虑及欲摆脱焦虑的一点点痕迹，也像沙漠里的一点脚印，风一来就散化了。文章已写了很久，却没有什么新意，只是证明自己曾不满于自己的活过，那么，这也算是一种书写的理由。想到此，也大了点胆量，有了拿出来的勇气。

我曾和一个新认识的朋友说，自己研究了许久的鲁迅与五四话题，可是却没有一点那个时代人的风骨，仿佛越来越像那一代人讥讽的对象。中庸、迟缓，毫不峻急与冲荡。这也是一种错位，陷于渴望，而无力量奔走，真真是行动的侏儒。我希望自己能够走出苦境。慢慢来吧。人生只剩下了“虽不能至，心向往之”的心态，那就静静地待朽了。我知道急步的好，现在开始追赶也许不晚。可是更多的时候是希望年轻的一代跑过去，把自己远远地甩下，那也算一种希望的代偿。世界是那些不甘于枯燥的青年创造的。我们这些经历过“文革”的人，有时还在旧梦里不得解脱，潇洒也是没有的。摆脱它们的，也唯有青年。

可以欣慰的是，这些文章，是最早和学校的青年学子交流的。他们中的一些人读书之勤，也感化了我。也恰是那些同学，刺激自己一点点写下去。对这些没有被污染的孩子，说假话是一种罪过。和他们在一起的时候，觉得是青年人在带着自己走。那是一种神秘的力量。我觉得好的文章家的内心是要有神秘的力量的。可惜这只在别人的世界。我知道从那里借取热与光，是一种更新自己的途径。那么这些文字便是我近年借取青年热能的旧迹，也算是对旧有的时光的一个自恋式的交代。我希望将来自己会是另一个样子，不再被旧梦缠绕。在美国，看到青年人朗照的样子，自己也暗自在问：是社会的环境使然，还是文化基因的问题？我们的文化只是在出现王小波的笑声的时候才有了精神上的明快与洒脱。那是鲁迅那代人没有生长出的东西。未来可生长的亮色一定很多，那么，算完了旧账再开始吧。

虽然知道这旧账还堆积如山，我们这代人做的还是清理旧物的工作。而我渴望的是一扇通往明快世界的门。我的写作，有时就是想走出一扇门，可笑的是我还没有推动它。知道自己的力量还不足以如此。我想，走在前面的青年也许会做到的。鲁迅曾形容自己在铁屋子里，他需要的是呐喊几句。我们这一代人是听到过那远远的声音的。但还在另一种屋子中。我们需要出去，大家都在走着。走出那门的青年，是不是更有出息呢？我祝福他们。

2010年5月19日于纽约